감정을 수행하다

근대의 감정생활

Doing an Emotion

Modern Emotional Life

이수형 지음

감정을
수행하다

—

근대의 감정생활

들어가며

    열 가지 우울을 치료해준다는 알약 한 알에 의존해 감정을 억압당한 채 한낱 기계 부품처럼 살아가는 '멋진 신세계'의 주민들 사이에서 우리의 주인공은 바로 그 감정을 통해 마치 자기가 더 자기인 것처럼 느끼게 된다고 감탄한다. 이 장면은 감정에 관한 근대적 인식의 핵심을 잘 보여준다. 감정이란 우리들의 자기 정체성의 원천이라는 것, 그런데 그것이 억압되어 있다는 것 말이다. 한 걸음 더 내디디면 진정한 자기를 찾기 위해 억압되거나 은폐되어 있는 감정을 해방시켜야 한다는 주장까지는 금방인데, 이러한 서사를 혁명적 멜로드라마라고 불러도 아주 근거가 없는 것은 아니다. 멜로드라마는 감동적이고 인기도 많지만, 반면에 선악 이분법에 근거한 다소 유치한 이야기라는 박한 평가에서 자유롭지 못한 것 또한 사실이다. 감정의 억압과 해방에 관한 서사 역시 마찬가지다. 자연스럽게 넘쳐흘러 마땅한 감정을 억압한다는 것 자체가 악(惡)이다. 그런데 억압이 사라지면 감정이 자연스럽게 넘쳐흐르리라는 것이 과연 사실일까?

이 책에서는 근대적 자아의 원천으로서의 감정을 둘러싼 담론들을 조망하고, 20세기 초 한국 근대소설 안에서 감정 담론들이 어떻게 실천되어왔는지를 살펴보고자 했다. 우주의 조화로운 질서나 이성의 힘 안에서 자기를 찾을 수 없을 때 감정이 유력한 대안을 제공해주었다는 점은 아무리 강조해도 지나치지 않다. 이러한 관점은 지금도 상당한 영향력을 행사하고 있다. 그런데 감정의 가치가 커질수록, 마치 땅속 깊숙이 숨겨져 있는 보물처럼 감정 역시 우리 안속 어딘가에 숨겨져 있다가 짠, 하고 나타나 진짜 자기를 찾게 해줄 것이라는 상상적 기대 또한 커졌던 것은 아닐까? 지난 세기 초의 소설들을 읽으면서 우리는 감정이 선재하는(pre-existent) 것이 아니라 다양한 방식으로 수행되는 것이라는 사실을 확인할 수 있으며, 이를 통해 근대적 자아에 관해 오해되어왔던 퍼즐 한 조각을 풀게 될 것이다.

되짚어보면, 지난 몇 년간 한국 근대문학과 과학 기술의 관련 양상을 주제로 한 연구 과제에 참여하면서 이 책에 관한 아이디어들을 찬찬히 생각해볼 기회를 가질 수 있었다. 연구 책임자였던 황종연 선생님을 비롯해 차승기, 서희원, 조형래, 김태호 선생님께 감사드린다. 한국연구재단의 저술 출판지원사업이 없었다면 이 책의 출간은 훨씬 뒤로 미뤄졌을 것이다. 재직하고 있는 명지대학교에서 2019년에 연구년을 얻은 것이 이 책의 모양을 갖추는 데 큰 도움이 되었다. 학교 당국과 학과 교수님늘께 감사의 마음을 전한다. 어려운 상황에서도 책을 만들어주신 강출판사의 정홍수 선생님께도 다시 한 번 감사드린다.

연구년 중에 코로나 19가 닥쳐왔다. 평범한 사람들은 상상치도 못했던 이 사건이 어떻게 마무리 혹은 봉합될지, 또 장래에 어떻게 기억될지는 아직 미정이다. 향후 과제가 산적해 있는 중에 지극히 좁은 식견이지만 집에 오래 머물면서 가족과 많은 시간을 보낼 수 있었던 것은 그나마 불행 중 다행이었다. 아이에게 진짜 자기를 찾아 모험을 떠나는 『오즈의 마법사』 그림책을 읽어주기도 했다. 그 아이가 책 표지에 인쇄된 저자의 이름자를 겨우 뜯어볼 수 있게 되었다. 이 아이 또래도 언젠가 이 책을 읽게 될까? 계산해보면 불과 십수 년밖에 안 남은 가까운 미래지만, 그래서 더더욱, 시간과 의미와 가치 같은, 익숙하다고 생각했지만 여전히 추상적으로만 이해했던 문제들에 대해 새삼 골몰해보았다.

2021년 4월

이수형

차례

감정
혹은
'감정 자체'

—

감정에 관해 말하려 할 때 곤란한 문제 중 하나가 바로 "감정이란 무엇인가"라는 가장 기본적인 질문에 적절한 답을 찾기가 쉽지 않다는 사실일 것이다. 합의된 정의도 없는 상태에서 뭔가에 대해 진지하게 논의하는 것이 한편으로는 불합리한 것도 같고 한편으로는 무책임한 것 같기도 하지만, 아무튼 감정을 주제로 한 많은 책과 글을 통해 반복적으로 지적되어온 이 사실은 최근에 출간된 몇몇 책의 사례만 살펴봐도 금세 확인할 수 있다.

가령 머리말에서 근래에 감정 연구의 혁명이 발생했음을 보고하는 『감정의 항해』는 첫 장 첫 줄에서 "감정이란 무엇인가"라는 질문을 던진 후 "우리는 대부분 이 질문을 제기할 필요조차 없다고 생각한다. 감정은 우리의 삶에 대한 가장 직접적이고, 가장 자명하며, 가장 유관한 준거이기 때문이다. 그러나 그 질문을 진지하게 받아들이는 순간, 감정은 정의하는 것조차 어렵다는 점이 드러난다"라고 답하는 과정을 통해 전형적인 '그러나'의 억양법(抑揚法)을 구사하고 있다.' 살아가면서 우리는 수시로 감정을 느끼거나 깨닫고, 때로 통제를 벗어날 만큼 강렬한 감정에 동하거나 휩싸이며, 어쩌다 알지 못하는 사이 감정에 물들기도 한다. 국어사전을 참고할 때 감정생활과 관련된 동사의 뜻은 대체로 다음과 같다. 느끼다: 마음속으로 어떤 감정 따위를 체험하고 맛보다. 깨닫다: 감각 따위를 느끼거나 알게 되다. 동(動)하다: 어떤 욕구나 감정 또는 기운이 일어나다. 휩싸이다: 어떠한 감정에 마음이 뒤덮이다. 물들다: 어떤 환경이나 사상 따위를 닮아가다. 이처럼 여러 상태로 다양하게 경험되는 감정은 우리와 아주 가까이 혹은 아예 우리 안에 있는 것 같지만, '그러나' 다시 생각해보면 가깝고 친숙한 만큼이나 멀고 낯설게 보일 때도 많다는 점을 부인하기는 어렵다.

학술문헌들이 종종 '감정' '느낌' '기분' '감각'을 잘 정의된 정확한 방식으로 구분하려는 시도를 하지만, 그것은 자주 그러한 범주들 간의 회색지대를 인지하지 못한 채 일정 정도 조야한 환원론에 빠지고 만다. 그러한 시도들은 우리가 '감정'이라고 부르는 것과 우리가 그것을 경험하는 방식이 항상 보다 광범한 사회문화적 맥락 속에서 그 의미를 획득하고, 또 그러한 의미가 그러한 사회문화적 프레임의 일부를 이룬다는 점을 인식하지 못한다. '감정'의 변화하기 쉬움, 덧없음, 무형성은 물론 감정이 항상 변화하는 사회적, 역사적 맥락과 뗄 수 없게 뒤얽혀 있다는 점은 감정을 정확하게 범주화하기가 불가능하다는 것을 말해준다.[2]

또, 다른 책을 통해 1980~90년대에 감정을 명확히 개념화하기 위해 20여 가지 정의가 제시되었지만 끝내 합의에 이르는 데 실패했다는 사실을 접할 때,[3] 감정에 대한 정의가 쉽지 않은 것이 단지 일상적 차원의 문제만이 아님을 새삼 확인할 수 있다. 게다가 지금 '감정'이라고 통칭하고 있지만, 가령 감정 외에 느낌이나 정서, 감성, 감(각), 정념, 열정 등 서로 얽혀 있는 일군의 어휘들의 의미를 어떻게 구별할 수 있을지 질문하는 단계에 이른다면 상황은 훨씬 더 복잡해질 수밖에 없다. 또 다른 예를 들자면 위에서 언급한 저서의 제목 '감정의 항해'에서 감정은 'feeling'의 번역어이다. 'feeling'이나 'emotion' 외에 'sentiment' 'sensibility' 'sense' 'sensation' 'affection' 'passion' 등을 우리말로 어떻게 옮기느냐와 관련된 문제는 관련 번역자들의 해묵은 숙제인바, 이러한 의미상의 혼란이 물론 번역에 국한된 문제만은 아니다.

인용된 마지막 문장에서도 지적되고 있듯, 우리의 사회, 문화적 삶에서 감정이란 변덕스럽고(mutable) 일시적이며 (ephemeral) 눈에 보이는 실체도 없는(intangible) 어떤 것이다. 이러한 속성들 때문에 감정은 근대의 과학 혁명 이후 현재에 이르기까지 과학적 탐구의 대명사로 받아들여지고 있는 관찰의 대상이 되기에 부적절한데, 이 점은 감정이 무엇인가에 대한 정의를 어렵게 하는 데 상당한 영향을 미쳤다고 볼 수 있다. 다시 말해, 뭔가에 대한 정의라는 이름에 값하려면 견고하고 실체적인 속성에 관한 과학적 설명이어야 한다는 고정관념이 존재하지만, 감정이 지닌 변덕스럽거나 일시적이거나 눈에 보이지 않는다는 속성은 이와는 거리가 멀다는 것이다.

　이러한 고정관념은 인터넷 검색을 통해 쉽게 접할 수 있는 다음과 같은 글에서도 전형적으로 드러난다. "감정은 인간성을 규정하는 아주 중요한 요소입니다. 하지만 아쉽게도 아직 감정이 과연 무엇인지에 대한 명확한 정의도 내려져 있지 않습니다. 과연 감정이 무엇일까요? 내적인 느낌? 혹은 표정이나 행동? 맥박이나 혈압? 뇌파의 변화? 모두 감정과 깊은 관련을 맺고 있는 상태지만, 감정 자체는 아닙니다."[4] 우리 모두 뭔가를 느끼고 그 느낌을 의식한다는 점에서 감정의 존재를 의심하기란 불가능하다. 위의 인용대로 감정은 내적 느낌으로 인식되기도 하고, 표정이나 행동으로 표현되며, 맥박이나 혈압이나 뇌파의 변화를 동반하기도 한다. 그런데 여기까지는 알겠는데 그 이상으로 생각을 확장하면 어느새 우리는 아는 것보다 모르는 것이 더 많다는 사실을 알게 된다. 감정을 명확하게 정의하려면 다시 '감정 자체'를 규명해야 한다는 시각, 곧 "감정이란 무엇인가"에서 "감정 자체란 무엇인가"로 질문을 바꿔야 한다는 시각이 당연한 것처럼 전제되는 이유는, 역설적이게도 감정에 관해서는 누구라도 말할 수 있기 때문이다. 마치 눈을 감고 코끼리를 만지는 것처럼, 아니, 본 적도 없는 코끼리를 묘사하는 것처럼, 사람들이 감정에 대해 제각각 서로 다른 말을 할 때 객관적 실체를 의미하는 '감정 그 자체'에 관한 열망이 고조되는 데에는 일리가 없지 않다. 인식에 관한 논의가 아무리 진전되더라도 상식의 세계에서는 항상 실재론을 지지한다는 말이 단순히 농담만은 아니라서,[5] 우리는 여전히 독자적인 실재(reality)가 존재하며 그 실재와의 일치 혹은 상응(correspondence)이 인식의 참을 결정한다고 굳게 믿고 있다. 이 실재론은 감정이 무엇인지를 인식하는 데 있어서도 예외 없이 적용된다.

이와 같이 견고한 실체로서의 감정을 탐구하려는 경향은 감정 연구에서 중요한 한 축을 형성해온 유기체적 관점에 의해 대표된다. 생물학적 본질주의로도 불리는 이 관점은 감정을 경험 주체와 상관없는 독립적 존재(presence)이자 그 자체로 정체성(identity)을 가진 것으로 간주함으로써 감정에 대해 여러 말이 나오게 하는 주관성의 개입을 원천적으로 봉쇄하려는 경향을 특징으로 한다.[6] 이처럼 감정이 존재하고 작용하는 원리를 객관적으로 검증할 수 있을 것이라는 기대와 함께 생물학적인, 보다 정확하게는 해부학이나 유전학적인 관점에서 접근하고자 하는 과학적 시도들도 꾸준히 이어져왔다.[7] 그리고 이를 통해 어떤 감정이 인간에게 생득적이거나 공통적인지, 또 어떤 신체 변화가 감정과 직접적으로 연결된 생리적 반응인지 등에 대한 논의가 이루어지기 시작했다.

이러한 연구를 선구적으로 이끌어온 대표적 사례로는 진화의 관점에서 분노, 행복, 슬픔, 혐오, 공포, 놀람 등을 기본 감정으로 설정한 다윈의 주장이나 어떤 자극을 지각할 때 나타나는 신체적 반응에 대한 느낌을 감정으로 정의한 윌리엄 제임스의 주장 등을 들 수 있다. 이들의 정초적 연구 이후에도 감정과 생리적 상태의 상관관계를 규명하려는 연구는 지속적으로 이루어져왔는데, 20세기로 접어들어서는 범위를 좁혀 감정과 뇌의 관계에 대한 좀 더 미시적인 연구가 특히 주목받게 된다. 감정과 생리적 상태의 관계에 주목하는 것은 위에서 언급한 실재론적 태도에 따라 생물학적 실재와의 일치 혹은 상응을 기준으로 감정을 검증하려는 경향을 의미한다. 그 결과 최근에는 감정을 주관하는 영역으로 각광 받고 있는 변연계와 편도(amygdala)에 관한 연구, 신경 세포에 신호를 전달하는 도파민이나 세로토닌 같은 신경 전달 물질에 관한 연구 등이 대중적으로 널리 알려지기도 했다.[8]

일반적으로 위협적인 상황에서 뇌는 공포를 담당하는 '기저측 편도'와 불안과 공격적인 행동을 일으키는 '내측 전두엽'이 활성화한다. 실험 결과 쥐의 뇌에서 기저측 편도를 자극하자 뇌 중앙에 있는 '배측 중심선시상(vMT)'이 활성화됐고, 내측 전두엽을 자극하자 '재결합핵'이 활성화됐다. 공포를 느끼거나 공격적인 행동을 보이는 신경회로가 밝혀진 셈이다. 연구팀은 실제로 위협적인 장면을 보지 않고 두 영역에 있는 신경 세포를 자극하는 것만으로도 쥐가 공포를 느끼거나 공격적인 행동을 감지한다는 사실을 확인했다. 또한 동일한 자극을 여러 번 반복하면 반응 정도가 줄었다. 후버만 교수는 "연구 결과는 불안 장애나 공황 장애, 외상 후 스트레스 장애(PTSD) 등을 해결하는 실마리가 될 것"이라고 말했다.[9]

세로토닌은 식욕과 기분을 조절하고, 수면, 기억력, 학습과 관련된 많은 부분에 관여를 한다. 일반적으로 행복의 감정을 느끼게 해주는 행복 호르몬으로 많이 알려져 있다. 모노아민 가설의 관점에서 봤을 때, 우울증은 단순히 우울한 감정을 지속적으로 느끼는 것이 아니라 뇌 속의 세로토닌 시스템이 자율적인 조절 역할을 못하는 것이다. 이에 근거하여 병원에서는 우울증에 걸린 사람에게 SSRI(선택적 세로토닌 재흡수 억제제, 쉽게 말해 뇌 속의 세로토닌을 풍부하게 만드는 약)를 처방한다. 이 세로토닌이 증가하면 인간은 행복해지고, 이 세로토닌이 감소하면 인간은 우울해진다고 수많은 연구에서 주장하고 있다.[10]

인용된 기사 중 첫번째는 공포 감정을 담당하는 편도의 신경회로에 관한 연구를 요약하고 있으며, 두번째는 행복하거나 우울한 감정과 세로토닌의 관계를 설명하고 있다. 대중 매체를 통해 소개되는 감정 연구 사례 중 다수가 이처럼 소위 '과학적' 성과를 홍보하고 있다는 점은, 앞서 언급했듯 변덕스럽거나 눈에 보이지 않는 불확실한 상태 너머에 있다고 믿어지는 '감정 자체'를 알고자 하는 우리들의 열망을 반영한다. 과연 고성능 전자현미경으로 기저측 편도 부위의 신경 세포를 관찰하고 뇌화학 랩에서 뇌 속 신경 전달 물질의 작용을 실험한 결과 우리는 감정이 무엇인지에 관한 객관적 지식을 얻게 되었으며, 그리하여 공포를 기저측 편도 신경 세포의 활성화로, 또 행복을 뇌 속 세로토닌의 작용으로 이해할 수 있게 되었다.

'감정 자체'에 대한 과학적, 객관적 지식이 추구되어온 과정을 고찰할 때, 19세기 후반에 등장한 에밀 졸라의 실험소설론을 빼놓을 수 없다. 졸라는 화학과 물리학에서 생리학과 의학으로 영역을 확장한 실험적 방법이 소설에도 적용되어야 함을 역설한 바 있다. 이미 생리학과 의학에 의해 인간의 신체가 실험자의 뜻에 따라 분해되고 조립될 수 있는 기계라는 사실이 입증되고 있으며, 이제 실험소설을 통해 "오류의 위험 없이 언젠가 사유와 정념의 법칙이 정립"됨으로써 인간의 내면 의식역시 마찬가지로 기계라는 사실이 입증되는 단계가 뒤따르리라는 것이다. 실험소설 개념에 결정적인 영향을 미친 『실험의학연구입문』의 저자 베르나르는 "그 성질이 신비스럽고 그 발현이 미묘함에도 불구하고 내 생각에 뇌의 현상은 다른 모든 생물 현상과 마찬가지로 과학적 결정론의 법칙에 종속되지 않을 수 없다"고 주장했거니와, 졸라 역시 "인간 두뇌와 감각의 온갖 발현을 지배하는 결정인자"가 조만간 발견되고 증명될 것임을 의심하지 않았다.[11]

그런데 에밀 졸라의 자신만만한 낙관이 현실화되었다는 소문을 아직 듣지 못했듯, 관찰이나 실험을 통해 얻은 감정에 관한 과학적 지식이 그 자체로 객관적인 것은 맞지만 그것 그대로를 우리의 감정생활에 바로 적용할 수 있는 것은 아니다. 앞선 다윈의 예에서도 보았듯 과학적 연구는 그 범위를 분노, 행복, 슬픔, 혐오, 공포, 놀람 등 사전에 미리 목록화된 특정 감정으로 한정하고 시작하지만, 실제로 경험되는 감정이 연구 대상처럼 명료하게 목록화되는 경우란 거의 없다는 것도 우리가 자주 직면하는 문제 중 하나다. 오히려 현실에서는 우리 자신이 느끼고 있는 감정의 정체가 무엇인지, 가령 그것이 분노인지 슬픔인지 알 수 없다는 점이 문제의 출발이자 끝내 풀리지 않는 수수께끼인 경우도 적지 않다. 자신의 감정을 전반적으로 목록화하는 장기 프로젝트는 물론 특정 순간 자신의 감정 상태를 식별하는 단기 과제마저도 만만치 않은 문제라면, 몇몇 감정의 과학적 작용 원리에 대한 지식이 자신의 감정생활을 아는 데 큰 도움이 되기를 기대하기는 어렵다.

우리의 감정생활과 과학이 조우할 때 또 하나 유의해야 할 점은, 예컨대 세로토닌과 행복감의 관계를 단순히 기계적 인과 관계로 이해해서는 곤란하다는 것이다. 세로토닌과 행복의 상관관계는 뇌 속 세로토닌의 증가로 인해 우리가 행복을 느끼게 된다는 일방향적인 인과 관계만으로 환원되지는 않는다. 위에 인용된 세로토닌 관련 기사의 제목 '약 없이 행복해지기'에서도 암시되듯, 세로토닌이 증가할 때 행복을 느낀다고 볼 수도 있지만 반대로 우리가 행복을 느낄 때 세로토닌이 증가한다고 이해하는 것도 물론 가능하기 때문이다. 『감정의 재발견』에서 세로토닌의 위약 효과를 지적하는 저자는 세로토닌 신화가 만연해 있는 오늘날 "내 세로토닌 수치가 오늘은 낮은 게 분명해"라거나 "저 사람에겐 세로토닌이 많이 필요해"

같은 말을 여기저기서 흔히 듣게 된다고 털어놓는다.[12] 솔직히 이제껏 주위에서 이런 말을 들은 적은 없지만, '프로작'이라는 이름의 약과 함께 세로토닌이 우울한 감정을 줄일 수 있다는 지식이 널리 알려지게 된 것은 틀림없는 사실이다. 프로작으로 널리 알려진 2세대 항우울제 플루옥세틴은 대표적인 선택적 세로토닌 재흡수 억제제로 1990년대에 미용 정신약물학 (cosmetic psychopharmacology)이라는 신조어를 낳을 만큼 널리 사용되었거니와, 살아가면서 불가피하게 직면할 수밖에 없는 어려움이나 곤란을 우울증으로 명명해 질병으로 간주하고 이를 '기적의 약'으로 치료할 수 있다는 주장을 대변해왔다.[13] 그렇다 하더라도 대부분의 사람들에게 행복이란 일상의 삶에서 경험하는 크고 작은 만족이나 성취의 문제일 것이다. 현실은 엉망진창 불만투성이인데 뇌 속의 세로토닌 수치를 조절해 우울감만 없애면 그만이라고 생각하는 것은 정말 극단적인 경우 외에는 상상하기 어렵다.

우리의 감정생활은 편도의 신경 세포나 신경 전달 물질의 작용으로만 환원될 수는 없다. 만에 하나 그렇게 된다면 '약 없이 행복해지기'가 아닌 '약으로(만) 행복해지기'의 상황에 봉착하는 셈인데, 우리는 그 단적인 예를 『멋진 신세계』의 인물들이 "일 세제곱센티미터(=1 ml)가 열 가지 우울을 치료한다"라고 세뇌 교육을 받으면서 소마(soma)를 투약하는 장면에서 이미 목도한 바 있다. 그런데 그 '멋진 신세계'가 실은 감정이 소거된 세계라는 점에서 과학으로 환원되어 궁극적으로 약물로 통제될 기로에 놓인 감정생활은 역설적으로 우리가 알고 있는 감정생활의 종언을 예고한다. "알파 계급은 감정적인 행위에서만은 어린아이처럼 유치하도록 조건 반사 교육을 받고 있는 거야. 따라서 순응하기 위해 특별한 노력을 기울여야 할 이유가 있는 거야. 아무리 싫어도 유치해져야 할 의무가 알파에겐 있는 걸세"라는 충고에서 잘 드러나듯, 『멋진 신세계』의 엘리트 계급은 지적으로 우수하지만 감정생활에서만큼은 어린아이처럼 유치한, 아니 그보다도 더 단순한 조건 반사 수준의 상태를 유지할 것을 의무로 요구받는다.[14]

이런 우려에도 불구하고 감정의 작용 원리에 관한 과학적 연구의 동력이 떨어지기는커녕 오히려 증가하는 이유 중 하나는, 앞선 인용에서 불안 장애, 공황 장애, 외상 후 스트레스 장애(PTSD), 우울증 같은 낯설지 않은 병명들이 거론되는 것에서도 알 수 있듯, 점점 늘어나는 감정 관련 장애의 치료라는 목표 때문이다. 공포나 우울 감정을 조절하는 데 장애를 겪을 때, 만약 기저측 편도 신경 세포의 감수성이나 뇌 속 세로토닌의 분비 및 재흡수를 제어하는 것이 가능하다면 공황 장애나 우울증 개선에 많은 도움이 되리라 기대하는 것은 당연하다. 그런데 공포나 우울이 흔히 부정적인 감정으로 분류되고 특히 현대인들에게는 정신 의학의 도움을 받아 치료해야 할 질병을 연상시키는 것이 사실이지만, 그렇다고 이들 감정을 약물의 통제 아래 종속시켜 임의로 조절하거나 심지어 근절하는 것이 낫다고 말한다면 물론 어불성설이다. 어떤 것도 두려워하지 않은 사람이 현실적으로 존재할 수 있는지에 관한 논란은 차치하고라도, 예컨대 부모와 떨어지는 것에 대한 공포에서 초자연적이거나 초월적인 대상에 대한 공포에 이르기까지, 공포를 느끼고 극복하고 회피하는 과정이 개인의 자아 형성이라는 미시적 차원에서나 인류의 문화 형성이라는 거시적 차원에서 매우 중요하고 불가결한 의미를 지닌다는 점은 부인할 수 없는 사실이기 때문이다. 만약 공포를 마음대로 조절하거나 아예 뿌리 뽑을 수 있게 된다면, 그때 인간은 우리와는 여러모로 다른 존재일 것이다.

우울에 관해서는 할 말이 더 많은데, 정신 의학의 바이블로 불리는 『정신질환 진단 및 통계 편람』 제5판(DSM-5)이 2013년에 출간되면서 사별 제외(bereavement exclusion) 조항이 삭제되어 가까운 사람과 사별했다고 하더라도 몇 주 이상 우울 증상이 지속되면 질병으로 진단받을 수 있게 바뀌었다는 단적인 사례부터 살펴보자.[15] 매뉴얼을 기계적으로 적용해 우울증 진단을 내리겠다는 것도 아니고 우울 증상에 대한 치료는 가급적 빠를수록 좋다는 정신 의학적 견해도 납득은 되지만 예외 조항을 없애겠다는 DSM-5의 개정에 대해서는 많은 우려가 잇따랐는데, 그것은 물론 일상적 감정생활의 가치를 의학적 기준으로만 판단하는 것이 정당한가 하는 의문 때문이었다. 특히 가까운 사람의 죽음을 슬퍼하고 애도하는 것은 문학이나 실제 삶에서, 아마도 사랑과 더불어 가장 중요하게 여겨져왔던 감정의 하나인 만큼 그 우려는 더욱 심각했던 것으로 보인다.

결론부터 말하면, 소중한 사람의 죽음을 슬퍼하는 데 몇 주나 몇 달 등으로 적정 기간이 미리 정해질 수 없다는 것은 자명하다. 우리 자신의 무력함이나 삶의 유한함에 대한 깨달음을 바탕에 깔고 있는 슬픔과 비애가 다른 몇몇 감정들과 함께 개인의 정체성 형성에 깊숙이 영향을 미쳐왔음을 이해한다면, 소중한 존재의 죽음에서 기인한 슬픔을 우리를 괴롭히는 외부의 침입자 혹은 치료가 필요한 장애로만 보아서는 안 된다는 사실 역시 수긍할 수 있다. 이때 슬픔은 우리 자신의 자기 정체성의 중핵이며, 그리하여 우리는 사랑하는 이를 잃고 슬픔에 잠긴 사람으로서 존재한다. 그것은 우리가 어떤 때는 누군가를 사랑하는 사람으로서, 어떤 때는 다가올 행운에 대한 기대로 충만한 사람으로서, 어떤 때는 또 다른 어떤 사람으로서 존재하는 것과 동일하다.

감정과
자기 정체성

—

"항우울제가 전혀 효과가 없다거나 처방해서는 안 된다고 말하려는 게 절대 아니다. 항우울제 복용으로 크게 좋아진 사람들이 있는 것이 분명하다. 그러나 항우울제 복용 수치를 보면 너무 쉽게 처방되고 있음을 알 수 있다"는 지적에서 암시되듯,[16] 치료가 필요한 우울 증상으로서의 슬픔이 있다는 것을 인정하더라도 모든 슬픔이 치료 대상인 것은 아니며, 또한 슬픔에 빠진 모든 사람이 환자인 것도 아니다. 요컨대 감정 관련 장애의 치료에 소용되는 과학적 설명으로 우리의 감정생활을 환원하려 든다면, 우리 자신의 자기 정체성을 구성하는 핵심 요소로서의 감정의 의미는 빛이 바랠 것이며 우리가 알고 있는 감정생활 역시 더 이상 지속될 수 없을 것이다.

우리의 세계는 『오셀로』의 세계와 같지 않기 때문이야. 강철이 없이는 값싼 플리버 승용차를 만들 수 없어. 사회의 불안정이 없이는 비극을 만들 수 없는 것이야. 세계는 이제 안정된 세계야. 인간들은 행복해. 그들은 원하는 것을 얻고 있단 말일세. 얻을 수 없는 것은 원하지도 않아. 그들은 잘 살고 있어. 생활이 안정되고 질병도 없어. 죽음을 두려워하지 않고 행복하게도 격정이니 노령이란 것을 모르고 살지. 모친이나 부친 때문에 괴로워하지도 않아. 아내라든가 자식이라든가 연인과 같은 격렬한 감정의 대상도 없어. 그들은 조건 반사 교육을 받아서 사실상 마땅히 행동해야만 되는 것을 하지 않을 수 없어. 뭔가가 잘못되면 소마가 있지. 자네가 자유라는 이름으로 창밖으로 집어던진 것 말일세.[17]

다시 『멋진 신세계』의 한 장면을 인용해보자. 야만인 보호구역에서 태어났지만, 오히려 그 덕분에 신세계에서는 금서로 지정된 셰익스피어 전집 전체를 암송할 수 있게 된, 글자 그대로 '고상한 야만인'인 존이 왜 사람들에게 『오셀로』 같은 작품을 읽히지 않느냐고 묻자 신세계를 통치하는 총통은 위와 같이 대답한다. 소마를 통해 유지되는 만족감 외에 다른 감정들은, 외과 수술하듯 소거된 세계에서 사람들은 행복하게 살고 있다. 그들이 『오셀로』를 읽는다면 열등감과 질투와 죄책감 같은 '부정적' 감정들을 맛보게 될 텐데, 굳이 그럴 필요가 있을까? 그런 감정들은 삶에 없어도 되지 않을까?

인생에서 소위 부정적인 감정들도 필요하다는 주장을 뒷받침할 근거에 대해서는 위에서 공포나 슬픔과 관련해 몇 가지 언급했으므로, 여기서는 질문을 좀 바꿔보자. 그렇게 감정이 소거된 '멋진 신세계'에서 행복을 누리는 주민들은 구체적으로 무엇을 하며 살고 있을까? 총통의 말에 따르면, 그들은 빙산 형태의 피라미드 계급 구조 안에서 마땅히 해야 될 일에만 전념하는 '유용한' 존재로서 살아간다. 고도로 발달한 생명 공학으로 유명한 『멋진 신세계』의 SF적 설정에 비하면 출신 계급별로 주어진 역할에 충실한 사회 체제에 대한 상상은 플라톤의 『국가론』에서 볼 법한 이상국가론과도 흡사하다는 점에서 심지어 전통적이거나 고전적인 인상마저 준다. 하지만 여러 천년 동안 반복적으로 계승되어왔던, 일사불란하게 작동하는 완벽한 유기체적 사회의 비전을 현실에서 구현하기 위해 필요한 것이 거창한 종교나 진리, 이념, 철학 따위가 아니라 감정의 소거라는 사실을 구체적으로 극화했다는 의미에서 『멋진 신세계』는 충분히 독창적이다.

사실 플라톤 역시 이상국가의 조건으로 내건 완벽한 계급 사회를 실현하기 위해서는 감정을 절제(節制)하는 편이 좋다고 권고한 바 있지만, 외과 수술하듯 감정을 절제(切除)할 수 없는 한 어쩔 수 없이 이성과 진리의 권위에 의지하지 않을 수 없었다. 이에 비해 '멋진 신세계'에서는 생명 공학과 함께 고안된 '감정 공학(emotional engineering)'의 발달에 힘입어 감정을 마치 수술로 적출하듯 제거하는 것이 기술적으로 가능해진 것이다. 간단히 말해, 타고난 계급에 따라 귀속된 구성원들의 역할이 마치 "사회라는 조직체 속의 한 세포"처럼 유기적으로 수행되기 위해서는 감정을 소거하는 것이 가장 효과적이라는, 단순 명쾌하면서 극단적이자 폭력적인 세계관이 『멋진 신세계』의 '매트릭스'이다.

　『멋진 신세계』에서 '고상한 야만인' 존을 신세계로 데려온 사람은 야만인 보호 구역을 여행하던 버나드였는데, 그는 우연히 존을 만나기 전부터 남다른 구석이 있었다. 멋진 신세계의 구성원이라면 누구나 조건 반사 세뇌 교육과 $1\,ml$의 소마를 통해 유치한 상태로 감정을 억제하고 마침내 제거해버리는 것이 마땅한데, 버나드는 가장 높은 알파 계급으로 태어나고 자라 첨단 생명 공학의 결정체인 '런던 중앙 인공 부화 조건 반사 양육소(Central London Hatchery and Conditioning Centre)'에서 근무하는 엘리트이면서도 자기감정의 각성에 예민한 탓에 평판이 좋지 않고, 급기야 인공 양육 과정에서 모종의 사고로 뇌 손상을 입었다는 소문이 돌기도 한다. 아무튼 그는 이제 막 연애를 시작하려는 레니나와 함께 하늘을 쳐다보면서 아름답다고 감동할 줄 아는 존재다.

버나드 마르크스는 깊은숨을 들이마셨다. 그는 하늘을 올려다보았다가 푸른 지평선을 둘러보더니 마침내 레니나의 얼굴을 바라보았다.

"아름답지 않습니까?" 그의 음성은 약간 떨렸다.

그녀는 전적으로 동감이라는 표정으로 그에게 미소를 던졌다.

"장애물 골프하기에 안성맞춤이군요" 하고 그녀는 황홀한 듯이 말했다. "버나드, 난 이제 가봐야겠어요. 너무 기다리게 하면 헨리가 화낼 거예요. 날짜를 미리미리 알려주세요."[18]

하늘이 아름답다고 감동하는 게 뭐가 대수냐고 반문할 수도 있지만, 신세계의 다른 주민들처럼 성적 만족 외에 소위 사랑이나 연애 감정에는 일절 무심한 레니나에게 청명한 하늘이란 단지 골프 하기 좋은 날씨라는 유용성만을 지닐 뿐이라는 점을 감안해야 한다. 하늘 때문에 목소리가 떨릴 만큼 감동할 수 있다는 사실이 그런 사람들에게 이해될 리 없다.

"난 바다를 보고 싶습니다. 그것을 보고 있으면 마치……" 그는 머뭇거리며 자신의 의사를 표현할 어휘를 찾고 있었다. "마치 나 자신 이상이 된 것 같습니다. 무슨 뜻인지 아실지 모르겠습니다만…… 훨씬 더 나다워진 것 같습니다. 다른 어떤 완전한 것의 일부가 아니라 자신의 독립된 존재가 된 것 같다는 이야깁니다. 사회라는 조직체 속의 한 세포에 불과한 것이 아니라는 기분 말입니다. 레니나, 당신도 그런 기분이 들지 않습니까?"

그러나 레니나는 비명을 질렀다.

"무서워요. 무서워요" 하고 그녀는 되풀이했다. "사회의 일부가 되기 싫다는 말을 어떻게 하실 수 있지요? 결국 모든 사람은 모든 타인을 위해 일하고 있는 거예요. 어느 한 사람도 없이는 살 수 없는 거예요. 엡실론 계급조차도……"

"그건 그래요." 버나드는 조소하듯 말했다. "엡실론 계급조차도 유용한 존재들입니다. 나도 그렇고요. 그런데 나는 그렇지 않기를 간절히 바라고 있는 겁니다!"

레니나는 그의 신성 모독적인 말에 충격을 받았다.[19]

레니나와 데이트 약속을 하고 며칠 뒤 다시 만난 버나드는 바다를 보면서 느낀 감정을 토로하다가 알파(α)에서 엡실론(ε)까지 5단계로 세분된 모든 계급의 구성원들이 빈틈없이 떠받치고 있는 사회 질서를 거부하고 싶다는 불경한 발언을 내뱉는다. 하나의 세포이자 톱니바퀴로서 사회 전체를 위해 일하는 유용한 삶 이외의 가능성을 생각해본 적 없는 레니나의 당혹감은 한층 심화된다. 소마 한 알이 열 가지 우울을 치료한다고 세뇌 교육을 받을 때 모든 개인은 사회에 필요한 일을 하는 유용한 존재라고 함께 교육받기도 했던 레니나로서는 버나드가 바다를 보면서 느끼는 감정을 이해하기는 어려울 것이다. 반면에 우리는 쉽게 이해할 수 있다. 그 감정은 예컨대 매일 반복되는 생활에 염증을 느끼다가 훌쩍 바다로 떠나려는 우리들이 느끼는 감정과 크게 다르지 않기 때문이다. 어디에서 무엇을 하느냐가 아니라 정처 불문하고 그저 어딘가로 떠난다는 사실 자체가 중요하므로 바다도 좋지만 산이나 들도 나쁘지 않다. 그러는 중에 우리는 반복되는 일상생활에서 경험하지 못했던 것들을 느낄 수 있고 마침내 기분 전환에도 성공할 것이다.

이때 느끼는 감정은 일차적으로는 일상의 굴레에서 벗어나서 만나는 하늘과 바다, 산과 들에 대한 것이거나 또는 해당 경험 자체에 대한 것이겠으나, 궁극적으로는 자기 자신에 대한 것이라는 점을 새삼 강조할 필요는 없다. 사회를 구성하는 일개 세포로서 주어진 역할에 전념하는 생활에서라면 낯설고 새로운 감정을 느낄 기회도, 느낄 필요도 없을 터인데, 이러한 삶은 전체 사회를 위한 유용한(useful) 존재로서 살아가는 데 최적화된 조건을 제공할 것이다. 그런데 버나드처럼 하늘이나 바다를 보면서 쓸모없는(unuseful) 감정을 느낀다면 어떨까? 하늘을 보고 아름답다고 느끼거나 바다를 보고 숭고하다고 느낀다고 해서 그 자체로 당장 문제될 것은 없어 보인다. 문제는 그 느낌의 끝에 유용한 존재로서의 삶에서는 드러나지 않고 감지되지 않던 자기 자신의 실존에 대한 발견이 자리 잡을 것이라는 점이다. 그리하여 바다를 보면서 "이것은 마치 내가 더 나인 것처럼 느끼게 한다(It makes me feel as though I were more me)"는 버나드의 표현은, 공들여 단어들을 골랐다는 소설 속 묘사에 값할 만큼 매우 적확하다. 그것은 "훨씬 더 나다워"지고, 또 전체의 일부가 아니라 "독립된 존재가 된 것 같다"는 느낌으로 이어진다. 바다를 볼 때 경험하는 느낌은 종국에는 남들과 달리 자기감정을 갖는 '나'가 존재한다는 바로 그 느낌으로 귀결될 것이다. 이는 마땅히 따라야 할 의무와 명령에 전념하면서 어떤 감정도 느낄 필요 없는 유용한 삶에서 궁극적으로 상실하게 될 것이 바로 '나'가 존재한다는 느낌이라는 사실과 정확히 대칭을 이룬다.

이처럼 어떤 감정을 느낀다는 것이 궁극적으로 그 감정을 느끼는 자기 자신의 존재를 발견하는 것이라는 점에 주목할 때, 그 감정이 어떤 종류의 것인지는 부차적인 문제이다. 예를 들어 센터장이 조직의 질서를 계속 위태롭게 하면 절해고도로 좌천시킬 수도 있다고 경고할 때, 버나드가 이 협박에 괴로워하는 것은 당연하지만 동시에 그는 괴로움이라는 부정적 감정을 즐기고 심지어 갈망하기까지 한다. 이것은 그가 학대를 즐기는 피학증적 성향을 갖고 있어서가 아니다. "소마의 힘을 빌리지 않고 오로지 자신의 내적인 힘에 의존한 채 어떤 크나큰 시련이나 고통이나 어떤 박해에 직면한다면 도대체 어떤 기분일까"라는 독백에서 알 수 있듯, 버나드는 소마로 상징되는 감정 공학에 의지하지 않은 상태에서 날것으로서의 괴로움을 절감함으로써 마침내 '나' 자신의 존재를 강렬하게 느끼기를 원한 것이다.

지금까지의 내용을 잠깐 정리하고 넘어가도록 하자. 앞 장에서 감정에 대한 합의된 정의가 없는 상황을 언급하면서 이 책을 시작했다. 감정에 대해 이야기할 때 누구는 이렇게 말하고 또 누구는 저렇게 말하는 주관적 혼란을 넘어서려는 요구가 '감정 자체'에 대한 추구를 낳았다는 것은 십분 이해할 만하지만, 우리의 감정생활에서 감정과 그것을 경험하는 주체를 분리해서 생각하기란 쉽지 않다는 것이 지금까지 이루어진 논의의 잠정적인 결론이다. 과학 기술의 발달에 힘입어 어떤 특정 감정을 독립된 객체로 취급하고 그 작용 원리를 객관적으로 설명하는 것이 부분적으로 가능해진 것이 사실이지만, 그와 별개로 어떤 감정을 느낀다는 것이 궁극적으로 우리 자신의 존재함에 관한 각성과 발견으로 이어진다는 점은 주체의 주관과 분리된 감정 자체에 대한 탐구만으로는 설명되기 어렵다.

이제 감정을 느끼는 것이 우리 자신의 존재를 깨닫고 발견하는 것이라는 명제로부터, 아마도 이 책에서 기본이 되는 주제 중 하나를 말할 수 있게 되었는데, 그것은 "감정이란 무엇인가"라는 질문이 "나는 누구인가"라는 질문과 함께 제기되어야 한다는 것이다. 이러한 관점이 대단히 참신하거나 충격적인 것은 아니지만, 편도의 신경 세포나 세로토닌 신경 전달 물질 등에 관한 수수께끼가 속속 밝혀져 "감정 자체란 무엇인가"의 답이 곧 나올 것처럼 기대되는 과학 기술의 시대에 새삼 상기할 필요가 없지 않다. 아무튼 새로운 주제는 아니라서, 이미 18세기에 루소는 "나는 누구인가"라는 질문에 대해 "나의 느낌들이 나 자신의 존재를 느끼게 한다(my sensations make me sensible of my own existence)"고 답한 바 있다.[20] 같은 맥락에서 존재감(sentiment of existence)이라는 루소의 용어도 참고할 수 있거니와,[21] 요컨대 우리는 느끼므로 혹은 느낌으로 존재한다.

어떤 감정을 느낄 때, 강렬하게 느낀다면 더더욱, 우리는 자기 자신이 존재한다는 것도 함께 느낄 수 있다. 이것으로 충분할 때도 있다. 예컨대 『멋진 신세계』처럼 감정이 소거된 세상이라면, 자기 자신의 현존(presence)을 느낌으로써 존재한다고 선언하는 것만으로도 상당한 의미를 인정받을 수 있을 것이다. 하지만 억압된 감정을 되찾고 마침내 '나'를 되찾는 자유와 해방의 서사만이 반드시 능사는 아니다. 세뇌된 메시지와 소마를 거부하고 자신이 존재한다는 느낌을 추구하던 버나드가 서사가 진행될수록 영웅 심리를 즐기는 과시적 인물을 거쳐 마침내 가짜(fake) 주인공으로 폭로되는 『멋진 신세계』의 결말은, 잃어버린 감정을 되찾고 자기 자신까지 되찾는 이야기가 선악의 이분법이 분명한 세상에서 보물(성배)을 찾는 플롯처럼 한편으로는 흥미진진하지만 또 한편으로는 '낭만적 거짓'에 그치고 말리라는 위험성을 경고한다.

버나드가 자신의 존재감에 탐닉해 들떠 있을 때, 그와 유사한 고민을 가졌으면서 보다 진지했던 헬름홀츠는 동료 버나드에게 다음과 같이 고백한 바 있다. "자네의 내부에 무엇인가 숨어 있어서 자네가 그것을 끄집어낼 때까지 기다리고 있는 것 같다고 느껴본 적 없나? (……) 무언가 내가 이야기할 중대한 것이 있고 그것을 표현할 능력도 있지만 단지 그 말하고 싶은 것이 무엇인지 모르는 데다가 그 능력을 도무지 사용할 수가 없다는 느낌이야."[22] 헬름홀츠의 묘사가 느끼는 존재로서의 우리 내부에 있(다고 여겨지)는 감정에 관한 것이라는 점은 분명하다. 느끼는 존재라는 거시적 선언에 이어 미시적인 내면 탐구가 등장하고 있는 것이다.

일인칭 자아의
탐구

—

그리스의 델포이 신전에 새겨져 있었다는 "너 자신을 알라"라는 유명한 경구(警句)를 염두에 둔다면 "나는 누구인가"라는 질문의 연원을 고대로까지 끌어올리는 것도 불가능하지는 않겠지만, 질문 자체는 오래전부터 있었다 하더라도 그 함의는 몇 차례 변경되었다고 보는 편이 타당할 것이다. 무엇보다 이 경구를 널리 알렸던 소크라테스와 그의 후계자 플라톤에게 '나'나 '너'란 우리 근대인들이 생각하는 개별적 존재로서의 본질을 지닌 자아와는 거리가 멀었다.

소크라테스에 대한 플라톤의 해석에 따르면 인간은 광대한 전체 우주의 부분이며, 우주적 관계망 안에 한 자리를 차지하고 있는 존재로 간주된다. 우주적 관계망에서 사물의 정체—특정한 종류의 존재로서의 본질―는 광대한 전체 안에서의 위치와 기능에 의해 결정된다. 이 견해에서는 모든 것을 포괄하는 우주적 환경이 일련의 질서 원리―'이데아'의 질서―를 구현하며, 이 질서는 사물의 실체를, 그 사물이 전체와 관련하여 갖는 가치를 결정한다고 본다. 그렇다면 나 자신을 안다는 것은 무엇보다 사물 체계 안에서 나의 위치가 무엇인지―내가 무엇이며, 우주 질서가 미리 계획한 바에 따라 무엇이 되어야 하는지―를 아는 것이다. (……) 그러므로 자기 지식은 우리가 생각하는 것처럼 '그대로의 자신이 되는 것'을 향해서가 아니라, 나의 기능을 결정하는 이상과 더 나은 조화를 이루도록 자기 내면의 특성과 특질을 행사하는 과제를 향해 첫걸음을 떼는 것이다.[23]

인용의 첫 문장에도 명시되어 있듯, 근대 이전 고대의 자아관에 따르면 우리는 "우주적 관계망 안에 한 자리를 차지하고 있는 존재"이며 우리의 정체성 또한 "광대한 전체 안에서의 위치와 기능에 의해" 결정된다. 이런 관점에서는 우주라고 부르든 하늘이라고 부르든 그것은 이미 단순한 자연물이 아니라 초월적 진리와 선(善)을 대표하는 동시에 모든 사물의 체계와 관계를 규정하는 조화로운 질서(cosmic order)로서 현현할 것이다. 이처럼 만물을 주재하는 신성하고 초월적인 질서를 전제한다면, "나는 누구인가"라는 질문에 대해서도 더 큰 질서와의 관계 속에서 정의된 존재, 곧 "우주 질서가 미리 계획한 바에 따른 무엇"이 유일한 정답으로 간주되어야 마땅하다. 실은 신전의 기둥에 "너 자신을 알라"라는 문구가 새겨져 있다는 사실부터 근대인의 관점에서는 다분히 모순적으로 느껴지는데, 신의 말을 청하는 신탁의 장소에서 우리가 알고 싶고 또 알아야 할 것은 자기 자신이 아니라 오히려 신의 섭리일 것이기 때문이다. 이런 맥락에서라면 신전에 새겨져 있던 "너 자신을 알라"라는 말의 숨은 뜻이 "너 자신을 신이라고 오해하지 말라", 그러니 신에게 질문할 것을 잘 생각하라는 의미였다는 설명도 납득이 간다.[24]

그런데 근대성을 고찰하는 많은 담론들이 공통적으로 지적하는 바와 같이, 이러한 고대의 자아관은 17세기를 전후해 결정적인 변화를 맞게 된다. 여기서는 찰스 테일러의 논의를 참고하면서 찬찬히 그 윤곽을 살펴보기로 하자. 근대를 맞아 분기된 신구(新舊) 자아 간의 본질적인 차이는 과거의 자아가 우주적 질서와 맺는 관계 속에서 규정되었던 반면, 근대적 자아는 '자기 규정적'이라는 데서 찾을 수 있다.[25] 우주적 질서와 단절된 상태에서라면 무의미한 존재에 불과했던 과거와 달리 근대적 자아는 세상 만물을 연결하는 바로 그 질서로부터 분리됨으로써 데카르트의 코기토처럼 스스로를 규정하는 존재로 등장할 수 있었던 것이다. 이로부터 "나는 누구인가"라는 질문은 새로운 함의를 갖게 된다. 이 질문에 대해 고대인들은 무엇보다 우주의 조화로운 질서를 따르는 존재를 정답으로 당연시했을 테지만, 근대인들은 반대로 그 질서는 물론 신조차도 불신하면서 그들과 관계를 끊는 것으로부터 스스로를 입증하는 과제를 시작할 것이기 때문이다. 이제 근대의 새로운 자아는 우주적 질서에 의해 조화롭게 운행되는 세계, 막스 베버의 표현을 빌리면 마법화된 세계로부터 거리를 두고 물러나 이성에 근거한 순수한 관찰과 사유를 절대시하는 존재로 재탄생한다.

근대적 존재의 탄생 과정에 관한 테일러의 설명에서 주목해야 할 것은 자아 쪽에서 나타나는 변화 못지않게 맞은편 대상 세계에서 나타나는 변화 또한 비슷한 무게로 중요하게 검토되고 있다는 점이다. 이런 점은 예컨대 "나는 근대 주체를 자기 규정적인 것으로 특징지었고, 이와 연관하여 사물들을 내적 의미를 결한 것으로, 세계를 관찰에 의해 확인되고 어떤 선천적 패턴에도 순응하지 않는 그런 우연한 상호 관계의 장소로 특징지었다"고 말하는 대목 같은 곳에서 잘 드러난다.[26] 이에 따르면, 근대적 자아의 파트너로 재설정된 대상 세계 역시 지금까지는 우주의 질서에 따라 조화롭게 운행된다고 믿어졌지만, 이제 그 질서와 분리됨으로써 어떤 의미나 가치도 내재하지 않고 단지 우연한 작용 반작용 속에서 움직이는 중립적 사물들로 간주된다. 그 세계는 "새로운 주체성에 상응하는 근대의 새로운 객체성"을 표시한다. 다시 한 번 강조하자면, 이러한 근대적 객체성은 이미 우리가 그 새로움을 충분히 주목해왔던 근대적 자아만큼이나 새롭고 낯선 개념이다. 그것은 의미나 목적이 거부된다는 점에서 기계적이고, 전체적 관점에서가 아니라 해당 구성 요소들 간의 작용만이 고려된다는 점에서 원자적이며, 달과 사과에 공통되는 만유인력의 법칙처럼 질적으로 전혀 다른 사물들에 동일한 원리가 적용된다는 점에서 동질적인 성격을 띤다. 주지하다시피 기계적이고 원자적이며 또한 질적 차이 없는 동질적 세계란 과학적 관찰의 대상이 되는 세계이며, 우리 근대인들은 바로 이 과학을 통해 세계에 대한 지적, 기술적 통제력을 확대할 수 있었다.

여기까지는 아직 괜찮아 보인다. 하지만 자아의 독립 선언에 동반된 근대적 객체화 과정이 세력을 확장한 결과, 인간에 대해서도 기계적이고 원자적이며 동질화하는 모형에 따른 과학적 이해가 조장될 때 문제는 한층 심각해진다.[27] 이전 시대라면 스스로 신령함을 과시했거나 거룩한 조화를 증명하는 것으로 받아들여졌을 자연 일체가 근대의 도구적 이성에 의해 멋대로 찢기고 갈려나가는데, 인간이라고 해서 예외일 리 없는 것이다. 인간에게마저 도구적 이성을 들이댄 결과 획득한 과학적 성과 덕분에 일상의 삶이 누리게 된 효용을 무시하기는 어렵지만, 그럼에도 불구하고 자기가 누구인지를 스스로 규정하겠다고 선언했던 인간이 철저하게 객체화된 사물 존재로 주조된다는 근대의 역설을 그저 간과하는 것도 쉽지는 않다.

부르주아지는 역사적으로 매우 혁명적인 역할을 수행해왔다.

지배권을 얻은 부르주아지는 봉건적, 가부장제적인 그리고 목가적인 관계들을 모두 파괴했다. 그들은 타고난 상전들에게 사람들을 묶어놓던 갖가지 색깔의 봉건적 끈들을 가차 없이 끊어버렸고 인간과 인간 사이에 적나라한 이해관계, 무정한 '현금 지불' 외에 다른 어떤 끈도 남겨두지 않았다. 그들은 신앙심에서 우러나오는 경건한 광신, 기사의 열광, 속물적 애상의 성스러운 전율을 이기적 타산이라는 얼음같이 차가운 물속에 익사시켰다. 부르주아지는 개인의 존엄을 교환 가치로 용해시켰고, 문서로 확인되고 정당하게 획득된 수많은 자유들을 단 하나의 비양심적인 상업 자유로 대체했다. 간단히 말해 그들은 종교적, 정치적 환상들로 은폐된 착취를 공공연하고 파렴치하며 직접적이고 무미건조한 착취로 바꿔놓았다.[28]

우리 눈앞에 펼쳐진 근대적 객체성의 역설은 마르크스가 『공산당 선언』의 서두에서 부르주아의 혁명적 과업으로 소개했던 역사적 전환 속에서도 그 단면을 엿볼 수 있다. 마르크스는 인간의 삶 전반을 돈으로 사고파는 상품 형식으로 바꿔 놓았다는 점에서 부르주아를 호되게 비난하고 있지만, 그들의 역할을 혁명적이라 불렀던 것에도 일말의 진실은 담겨 있다. 세상 만물이 화폐에 의해 교환 가능한 것이 되려면 무엇보다 먼저 그 세상을 조화롭게 주재한다고 믿어졌던 기존의 우주적 질서를 부정하는 혁명적 사업이 수행되지 않으면 안 되기 때문이다. 이런 맥락에서 접근한다면 다양한 봉건적, 가부장적, 족가적 속박들, 나아가 종교적, 정치적 환상들을 가차 없이 분쇄하는 부르주아의 사업은 조화로운 질서의 베일을 벗겨 무의미하고 중립적인 객체성의 세계를 도입한 탈마법화, 탈신비화 작업과 별반 다르지 않다. 마찬가지로 객체성의 세계를 지적, 기술적으로 통제하기 위한 데카르트적 과학과 수학이 인간으로까지 그 대상 영역을 확장했듯, 최대의 편익(便益)을 끌어내기 위한 부르주아지의 상업과 경제학 역시 인간의 삶 전체로 그 영역을 확장할 것은 자명하다. 그리하여 위에 인용된 대목에 바로 뒤이어 부르주아가 신성한 후광을 열어젖히자마자 지금까지 존경과 경외의 대상이던 모든 활동들이 단순한 임금노동으로 전락했으며, 삶의 감동적이고 감상적인 보람의 원천이던 가족 관계 역시 순전히 금전적인 관계로 격하되고 말았다는 마르크스의 고발이 이어지는 것은 매우 자연스럽다.

　지금 우리는 근대적 주체성에서 객체성으로 시선을 돌려 근

대가 낳은 역설적 장면을 검토하고 있다. 여기서 다시 주체성
으로 시선을 되돌린다면 근대적 주체를 특징짓는다고 알려져
왔던 이성에 대해서도 단지 추상적인 이해를 넘어 좀 더 특정
된 의미, 곧 목적 달성에 필요한 수단의 경제적 최적화를 계
산하는 목적론적, 도구적 속성을 추출하는 것이 가능해진다.[29]
『공산당 선언』으로부터 몇 년 뒤 1854년에 출간된 찰스 디킨
즈의 『어려운 시절』은 부르주아에 의해 지배되는 가공의 산업
도시 코크타운의 삶을 묘사하면서 "숫자로 서술할 수 없거나
가장 싸게 사서 가장 비싸게 팔 수 있다고 증명할 수 없는 것
은 존재하지 않는 것이고, 존재해서도 안 되는 것이었다, 영원
무궁토록, 아멘"이라고 설교한 바 있거니와,[30] 이처럼 도구적
이성의 막강한 위세는 종교에 비견될 정도이다. 디킨즈의 소
설에 대해서는 뒤에서 좀 더 자세히 살펴볼 것이다.

우주적 질서에의 의존을 과감하게 끊고 자기 규정적 존재로
독립을 선언했지만, 그 이면에서 도구적 이성 혹은 교환 가치
라는 또 다른 획일적 척도에 재종속되고 마는 근대의 역설은
부르주아의 상품 물신 혁명 이후 단시간에 급격히 가속화되었
으며, 그뿐 아니라 역시 『공산당 선언』에 묘사된 대로 국가 간
경계를 무력화시킨 부르주아의 활력 탓에 공간적으로 전지구
화되기도 했다.[31] 우리의 삶을 식민화하는 객체화의 그물은 베
버에 의해 철망(iron cage)으로 불릴 만큼 엄격하고 치밀하다.

여기에 권력의 속성이 강제에서 관리로 바뀌면서 자신의 인적 자본을 기업가적으로 경영하는 호모 에코노미쿠스로의 전환이 자기 계발이라는 명목 아래 자발적으로 행해지고 있다는 푸코의 담담한 진단마저 덧붙인다면,[32] 객체화되지 않은 자기의 자리는 점점 더 어디에도 있을 것 같지 않다.

이러한 경고는 소위 '계몽의 변증법'적 전개 과정 중에 노정된 근대의 역설에 대한 주의를 환기했을 뿐만 아니라 "나는 누구인가"라는 질문의 함의를 본격적으로 갱신하도록 자극하는 효과를 가져오기도 했다. 좀 의아하게 들릴 수도 있지만, '나'라는 존재가 우주적 질서나 보편적 이성에 의해 결정된다고 믿어지는 한 "나는 누구인가"에 답하기 위해 굳이 '나' 자체를 탐구할 필요까지는 없었다. 그러던 것이 인간이 한갓 객체화된 사물로 축소되는 절박한 상황에 이르러서야 비로소 '나'에 대한 진지하고 본격적인 자아 탐구(self-exploration)가 개시된다. 인간의 객체화라는 주제는 '어느 누구나(anyone and everyone)'에 관한 일반론적 설명으로 우회할 때보다 바로 자기 자신을 직접적인 탐구 대상으로 설정할 때 더욱 절박한 문제로 다가올 것이 분명하기 때문이다. 아래 인용된 표현을 빌리면, "비인칭적 추론"에서 "일인칭적 자기해석"으로 방향 전환이 이루어지면서 새로운 자아 탐구가 궤도에 오르는 것이다.

이 〔몽테뉴의〕 개인주의의 목표는 개인을 반복될 수 없는 차이 속에서 발견하는 것인 반면 데카르트주의는 우리에게 일반적 본질 속에서 파악된 주체에 관한 과학을 제공해준다. 또 몽테뉴의 개인 주의는 비인칭적 추론의 증명이 아니라 일인칭적 자기해석에 의해 앞으로 나간다. 그의 개인주의는 결국 내 자신의 요구, 열망, 욕망 을 원래대로 이해하려고 한다. (……) 데카르트가 근대 개인주의 의 창시자인 이유는 그의 이론이 개인으로 하여금 스스로 책임지 게 하고, 혼자 힘으로 일인칭 단수로 사고의 질서를 세울 것을 요 구하기 때문이다. 그러나 보편적 기준들을 따라 그렇게 해야 한다. 그는 누구나처럼, 여느 사람처럼 추론한다. 몽테뉴는 각 개인의 독 창성에 대한 탐구를 출발시킨 창시자이다. 그리고 이것은 단지 그 와 다른 탐색일 뿐만 아니라 어떤 의미에서는 데카르트적 탐색과 는 상반되는 탐색이다.[33]

테일러에 의하면, "나는 누구인가"라는 질문은 몽테뉴에 이 르러 보편이 아닌 독창에 관한 탐구로 이해되기 시작한다. 인 용에서도 강조되고 있듯, 데카르트로 대표되는 "일반적 본질 속에서 파악된 주체에 관한 과학"은 몽테뉴의 관심사인 "반복 될 수 없는 차이"로서의 "독창성"을 본질로 삼는 존재에 대해 아무것도 알려주지 못한다. 이성에 의한 인간 이해가 일반적 으로 적용 가능한 과학적 지식으로 체계화되면서 개가를 올렸지만, 과학적 지식에 의해 설명 가능한 것은 객체화된 기계적, 동질적 존재 이상이 될 수 없기 때문이다. 그 세계에서 '나'는 자기 규정적 존재로의 선언에도 불구하고 어느 누구라도 상관없는 익명적 '나'일 뿐이며, 이런 점에서 데카르트적 '나'는 문법상으로는 일인칭이지만 실상 비인칭적 존재나 다름없다고 해도 과언이 아니다.

어느 누구여도 무방한, 곧 어느 누구와도 구별되지 않는 '나'라는 설명이 다분히 형용 모순처럼 느껴진다면, 그것은 이미 일인칭적 자아 탐구의 세례를 받은 우리에게 '나'라는 존재가 기본적으로 남들과 다르다는 가치를 전제한 것으로 받아들여지기 때문이다. 가깝게는 이성의 힘으로 객체성의 세계를 지배하는 존재라거나 멀게는 우주의 조화로운 질서를 따르는 존재라는 대답만으로는 해명되지 않는 잔여가 "나는 누구인가"라는 질문 안에 남아 있다는 사실을 더 이상 모른 체할 수 없을 때, 어느 누구와도 다른 독창적인 '나'를 탐구하기 위해 지금까지 무시되고 기각되었던 '나' 안의 개별적인 요구나 열망, 욕망 등이 새롭게 조명된다.

그런데 바로 윗줄에서 무심코 '조명(照明)'한다는 표현을 썼듯, 우리는 뭔가를 탐구하는 것을 빛을 비추는 것에 예사롭게 비유하곤 한다. 하지만 어둠을 밝게 비춘다는 뜻에 걸맞게 '계몽'주의에 의해 가장 강력하고 효과적으로 점유되었던 이광학적 비유를 일인칭적 자아 탐구에 그대로 적용하는 것은 다소 이율배반적이다. 바로 그 계몽주의가 근대의 새로운 객체성을 앞장서서 맞아들였으며, 여기에 그치지 않고 인간으로까지 객체화의 영역을 확대해 비인칭적 자아를 양산함으로써 도구적 이성의 전면적 지배를 부추겼다는 혐의에서 자유로울 수 없기 때문이다. 이러한 배경을 염두에 두면서 밝은 조명에 관한 비유를 하나 더 살펴보자. 과학과 인문학의 지향점을 비교하는 과정에서 이매뉴얼 월러스틴은 밤에 길을 가다 열쇠를 잃어버린 어떤 사람이 그곳이 밝다는 이유로 가로등 밑에서만 열쇠를 찾더라는 속담을 예로 든 바 있다. 천만다행으로 열쇠가 가로등 밑에 있다면 모를까 그렇지 않다면 열쇠를 찾는 것은 기대 난망이다. 월러스틴에 의하면, 가로등 아래에서만 열쇠를 찾는 사람의 좁은 시야는 실험과 검증이라는 조건이 반드시 충족되어야 하며 이를 위해서는 계량화 가능한 데이터만으로 연구를 수행해야 한다고 고수하는 과학자의 그것과 흡사하다.[34] 계몽과 이성과 과학의 빛 아래에서 어둠의 베일이 벗겨져 명명백백하게 계량되고 계산될 때 어떤 의미의 진리에 도달할 수 있다지만, 그런 식으로는 아무리 해도 찾을 수 없는 진리의 열쇠도 있는 법이다.

계몽의 빛 안에서 명백하게 계량되고 계산될 때에만 진리에 이를 수 있는 것이라면, "나는 누구인가"에 관한 일인칭적 탐구는 그 밝은 세계의 일원이 되기 어렵다. 기존에 자신이 알던 세상에 대한 믿음을 잃고 충격에 싸인 리어 왕이 절박하게 읊은 "내가 누군지 누가 말 좀 해줄 수 없나?"라는 유명한 대사에서 일찌감치 그 단서가 보이기도 했다. 해당 구절은 다음과 같다. "여기 누가 나를 알아보나? 이것은 리어가 아냐. 리어가 이렇게 걷고, 이렇게 말을 하나? 리어의 눈은 어디 있어? 머리가 둔해지고, 분별력이 줄고 있나? 하! 깨어 있나? 깨어 있지 않나? 내가 누군지, 누가 말 좀 해줄 수 없나?"[35] 자아의 불확실성에 대한 불안이 절박한 관심사로 널리 유포되기 시작한 것은 보통 18세기 말로 추정되지만, 셰익스피어 당대인 16세기 말 역시 기존의 질서가 붕괴되고 새 시대가 열리는 과정에서 심각한 위기가 노정된 시기였다고 한다.[36] 수백 년 전에도 그랬다면, 하물며 오늘날 자기 자신에 관해 명백하게 묻고 답할 수 있는 사람이 과연 몇이나 되겠는가? 아무튼 좀 맥 빠지거나 어이없기도 하지만, 우리 근대인들에게는 "나는 누구인가"라는 질문에 과연 답할 수 있겠느냐는 회의적인 반문이 매우 개연성 있는 반응 중 하나일 것이다. 비가시성과 불확실성의 베일에 가려진 어둠 속에서 뭔가를 찾기 시작한다는 것이 결코 쉬운 일은 아니다. 더구나 찾아야 할 것이 다른 것도 아닌 바로 자기 자신이라는 데서 오는 내적 불안을 감수하기란 한층 더 어려운 일이 아닐 수 없다.

앞서 잠깐 언급했던 디킨즈의 『어려운 시절』은 자아에 관한 비인칭적 관점과 일인칭적 관점을 비교해서 살펴보기에 적절한 사례들을 제공한다. 『시적 정의』에서 마사 누스바움이 인간을 객체성에 종속시키는 비인칭적 관점을 대표하는 인물로 『어려운 시절』의 주인공 그래드그라인드를 꼽기도 했거니와, 그는 질적 차이를 양적 차이로 축소하는 통약 가능성, 개인의 단독성과 질적 차이를 무시하는 집합성, 문제의 해결책을 합계에서 찾는 극대화, 어떤 것에 대한 사람들의 선호를 설명의 대상이 아니라 단순히 주어진 것으로 간주하는 외생 선호 등 공리주의자로서의 특징을 몸소 실현한 인물이다.[37] 이처럼 나름대로 대단한 인물인 그래드그라인드는 소설의 시작과 함께 인간을 "이성적으로 추론하는 동물(reasoning animals)"로 정의하는 한편, "새로운 주체성에 상응하는 근대의 새로운 객체성"이라는 명제를 충실히 따른 나머지 이성적 주체의 정립에 대응하는 새로운 객체성의 정립에도 앞장선다. 그 객체화 작업은 자기 소유의 학교를 순시하던 그래드그라인드가 인생에서 우리가 원하는 것은 오로지 사실뿐이며, 세상 또한 그러한 사실들로만 이루어져 있다고 어린 학생들에게 진지하고 엄숙하게 설교하는 장면을 통해 약간은 희극적인 분위기로 드러나기도 한다. 이 장면의 의미는 다음과 같은 인물 묘사에서 보다 구체화된다.

토머스 그래드그라인드입니다, 여러분. 현실적인 인간. 사실과 계산의 인간. 둘 더하기 둘은 넷이지 그 이상도 이하도 아니라는 원칙에 따라 살아가는 인간이며, 넷 이외의 다른 숫자를 생각하도록 설득될 수 없는 인간. 토머스 그래드그라인드입니다, 여러분—누가 뭐라 하건, 토머스—토머스 그래드그라인드. 자와 저울, 구구표를 주머니에 항상 가지고 다니면서 인간성의 어떤 쪼가리라도 무게를 달고 치수를 재고 그 결과를 여러분에게 정확히 알려줍니다. 그건 그저 숫자의 문제이고 간단한 산술의 문젭니다.[38]

그래드그라인드에게 인간은 자와 저울, 구구표를 사용할 줄 아는 이성적 주체인 동시에 전적으로 계산 가능한 사실의 영역으로 환원되는 객체이다. 인간을 포함한 세상 만물을 객체화해 자와 저울로 계량하고 구구표로 계산하는 도구적 이성 앞에서는 우리가 인생이라고 부르는 많은 경험들 역시 숫자와 산술의 문제일 뿐 그 외에는 일고의 가치도 없으며, 그 결과 오직 경제적 최적화라는 척도에서 계산된 유용성(utility)만이 인생의 유일한 원칙으로 받아들여진다. 그런데 앞서 살펴봤던 『멋진 신세계』에서도 이미 유용성의 원칙이 천명된 바 있어 이런 점에서 『어려운 시절』과 『멋진 신세계』는 세계관을 공유한다고 볼 수 있다.

다만 인공 부화로 태어나 조건 반사 세뇌 교육을 받으며 집단 양육되는 무균실험실(clean room)적 삶 외에 다른 선택은 거의 불가능한 『멋진 신세계』와 비교하면, 『어려운 시절』의 세계는 그만큼 극단적일 수는 없어서 그래드그라인드는 아내와 다섯 명의 자녀와 함께 살고 있다. 그중 첫째, 둘째인 루이자와 톰은 아버지 소유의 학교에서 "사실, 사실, 사실만을!"을 모토로 하는 모범적 교육을 받고 있다. 그 밑으로 두 명의 동생은 본명인지 별명인지 모를 '아담 스미스'와 '맬서스'라는 의미심장한 이름으로 불린다. 믿고 있던 아이들이 몰래 서커스 구경을 하다 들켜 역정과 근심을 사기도 하는데, 이런 소소한 일탈뿐 아니라 코크타운의 시민들이 수학자 유클리드가 아니라 소설가 디포우를 더 선호하는 현상 역시 그래드그라인드에게는 납득하기 어려운 수수께끼이다. 이처럼 계산 가능한 사실보다 실체도 없는 상상을 선호하는 현실에 낙담하기도 하지만, 그렇다고 『어려운 시절』의 세계에서 그래드그라인드가 궁지에 몰렸다고 판단하는 것은 아직 성급하다. 제목의 '어렵다(hard)'는 공리주의자에 대한 형용사가 아니다. 혹은 공리주의자를 위한 형용사라면 그것은 냉정하고, 매섭고, 엄격하고, 딱딱하다는 의미일 것이다.

시간이 흘러 자신의 동료 바운더비가 딸 루이자에게 청혼하고 싶다는 의사를 표하자 그래드그라인드는 이 소식을 당사자에게 최대한 "공리적이며 사실적인 얼굴로" 전달한다. 루이자로부터 사랑에 관한 예상치 못한 질문을 받은 그래드그라인드는 당황하면서도 "상상적이거나 환상적이거나 감상적인 것을 요구하는 잘못"을 범하지 말고 "다른 문제처럼 이 문제도 명백한 사실의 문제로만 생각"할 것을 권유한다. 다시 말하면 그에게 결혼이란 잉글랜드와 웨일즈에서 생산된 결혼 통계 자료, 또 인도나 중국, 타타르에서 보고된 인류학적 자료에 근거해 이해될 주제일 뿐이다. 실망한 루이자가 "아버지, 인생이 아주 짧다는 생각이 자주 들었어요"라고 화제를 돌리자, 그래드그라인드는 조언을 위해 최근 평균 수명이 증가했음을 입증하는 생명 보험 회사와 연금 회사의 자료를 재차 근거로 제시한다.[39]

『어려운 시절』이 연재되던 19세기 중반은 "자연법칙과 유사하지만 사람들을 대상으로 하는 새로운 유형의 법칙"으로서 통계적 규칙성이 주목받은 시기였던 만큼,[40] 그래드그라인드에게 통계학은 과학, 특히 인간에 관한 과학의 대명사나 다름없다. 학교 소유자로서 그는 학생들에게 통계학을 중요 과목으로 가르치도록 하고, 이어 하원의원으로서 통계학을 통해 복잡한 사회 문제를 해결하고자 한다. 무엇보다 그의 방 안에서 "치명적인 통계학적 시계(deadly statistical clock)"가 마치 관 뚜껑 두드리듯 똑똑 소리를 내며 부단히 움직이고 있다는 소설 속 묘사는 그래드그라인의의 인생에서 통계학의 위상을 상징적으로 대변한다. "아버지, 저는 제 인생에 대해 얘기하는 거예요"라고 간절히 말하는 루이자에게 평균 수명에 관한 통계자료가 어떤 도움을 줄 수 있을지는 지극히 회의적이지만, "하지만 루이자, 그것 역시 수명을 전체적으로 지배하는 법칙에 의해 지배받는다는 사실은 지적할 필요도 없는 게 아니냐"라는 그래드그라인드의 이성적이자 통계학적인 관점 역시 간단히 무시될 수만은 없다.

좀 거창하게 말하면, 그래드그라인드와 루이자의 관계는 데카르트와 몽테뉴에 비길 만하다. 데카르트의 유명한 성찰에서 모범을 보았듯 이성을 속이지 않는 명석판명한(clear and distinct) 사실에 입각한 계산만이 인간을 포함한 자연 전체에 관한 과학을 성립시키는데, 이때 인간이란 그래드그라인드의 주장처럼 "그저 숫자의 문제이고 간단한 산술의 문제"로 환원된다. 그러나 루이자가 염두에 두고 있는 인간은 설령 같은 단어로 지칭될지라도 내재된 의미나 가치는 전혀 다르다. 마치 '전체 수명(lives in the aggregate)'과 '나 자신의 인생(my own life)'에서 동일한 단어(life)가 전혀 상이한 의미를 갖는 것처럼 말이다. 글자 그대로 숫자와 산술의 영역에 속하는 '수명'에 관한 다수의 연구와 거기서 유도된 법칙들 중 루이자 자신의 '인생'에 관해 설명해줄 수 있는 것은 거의 없을 것이다.

그런데 비인칭이 아닌 '나 자신의' 일인칭 버전으로서 "나는 누구인가"라는 질문을 던지던 루이자는 더 이상 몽테뉴의 길을 따르지 않고 중도에 생각을 바꾼다. 계량적 자료에 의하면 나이 차는 실질적으로는 차이가 아니게 된다는 아버지의 기막힌 해명을 신뢰했을 리 없지만, 아무튼 그녀는 도중 태도를 바꿔 서른 살 연상 바운더비와의 결혼을 받아들인다. 그리고 그로부터 몇 년 뒤 예의 그 통계학적 시계가 작동하는 장소에서 다시 한 번 아버지와 대화를 나누게 된다.

인간이 이제까지 해온 온갖 계산을 거부하는, 인간의 산술로는 창조주만큼이나 짐작할 수 없는, 강점으로 품을 수도 있는 약점과 감수성과 애정이 저의 가슴에 꾸물거리고 남아 있다는 사실을 아버지가 아셨다면—이제는 제가 분명히 증오하는 남편에게 저를 맡기셨겠어요? (……) 아버지, 저는 항상 불행했어요. 싸울 때마다 착한 천사를 퇴짜놓고 으깨어서 악마로 만들었으니까요. 제가 배운 지식은 배우지 않은 것을 의심하고 불신하고 경멸하고 유감으로 여기도록 만드는 것이었지요. 인생은 곧 끝날 것이고 인생의 어떤 것도 다투는 수고와 노력을 들일 가치는 없다고 생각하는 것이 저의 참담한 마지막 수단이었어요. (……) 돌이킬 수 없이 결혼한 다음에는 옛날부터의 갈등이 결혼이라는 끈을 끊고 반란을 일으켰어요. 두 사람의 성격 차이에서 생긴 불화이고, 해부학자에

게 제 영혼의 비밀스러운 곳 어디를 메스로 잘라보라고 지시할 수
있다면 모를까 그렇지 않으면 어떤 일반적 법칙을 가지고 그리거
나 명시할 수 없는 원인들 때문에 생긴 불화이니만큼 갈등이 더욱
악화되었던 거지요, 아버지.[41]

결혼을 결정하던 당시 자기 안에 계산과 산술을 거부하는
감수성이나 애정 같은 것들이 남아 있었음을 뒤늦게 고백하는
루이자에게 아버지는 그런 사정을 전혀 몰랐다고 변명한다.
그런데 아버지가 알고 있었는지 여부와는 별개로, 그렇다면
그녀는 왜 사랑하지도 않는 바운더비의 청혼을 승낙했을까?
이유야 당연히 복합적이겠지만, 이러저러해도 핵심적 이유는
루이자에 대해 몰랐던 것은 아버지만이 아니라 바로 그녀 자
신이기도 했다는 점이다. 대화가 이어지면서 청혼을 받아들인
그때뿐 아니라 결혼한 뒤 바운더비와 불화할 때에도, 또 새로
운 사람으로부터 사랑한다는 고백을 받았을 때에도 루이자가
자기 자신에 대해 잘 몰랐다는 사실이 밝혀진다. 자기 자신에
대해 안다는 것이 뜻하는 함의가 간단치는 않지만, 가령 남편
과 불화하는 중에 하트하우스에게서 사랑한다는 말을 들은 루
이자가 자신이 어떤 감정 상태인지 모른다면, 가령 후회하고
있는지, 수치심을 느끼는지, 자존감이 저하되었는지를 알지
못한다면 자신에 대해 안다고 말할 수는 없을 것이다.

자기에 대해 아는 것과 자신의 감정 상태에 대해 아는 것이 완전히 동일한 문제는 아니지만 계산과 계량으로 파악되기 어렵다는 점에서 감정 영역을 일인칭적 자아 탐구의 주요 무대로 간주하는 것이 억측만은 아니다. 이런 점에서 루이자가 공리주의자 아버지로부터 오로지 사실과 계산만을 중시하는 교육을 받았기 때문에 열망이나 애정, 상상 등 숫자로 검증할 수 없는 것들을 "퇴짜놓고 으깨어서" "의심하고 불신하고 경멸" 했으며, 그 결과 인생에서 어떤 가치도 찾지 못하고 불행해졌다고 탄식하는 것도 이해할 만하다. 간단히 말하면, 그녀는 감정을 비롯해 "영혼의 비밀스러운 곳"을 탐구할 수 있는 경로가 차단되었기 때문에 결과적으로 '나' 자신에 대해 알 수 있는 기회도, '나' 자신의 인생을 찾는 보람도 얻지 못했다고 결론짓고 있다.

루이자뿐 아니라 많은 이들도 동의할 것으로 예상되는 이른 바 '감정의 억압'이라는 관점은 『어려운 시절』의 전체 의미 구조에서도 중요한 한 축을 담당한다. 딸과의 대화를 통해 이제까지 공리주의라는 이름으로 수행되었던 사실과 이성의 성사(盛事)가 실은 감정의 억압이었음을 뒤늦게나마 깨달은 그래드그라인드는 "머리의 지혜"만으로 충분하다고 생각했던 자기 자신을 앞으로는 신뢰할 수 없음을 토로한다. 곧이어 소설은 결말로 접어들고, 아들 톰을 외국으로 도피시켜야 되는 긴

박한 상황에서 그래드그라인드는 공교롭게 자신이 설립한 학교의 모범생이던 비처와 마주한다.

　"비처," 그래드그라인드 씨가 좌절하여 비참할 정도로 고분고분한 태도로 말했다. "자네에게도 심장이 있나?"

　"심장이 없으면 피가 순환하지 못하지요, 선생님." 비처는 이상한 질문을 받자 웃으며 대답했다. "혈액 순환에 관해서 하비가 입증한 사실을 아는 사람이라면 저에게 심장이 있다는 사실을 의심할 수 없을 겁니다."

　"자네 심장이 동정심의 영향을 조금이라도 받을 수 있겠나?" 그래드그라인드 씨가 소리쳤다.

　"이성의 영향은 받지만 다른 것의 영향은 받지 않습니다. 선생님." 그 훌륭한 젊은이가 대꾸했다.[42]

　그동안 "머리의 지혜"만으로 충분하다고 여겨 무시해왔던 "가슴의 지혜(wisdom of the Heart)"의 가치를 절감하게 된 그래드그라인드가 동정심을 간청해보지만, 비처에게 '심장(heart)'이란 감정적이자 도덕적인 '마음'을 의미하기보다 다만 혈액을 순환시키는 신체 기관을 지칭하는 데 불과하다. 앞서 살펴보았던 '수명'과 '인생'처럼, '심장'과 '마음' 역시 비인칭과 일인칭, 혹은 이성과 감정 간의 괴리를 상징적으로 드러낸다. 오직 사실에만 입각한 비처의 '과학적' 사고는 디킨즈의 가장 유명한 주인공인 스크루지에게도 찾아볼 수 있다. 크리스마스이브에 홀로 귀가하던 스크루지는 경악과 공포를 동반한 알 수 없는 감정을 느끼는데, 이 느낌은 말리의 유령이 등장함으로써 정점에 이른다. 그런데 스크루지는 이 감정의 내적 의미, 디킨즈의 표현에 의하면 영혼의 의미를 파악하기보다 '과학적' 원인을 따져보려 한다. 생전에 친구였던 유령에게 "어쩌면 자네는 소화가 되지 않은 조그만 쇠고기 조각일 수도 있고, 겨자 찌꺼기나 치즈 조각, 아니면 설익은 감자 부스러기일 수도 있지. 그러니 자네가 무엇이든 간에 무덤보다는 고기 국물일 가능성이 높지"라고 얘기하는 장면도 감정을 영혼이 아니라 생리 현상의 문제로 보려는 스크루지의 과학적, 유물론적 성격을 잘 보여준다.[43]

그래드그라인드의 수제자 출신으로 오직 이성의 영향만을 받는다고 자신하는 비처는 세상 만물을 계량하고 계산하는 법을 배웠을 뿐 아니라 최종 목표로서 "태어나서 죽을 때까지 사람살이의 모든 면면은 계산대 위로 주고받는 거래"라는 인생관, 다시 말해 부르주아적이자 호모 에코노미쿠스적이며 공리주의적이라고 불릴 만한 비인칭적 인생철학을 누구보다 완벽하게 체득하고 있다.[44] 거래로서의 인생을 계산할 때 유념해야 할 유일한 목표는 경제적 최적화, 그리고 이익의 극대화이므로 "가장 싼 시장에서 만들어서 가장 비싼 시장에서 처분"하는 합리적 프로세스에 방해가 되는 일체의 요소들, 이를테면 계산을 복잡하게 하거나 불가능하게 하는 것들은 아예 무시하는 편이 비용 면에서 싸게 먹힐 것이다. '삶의 모든 면면은 거래'라는 비처의 인생철학은, 시장에서의 경제 활동뿐 아니라 결혼, 출산, 범죄 등 인간의 제반 활동을 편익과 비용 계산에 기반한 이익의 극대화라는 관점으로 분석한 게리 베커가 1992년 노벨경제학상을 수상함으로써 새삼 빛을 발한다.[45] 이는 앞서 인용했던 "숫자로 서술할 수 없거나 가장 싸게 사서 가장 비싸게 팔 수 있다고 증명할 수 없는 것은 존재하지 않는 것이고, 존재해서도 안 되는 것이었다. 영원무궁토록, 아멘"이라는 부르주아적이며 공리주의적인 교리와 맥을 같이한다. 비처의 '가슴'이 계량 불가능한 '마음'이 아니라 계량 가능한 '심장'만을 의미해야 하는 것도 이런 이유 때문이다.

감정의
자유와 억압

—

『어려운 시절』처럼 때로는 공리주의의 이름으로, 더 일반적으로는 규율 준수를 위한 훈육의 명분으로 현실에서 감정생활이 억압되는 일이 낯설지 않다는 점에서[46] 감정의 억압이라는 주제는 대중적으로 많은 관심을 얻어왔다. 특히 심장은 있으되 마음은 없는 무정한(heartless) 비처가 인생의 모든 국면을 거래라는 관점에서 계산하는 인생철학을 실천에 옮기는 장면에서 볼 수 있듯, 감정의 억압은 경제적 최적화 혹은 생산성의 증대라는 도구적 이성의 목표에 봉사함으로써 인간을 주체에서 객체로 축소할 것이라는 강한 우려를 낳는다. 이처럼 인간의 객체화라는 근대의 거시적 문제와 결합되어 있는 감정의 억압을 진지하게 고민하면 할수록 우리가 그 반대편에 있는 감정의 자유에 주목하는 것은 당연한 수순이 아닐 수 없다.

비단 감정의 영역에서뿐 아니라 일반적으로 자유와 억압은 짝을 지어 함께 거론되는 것이 상례이거니와, 단순하게 생각할 때 이 둘은 서로 모순되는 관계로 상정된다. 비유하자면 권력에 대해 생각할 수 있는 가장 비근한 예로 칼에 의해 상징되는 생사 여탈권을 떠올리듯,[47] 감정의 억압에 대해서도 예컨대 자신의 감정을 자유롭게 말하려는 누군가의 입을 틀어막는 도발적인 이미지를 떠올리기 쉽다. 이런 이미지의 이면에는 타인에 의한 가시적이고 폭력적인 억압이 사라지면 자연스럽게 본연의 감정에 이를 수 있다는, 즉 억압이 없는 상태가 바로 자유라는 관점이 전제되어 있다. 하지만 매력적인 첫인상에도 불구하고 실제로 감정의 자유와 억압의 관계가 이처럼 간단명료한 경우는 거의 없다. 다시 말해, 감정의 억압이 가시적인 외적 폭력의 형태만으로 이루어지는 것도 아니며, 감정의 자유 역시 그러한 억압의 부재만으로 자연스럽게 이루어지는 것도 아니다.

감정의 자유와 억압에 관한 대중적 통념에는 "감정의 자연스러운 유로(流露)(spontaneous overflow of powerful feelings)"라는 문구로 대표되는 낭만주의적 관점이 배경으로 자리 잡고 있다. 낭만주의 시 선언으로 알려진 워즈워스의 글을 통해 유명해진 위의 묘사에 따르면 감정이란 자연스럽게 그리고 저절로 넘쳐흐르는 것이며, 이렇게 규정된 감정의 특징과 연동해 감정의 억압 역시 저절로 넘쳐흐르는 것을 틀어막는 이미지로 상상된다. 짧고 간단하지만, 저절로 넘쳐흐른다는 묘사는 감정의 속성에 대한 대중적인 이해를 대변하기에 충분할 만큼 함축적이다.

그 함의에 대해 좀 더 생각해보자. "감정의 자연스러운 유로"라는 말에서 우리는 대체로 감정이 자연스럽게 생기고 또 자연스럽게 표출된다는 의미를 읽어낼 수 있다. 자연스럽게 생긴다는 것, 곧 다른 요소의 개입 없이 자발적으로 발생하고 형성된다는 점에서 감정은 '나' 자신의 본래적인 것, 나아가 거짓 없고 진실한 것으로 받아들여진다.[48] 이처럼 자연스럽게 형성되어 거짓 없이 진실하다면, 그 감정은 또한 안에서 밖으로 자연스럽게 드러날 것으로 기대된다. 앞서 감정이란 무엇인가를 물으면서 상식적 차원에서의 앎은 실재론의 프레임 안에 놓이는 경향이 크다고 말했던 것을 기억할 것이다. 그때의 인식론적 맥락과 완전히 동일하지는 않지만, 감정이란 무엇인가라는 질문에 그것은 '나' 안에 존재하는 거짓 없이 진실한 어떤 것이라고 대답할 때도 우리는 감정에 대해서 일종의 실재론자의 입장을 취하고 있다. 그리고 한 걸음 더 나아가 그 실재가 안에서 밖으로 그대로 드러난다고 여길 때, 우리는 재현론자 혹은 모방론자의 입장을 취하고 있다.

"감정의 자연스러운 유로"라는 워즈워스의 주장이 낭만주의 시를 대상으로 한 것이었음을 감안해야 하지만, 이런 경우 시란 대체로 이상적인 사례를 의미한다. 이상적이든 어떻든, 특정한 사례라는 조건 하에서라면 참되고 진정한 '나' 자신의 감정이 저절로 표출된다고 보는 낭만주의적 감정관을 인정하지 못할 것도 없다. "감정의 자연스러운 유로"라는 문어체 구절에 비하면 지나치게 사랑스러운 표현이긴 하지만, "사랑과 기침은 숨길 수 없다"라는 격언 역시 유사한 관점을 보여준다. 누군가를 진심으로 사랑한다면 그 감정이 자연스럽게 밖으로 넘쳐 나오지 않기란 어려운 법이다. 이처럼 자연스러움은 감정이 발생하고 드러나는 과정을 특징짓는 핵심으로 규정되어 왔다.

감정이란 본래 자연스럽게 넘쳐흘러야 하는데 현실의 억압에 의해 틀어막혀 있는 것이라는 통념과는 달리, 근대 이후로 국한하더라도 감정의 자유와 억압에 관해서는 상당히 복잡한 굴곡이 있어왔음을 확인할 수 있다. 감정의 억압을 당연시하는 태도는 성의 억압을 당연시하는 태도에 비길 만한데, 이러한 주장은 푸코에 의해 억압 가설로 명명되고 반박되었다. 이에 대해서는 뒤에서 다시 논의할 것이다. 아무튼 감정이 억압되었을 것이라는 가설은 17세기에는 들어맞을지 몰라도 18세기에 이르면 이성이 감정의 도움을 필요로 한다거나 심지어 "이성은 정념의 노예이며 또한 오직 그래야만 한다"는 주장이 공공연하게 제기되기까지 했다. 보통 이성의 시대로 알려진 18세기가 실은 『감정이 풍부한 남자(*The Man of Feeling*)』라는 베스트셀러로 대표되는 시대였다는 역사적 사실이 웬일인지 집단적으로 망각되었던 것이다.[49]

　인간의 본성으로서의 감정에 대한 17세기의 부정적 평가는, "만인의 만인에 대한 투쟁" 혹은 "인간은 인간에 대해 늑대"라는 홉스의 묘사에서 단적으로 드러나듯, 우주의 조화로운 질서와의 단절이 야기할 혼란에 대한 우려와 공포에서 기인한 바 크다. 홉스의 사회계약론이 인간의 본성에 대한 비관적 관점과 그에 따른 감정의 억압에서 출발한 것이라면,[50] 18세기로 접어들면서 자연적 본성으로서의 감정은 부정적으로 평가되기보다 인간 활동의 원천으로 인식되기 시작했다.[51] 이성이 감정의 노예라고 주장했던 데이비드 흄에 의하면 감정은 지식과 도덕을 가능하게 하는 근거이다. 왜냐하면 지식의 정당성을 위한 합리적 추론도 종국에는 감정의 영향 아래 있는 개개인의 신념을 참조하지 않을 수 없으며, 도덕적 명제를 판단하고 행동으로 옮길 때도 역시 감정의 투사를 피할 수 없기 때문이다.[52] 흄의 주장은 한마디로 인간은 기본적으로 감정적 존재라는 것인데, 흄의 이러한 주장에서 이백 년 뒤의 이광수의 논지를 떠올린다면 단지 우연의 일치만은 아니다. 앞서 말한 대로 한동안 망각되었던 18세기의 감정 예찬(cult of sensibility)

문화는 근대적 감정관의 효시로서, 감정이 모든 활동의 원동력이자 근거라는 의미에서 인간을 "정적 동물(情的 動物)"로 규정한 이광수의 이른바 정육론(情育論)으로 계승되었던 것이다.[53]

　감정에 대한 이와 같은 긍정적인 평가가 그 이후로 일관되게 지속되었던 것은 또 아니다. 앞서 언급했듯 감정에 관한 사회적 평가는 적지 않은 등락을 거듭해, 18세기 후반에는 감정의 통제에 대항하는 담론으로서 낭만주의의 등장이 요청될 만큼 감정을 긍정하는 분위기가 위축되었던 것을 알 수 있다. 낭만주의 문화는 이성에 의한 감정 통제가 또 다른 노예화의 길일 따름이라고 일갈하며 세를 확대했지만, 19세기로 접어든지 불과 수십 년 만에 자기 통제에 집착하는 빅토리아 시대 문화가 다시 주도권을 장악하게 된다. 감정에 대한 평가는 다소 산만하게 보일 만큼 엎치락덮치락하는 양상을 드러낸다.[54]

　이처럼 17세기 이래로 어느 시기에는 감정에 대해 상대적으로 자유로운 분위기가, 또 다른 시기에는 상대적으로 억압적인 분위기가 형성되어왔다. 그런데 주의할 점은 억압적인 분위기라고 해도 감정을 전면적으로 부정하거나 꽁꽁 틀어막는 것 같은, 우리가 상상한 자극적인 상황이 연출된 것은 아니었다는 것이다. 무엇보다 인간이 감정적 존재라는 사실 자체는 전혀 부정되지 않았다. 가령 빅토리아 시대는 감정에 대한 자기 통제에 집착하는 경향을 포함해 전반적으로 감정을 억압하는 분위기가 두드러졌지만, 다른 한편으로 감정 통제로부터의 일시적 해방과 더불어 감정적 지원을 제공하는 일종의 피난처(emotional refuge)로서 가정 및 가족 관계가 점점 더 중시되는 경향을 함께 드러내기도 했다. 이는 앞서 살펴본 『어려운 시절』에서 대표적 빅토리안이자 공리주의자인 그래드그라인드가 자녀들을 사랑하는 선량한 아버지로 각성하는 결말을 통해서도 잘 드러난다. 게다가 슬픔이나 애도와 같은 특정한 감정에 각별한 의미를 부여하기도 해, 19세기 후반에 이르러 애도의례가 번성했을 뿐 아니라 대중문화나 편지, 일기의 중요한 주제로 슬픔과 비애가 유행했다고도 한다.[55]

감정의 억압에 관한 대중적 선입견을 되돌아보기 위해서는 푸코가 이른바 성(性)에 대한 억압 가설(repressive hypothesis)을 반박했던 관점을 참고할 수 있을 것이다. 그에 의하면 근대인들은 별 의심 없이 부르주아 사회에서 성이 억압되었을 것이라고 간주하는 경향이 있다. 그런데 만약 그랬다면 성에 관한 침묵이 강요되어야 했겠지만, 실제로는 성 담론의 폭발적확산이 일어났다는 것이다. 이는 성에 대해 우리가 상상해왔던 것처럼 엄격한 억압과 금지, 검열이 이루어졌던 것이 아니라 공적이고 유용한 담론에 의한 적절한 조절(regulating)이 이루어졌다는 사실을 증명한다. 억압이나 금지가 아닌 조절이 이루어졌던 이유를 간단히 설명하기란 쉽지 않지만, 무엇보다 근대적 정치경제학에서 인구(人口)라는 통치 대상에 접근하기 위해서 성이라는 문제가 불가결한 요소였을 것으로 짐작할 수 있다. 이러한 양상은 권력의 성격이 강제에서 관리로 전환되었다고 보는 푸코의 통치성 관점과도 통한다.[56]

성(性)과 마찬가지로 감정 역시 단순히 억압되었던 것이 아니라 어떨 때는 찬양되기도 하고 또 어떨 때는 억제되기도 하면서, 말하자면 조절되었다고 보는 것이 타당할 것이다. 성의 경우와 마찬가지로 감정의 정치경제학적 의미 또한 무시하기에는 너무나 중차대했기 때문이다. 우리는 정치적 의례, 나아가 국민 국가를 경유한 감정의 정치적 동원에 대해 잘 알고 있으며,[57] 이해관계의 추구를 위한 열정이 자본주의 경제의 중요한 원동력이라는 점에 대해서도 잘 알고 있다.[58] 이런 상황에서 감정을 전적으로 억압하고 배제한 통치는 감정을 조절하고 활용하는 것에 비해 지나치게 많은 것을 잃을지도 모른다는 우려를 낳는다.

여기서 『멋진 신세계』과 쌍벽을 이루는 디스토피아 소설로 평가되곤 하는 조지 오웰의 『1984』를 잠깐 검토해보기로 하자. 이런 평가는 특히 인터넷상에서 활발하게 이루어지고 있는데, 우리가 상상하는 인간성이 사라진 미래 사회를 묘사하는 대표적인 작품이라는 점에서 두 소설이 공유하는 바가 적지 않은 것이 사실이다. 무엇보다 우리 책의 맥락에서는 『멋진 신세계』와 『1984』가 공통적으로 일인칭 자아의 내적 감정을 진정한 인간성의 마지막 보루로 여기고 있다는 점에 주목하지 않을 수 없다. 이와 같은 관점에서 이미 『멋진 신세계』에 대해 언급한 바 있으므로 바로 『1984』를 살펴보자.

소설이 시작되자마자 "빅 브라더는 당신을 지켜보고 있다"는 표어가 적힌 거대한 얼굴 포스터가 압도적인 이미지로 등장한다. 지켜보고 있다는 말은 단순히 비유에 그치지 않아, 소설 속 감시 장치 '텔레스크린'을 통해 모든 행동이 보이고 모든 말소리가 들리는 '미래' 사회에서 "사람들은 자기들이 입 밖에 내는 소리는 죄다 들리고, 캄캄한 때를 제외하고는 일거수일투족이 빠짐없이 탐지된다는 전제 아래 살아야 했고, 또한 그것이 본능이 되어버릴 만큼 습관이 들어 있었다."⁵⁹ 이처럼 거의 완벽한 감시와 통제가 이루어지고 있는 사회에서라면 어떤 사적인 영역도 존재할 수 없을 것 같지만, 다른 사람들처럼 텔레스크린 앞에 무방비 상태로 노출되어 있던 주인공 윈스턴 스미스는 자신의 방 한구석이 용케 감시망에서 벗어나 있다는 사실을 우연히 알게 된다. 이를 이용해 아무도 모르게 일기를 쓰겠다는 계획을 세운 그는 암시장에서 펜과 잉크와 공책을 구해 『1984』의 서사가 출발하는 첫째 날 마침내 계획을 실행에 옮긴다.

구술기록기 대신 익숙지 않은 손 글씨로 "1984년 4월 4일"이라고 쓰고 무기력감을 느끼던 윈스턴은 그날 오전 기록국 청사에서 참가한 "2분 증오(Two Minutes Hate)" 의례를 떠올린다. 윈스턴은 기록국에서 과거를 조작하는 업무를 맡고 있다. 예컨대, 그는 현재 자신의 조국 오세아니아와 전쟁 중인 유라시아가 불과 4년 전까지만 해도 동맹 관계였다는 사실을 분명히 기억하고 있지만, 당의 공식 기록에 의하면 그런 적이 없을뿐더러 오늘의 적대국인 유라시아는 과거에도 미래에도 언제나 절대 악일 것으로 보증된다. 기록국 전체가 동원되어 과거를 바꾸고, 국민들은 그것을 받아들임으로써 거짓말이 역사가 되고 진실이 되는 것이다. 하지만 과거의 사실이나 기록을 완벽하게 조작하는 것이 과연 가능할까? 아마도 이런 우려 때문에 '2분 증오 의례' 같은 또 다른 안전장치가 마련되었을 것이다.

증오가 시작된 지 30초도 채 지나기 전에 방에 있는 사람들 중 반이나 되는 수가 참지 못하고 분노의 함성을 터뜨렸다. 화면에 나타난 자기만족에 넘친 염소 얼굴, 뒤에 나타난 유라시아 군대의 끔찍한 숫자를 보면 도저히 견뎌낼 수가 없었다. 그뿐만 아니라 골드스타인의 꼴을 보거나 그를 생각하기만 해도 저절로 공포와 분노가 생기는 것이었다. (……) 이 2분 증오가 소름 끼치도록 무서운 이유는, 사람들이 어쩔 수 없이 가담하는 것이 아니라 스스로 합세하지 않을 수 없다는 사실에 있었다. 어떤 가식도 언제나 30초 내에는 필요 없어졌다. 공포와 복수심에의 가공할 도취와, 살육하고 싶고 괴롭히고 싶은 욕망, 큰 쇠망치로 얼굴을 짓이겨놓고 싶은 욕망이 전류처럼 이 모든 무리에게 흘러 들어와, 그러고 싶지 않은 사람까지도 오만상을 찌푸리게 하고 광적인 상태로 빠져들어 괴성을 지르게 했다.[60]

11시 정각, 증오 의례를 위해 텔레스크린 앞에 모인 사람들이 글자 그대로 2분 동안 증오의 감정을 폭발시킨다. 그런데 정해진 시간 안에 갑자기 증오와 공포와 분노를 표출했다가 중단한다는 것이 말이 되나? 하지만 "감정의 자연스러운 유로"라는 말과 함께 자기 안의 진실되고 거짓 없는 부분이 자발적으로 드러날 것이라는 우리의 믿음이 헛되게 무너지는 데는 채 30초도 걸리지 않는다고 보고되고 있다. 그 효과는 자명하다. 과거의 사실과 상관없이 공식적으로 언제나 주적인 유라시아 군대에 대한 증오, 그보다 더 뿌리 깊게는 한때 당의 지도자였지만 혁명을 배신하고 탈출한 골드스타인에 대한 증오는 빅 브라더의 통치를 뒷받침하는 결정적인 요소이다. 2분 의례를 통해 무대화된 그 감정은 유라시아와 적인지 동맹인지, 배신자가 죽었는지 살았는지 따위의 사소한 사실 확인은 대수롭지 않게 여기고 조국을 위해, 아니 빅 브라더를 위해 혁명과 전쟁 수행에 앞장서도록 국민들을 동원하는 데 주도적으로 기여할 것이 분명하다.

그런데 2분 증오 의례가 국가 체제 유지에 기여하는 바가 크다는 것은 뒤집어 말하면 최고로 엄격한 것으로 묘사되는 『1984』의 감시 통제 시스템이 의외로 만능이 아니라는 사실을 역설적으로 증명한다. 요컨대, 감시 통제 시스템만으로는 안되는 것이다. 이런 점에서는 세뇌 교육과 소마로 대표되는 생명 공학과 감정 공학의 지원 아래 사회 전체를 명령과 복종만으로 일사불란하게 작동하는 유기체로 만든 『멋진 신세계』의 경우가 더 단순하고 명료해 보인다. 『멋진 신세계』와 『1984』의 핵심적인 차이는 감정의 유무에 있다. 갈등 없이 작동하는 유기체 사회를 위해 감정을 소거한 『멋진 신세계』는 단순하고 극단적이며 또한 우화적이고 동화적이다. 같은 디스토피아라 해도 현실의 리얼리즘보다 동화적 세계를 사는 사람들이 덜 괴로울 것이다. 시키는 대로만 하면 되는 '멋진 신세계'란 사르트르적 의미에서 스스로를 백 퍼센트 허수아비로 간주하는 자기기만의 세계라는 점에서도 그 매력이 배가된다. 명령에 따랐을 뿐인 백 퍼센트 허수아비는 또한 백 퍼센트 피치자이자 피해자이며 희생양일 것이기 때문이다. 반면에 명령과 복종의 관계로만 환원될 수 없는 『1984』의 세계를 사는 사람들은, 가령 2분 의례에서 증오를 표출하는 등 크고 작은 계기를 통해 스스로 통치에 동원된 것에 대해 실존적으로나 윤리적으로, 더 나아가서는 정치적으로나 법적으로 책임을 물어야 되는 상황을 맞을 수도 있다.

동화적 디스토피아가 아닌 현실적 디스토피아에 사는 사람들에게는 고민거리도, 해야 할 것도 훨씬 더 많은 것이 사실이다. 그런데 앞에서 이미 말한 바와 같이 정치적이거나 경제적인 측면에서 감정을 적극적으로 받아들인 국민 국가와 자본주의 경제의 놀랄 만한 성공을 참고한다면, 더 혼란스럽고 덜 위생적일 수는 있지만 감정을 금지하고 억압하는 대신 활용하고 조절하는 것도 비효율적이라고 할 수만은 없다. 위험 비용을 줄인다는 순전히 경제적학인 관점에서 접근할 때도, 가령 감정을 억압하고 아예 소거하는 극단적인 변화보다는 기존 방식대로 감정을 활용하고 조절하는 쪽이 더 합리적일 것이다. 영화「매트릭스」에서 심지어 미래의 '인간 배터리'들에게마저도 1990년대의 가상 현실을 통해 기존의 감정생활을 영위하도록 했던 이유 역시 바로 이 때문이었다. 영화 속에서 주인공에게 설명되기를, 어떤 고통도 없는 완벽하게 설계된 세계(이 부분의 묘사는 앞서 인용했던『멋진 신세계』의 총통의 설명을 오마주한 것이 분명하다)가 인간 배터리들에게 제공되었지만, 그들이 그 세계를 견디지 못해 결국 1990년대 세기말 일상의 감정생활로 되돌아왔다는 것이다.

감정이 조절되고 활용되는 『1984』의 사례를 통해 우리는 앞서 언급했던 통념, 곧 감정은 저절로 자연스럽게 넘쳐흐르지만 현실의 억압에 의해 틀어막혀왔다는 생각을 되돌아볼 필요를 느낀다. 2분 증오에서 목격했다시피 감정은 틀어막히지 않고 오히려 부추겨지며, 또 "어쩔 수 없이 가담하는 것이 아니라 스스로 합세하지 않을 수 없다"는 윈스턴의 고백에서 드러나듯 그렇게 조장된 감정이 자연스럽지 않은 가짜 감정이라고 단언할 수 있을지도 다소 불확실하기 때문이다. 아무튼 우리 앞에는 '자유가 아니면 억압'이라는 극적인 이분법보다는 훨씬 복잡한 상황이 펼쳐져 있다.

억압 가설에 관한 푸코의 분석을 다시 한 번 참고할 때, 우리가 실체도 불분명한 억압을 굳이 가정해왔던 이유는 역설적으로 자유에 대한 열망 때문이라고 설명할 수 있다.[61] 우리 근대인들은 "나 자신의 인생"을 살기를 원하거니와, 이를 위해 가령 '나' 자신이 느끼고 원하는 것을 찾아 실현하려 할 때 자유로운 감정이란 불가결한 조건 중 하나이다. 이러한 대의에는 이견이 있기 어렵지만 문제는 이 자아실현 서사가 대체로 감정의 자유와 억압이라는 선악 이분법을 전제한다는 데 있다. 이미 여러 차례 언급했듯, 인간 본연의 감정은 자연스럽게 표출되어 마땅한데 외부의 억압이라는 악당이 틀어막고 있다는 친숙한 상식의 형태로 말이다. 이런 인식에서는 자아실현의 열망이 간절하지만 동시에 요원할수록, 감정을 억압하는 악의 존재 역시 끈질기게 따라붙을 것이 필연적이다.

모든 것을 계량화하는 도구적 이성을 앞세워 인간의 삶을 식민화하는 객체화의 그물이 점점 더 억세고 촘촘한 철망이 되어간다는 진단이 사실이고 보면 억압을 거론하는 것 자체는 오히려 당연하고 평범하다. 그렇다고 자유와 억압을 선악 이분법으로 간주하는 것이 정당성을 얻는 것은 아니다. '자유와 억압'의 대체 버전인 '자연과 문명'을 예시로 좀 더 생각해보자. 앞에서 객체화를 고발하는 담론의 대표 사례로 19세기 중반의 『공산당 선언』을 꼽았는데, 그보다 백 년 앞선 1750년 세상에 나온 루소의 『학문 예술론』이 아마도 그 방면으로는 가장 일찍이 베스트셀러가 된 저작일 것이다. 여기서 인류 문화의 발달에 대한 상찬으로 글을 시작한 루소는 곧 분위기를 급반전해 "학문과 문학과 예술은 (……) 인간에게 지워진 쇠사슬 위로 화환을 펼쳐놓는다"라는 자극적인 수사와 함께 지식의 진보가 인간의 행복을 증진하기는커녕 자기 자신과의 단절을 낳았을 뿐이라고 고발한 바 있다.[62]

마르크스나 루카치, 그리고 비판 이론의 쟁쟁한 멤버들보다 훨씬 앞서, 근대 문명에 내재한 '계몽의 변증법'을 선구적으로 비판함으로써 큰 명성을 얻은 루소를 더욱 유명하게 만든 것은 "그러므로 본성을 찾아 자연으로 돌아가라"는 명제이다. 이 유명한 명제로 인해 루소는 자연스러움이나 자생적인 것을 향한 추구의 대표자로 공고히 자리매김할 수 있었다. 특히 그가 제시한 고상한 야만인은 자신이 원하는 대로, 마음에서 우러나는 대로 느끼고 행동하는 '자연스러운 감정'의 소유자로 존중받아왔다.[63] 다시 말해, 고상한 야만인은 인간에게 쇠사슬을 지우는 객체화 과정에 의해 침식되고 식민화될 위험에 처한 자연스러운 감정의 수호자인 것이다.

그런데 주의해야 할 것은 문화의 발달 혹은 문명의 진보가 야기한 문제에 대한 해결책으로 억압 없는 자연의 회복을 상상해서는 곤란하다는 사실이다. 자연으로 돌아가라고 주장했으며, 고상한 야만인의 찬양자라는 대중적 이미지를 가졌던 루소의 실제 생각 역시 문화 이전으로 돌아가라는 원시주의적인 것과는 거리가 멀었다.[64] 비유하자면 이렇다. 문화와 문명이 우리를 우리 자신과 단절시키고, 우리의 인생을 마치 연극 배역처럼 연기하도록 시키고 있다. 이런 상황에서 우리가 안다고 믿는, 자연으로 돌아가라던 루소라면 연기를 벗어던지고 자기 자신의 인생을 회복하라고 했을 것 같지만, 실은 그러지 않았다. "그는 자신이 연기를 하고 있음을 알았고, 이를 숨기지 않았다. 하지만 그는 결국 자신의 진짜 배역을 연기하고 자신의 진짜 배역으로 등장한다는 확신이 있었다."[65] 진짜 인생을 살기 위해, 연기하듯 살았던 이제까지의 거짓된 삶을 벗어 던지겠다고 선언하는 사람들은 많이 있었다. "나는 누구인가" 라는 질문을 심각하게 고민했던 이래로 누구나 한 번쯤 생각 해봤을 해답이기도 하다. 그런데, 루소는 말하자면 '진짜 인생 =진짜 연기'라는, 알듯 말듯한 답을 제시하고 있다. 이 대답 을 어떻게 이해할 수 있을까? 아무튼 문제는 그렇게 단순하지 만은 않다.

자연적
도덕 감정

—

앞선 장에서 『어려운 시절』을 살펴볼 때는 언급하지 않았지만 작품 전체의 의미 구조에서 중요한 한 축을 대표하는 인물로 씨씨 주프를 빼놓을 수 없다. 가끔 시야에서 사라질 때도 있으나 사실 그녀는 소설의 처음부터 끝까지 연속적으로 등장하는 몇 안 되는 인물이기도 하다. 서사가 시작되자마자 그래드그라인드가 자신의 학교를 순시하면서 세상이 원하는 것은 오직 사실뿐이라고 일장 연설을 하는 장면은 이미 인용한 바 있다. 그는 자신의 교육 철학을 확인하기 위해 학생들에게 질문을 던지기도 하는데, 이때 하필 지명된 씨씨는 부정적 측면에서 주목의 대상이 된다. 서커스 곡마단에서 일하는 아버지와 함께 살고 있는 그녀는 말[馬]에 대해 객관적으로 정의하라는 그래드그라인드의 명령을 제대로 이행하지 못하고, 그

뿐 아니라 교실에서 상상이라는 단어를 꺼냈다가 "사실, 사실, 사실만을!"이라는 엄숙한 가르침의 표적이 되기도 한다. 이때 그래드그라인드가 모범 답안을 기대하며 재차 지명한 학생이 소설의 결말에 무정한 인간으로 등장하는 바로 그 비처이다. 비처는 "네발짐승, 초식 동물, 이빨은 마흔 개로 어금니 스물네 개, 그리고 앞니 열두 개. 봄철에 털갈이를 하고 습지에서는 발굽갈이도 함"이라고 이어지는 객관적 정의를 줄줄 읊음으로써 그 기대에 십분 부응한다. 그래드그라인드는 "이제 말이 어떤 동물인지 알겠지"라고 확신하지만, 정작 곡마단에서 말과 함께 생활하는 씨씨에게 이런 정의는 대단히 낯설게 느껴질 것이다.

그래드그라인드와 씨씨는 단순히 교주(校主)와 학생의 관계로만 그치지 않는다. 학교 순시를 마치고 귀가하면서 말에 대해 정의한 것처럼 자신에 대해서도 객관적으로 정의하라고 주문한다면 "탁월하게 실용적인 아버지"가 적격일 것이라고 자부하던 그래드그라인드는 자녀들이 서커스 천막 주변을 기웃거리는 것을 보고 마치 시를 읽는 모습을 목격한 것만큼이나 경악한다. 사실과 계산에 근거한 모범적 양육과 교육의 수혜자인 루이자와 톰에게 쓸데없는 상상력을 퍼뜨린 원인을 추적하던 끝에 그래드그라인드는 씨씨의 아버지가 서커스단에서 일한다는 사실을 떠올리고 퇴학시킬 생각으로 찾아간다.

그런데 그녀의 아버지가 행방불명된 상황에서 일이 의외로 전개되어 씨씨는 그래드그라인드의 집에서 일을 도우며 교육을 받게 된다.

그래드그라인드는 서커스라는 말만 들어도 기겁하며 단원들을 벌레에 비유하거나 교정 시설에 맡겨야 된다고 주장한다. 그만큼, 도구적 이성에 의한 유용성의 극대화 및 계량될 수 없는 감정의 배제가 맞물려 돌아가는 공리주의 세계 안에서 서커스단은 결코 용납될 수 없는 것을 상징한다.[66] 씨씨가 이런 의미의 서커스를 대표하는 한, 탁월하게 실제적이고 공리주의적인 교육을 표방한 그래드그라인드의 학교에서 낙제생으로 남는다는 것 역시 그리 놀랄 일이 아니다. 정작 놀라운 것은 다른 가족들은 물론, 씨씨가 살아온 환경이 이성적 사고에 적합하지 않다며 교육에 대한 기대를 포기한 그래드그라인드마저 그녀를 좋아할 뿐 아니라 일종의 예외적 존재로까지 간주한다는 사실이다.

그는 정말로 씨씨를 아주 좋아했고 조금도 경멸하지 않았다. 그렇지 않았다면 씨씨의 계산 능력을 아주 낮게 평가해서 틀림없이 그녀를 경멸했을 것이다. 그는 도표 형식으로 설명할 수 없는 무엇인가가 이 아이에게 존재한다는 생각을 이력저력 갖게 되었다. 사물을 정의하는 씨씨의 능력은 형편없고 수학적 지식은 무에 가깝다고 쉽게 말할 수 있었지만, 예를 들어 의회보고서에 이 아이의 장점과 단점을 나누어 표시하도록 요구받았을 때 어떻게 구분할지 확신이 서 있다고 자신할 수 없었다.[67]

앞서 언급한 것처럼 그래드그라인드 인간학의 핵심은 "사실과 계산의 인간", 다시 말해 자와 저울, 구구표를 사용할 줄 하는 도구적 이성을 소유한 존재로서의 인간에 있다. 이런 능력을 지닌 인간 앞에서 세계란, 그리고 인생이란 "그저 숫자의 문제이고 간단한 산술의 문제"로 축소되며 금세 정답을 구하는 것도 불가능하지 않다. 계산 능력, 사물을 정의하는 능력, 수학적 지식의 결핍으로 평가되어 완벽하게 부정적인 사례로 분류되는 것을 피할 수 없는 씨씨는 그래드그라인드의 기준에서는 교정 시설행이 마땅하다. 그런데 애초에 "둘 더하기 둘은 넷이지 그 이상도 이하도 아니라는 원칙에 따라 살아가는 인간"이자 그 외의 것은 도저히 생각하도록 설득될 수 없는 인간이라고 알려졌으며, 그리하여 딸 루이자가 애써 이야기를 꺼낸 '나 자신의 인생'조차도 인류학 보고서나 보험 회사와 연금 회사의 통계 자료로 설명 가능하다고 설득했던 그래드그라인드가 씨씨의 인생만큼은 국세(國勢) 보고서에 실린 표의 어떤 칸에 넣을지 자신할 수 없다고 고백한 것은 실로 놀라운 일이 아닐 수 없다.

씨씨는 계산과 도표에 의한 통계로 설명될 수 없는 존재이자 동시에 통계를 이해할 수 없는 존재이기도 하다. 그래드그라인드의 학교에서 중시하는 통계 수업 시간에 국가가 오천만 파운드를 갖고 있다면 우리는 부자 나라에 사는 것인가, 인구백만 명의 도시에서 1년에 25명이 굶어 죽는다면 어떤가, 십만 명의 장거리 항해 선원 중 500명이 목숨을 잃었다면 사망률은 얼마인가 등의 질문을 받은 씨씨는 오답을 반복한다. 통계학적으로 얼마나 의미 있는가의 문제와는 별개로, 이런 질문이 인간에 대한 객체화의 소산인 것은 분명하다. 풍요와 가난, 굶주림, 죽음 등의 인생사를 실존하는 누군가의 문제가 아닌 숫자놀음으로 바꿈으로써 "계산되고 정확한 합계가 나오면 최종적으로 해결"될 수 있다는 생각 자체를 인정하지 못하는 씨씨는 "숫자로 계산된 생각" 대신 주관적이고 질적인 판단을 포기하지 않는다.

통계로 설명될 수도, 통계를 이해할 수도 없는 씨씨의 독특함을, 그래드그라인드가 비처에게 요구했던 그런 방식으로 정의 내릴 수는 없을 것이다. 말에 대한 객체화된 지식을 강요했던 장면의 제목이 "순수한 아이들을 살해하다(Murdering the Innocents)"였다는 점에 착안한다면, 씨씨의 독특함을 어린아이의 순수함을 잃지 않은 데서 찾을 수도 있다. 굶지 않는 사람이 백만 명이라고 해도 굶어 죽는 한 사람은 이루 말할 수 없이 비참할 것이며, 죽은 사람의 가족 앞에서는 사망률이 일 퍼센트 이하라는 사실이 아무것도 아닐 것이라는 씨씨의 오답이 인간에 대한 객체화가 어린아이의 순수한 시선에 얼마나 기괴하고 부당하게 비칠지를 암시하는 적절한 사례라는 점에 동의한다면, 그다음으로는 그런데 루이자나 톰은 물론 다른 학생들과 똑같은 교육을 받았는데 왜 씨씨만 그 순수함을 잃지 않았는지를 묻고 싶어진다.

아닌 게 아니라 『어려운 시절』에서 누구보다 자각적으로 인간의 객체화에 반대 의사를 분명히 했던 것은 루이자였다. 그러나 앞서 살펴본 대로 그녀는 아버지의 공리주의적 교육을 수용해 자기 자신을 저버릴 수밖에 없었다. 그렇게 바운더비와 결혼하기로 한 루이자는 몇 년 뒤 아버지에게 자신의 선택이 실패했음을 고백할 때까지 씨씨와의 만남을 피해왔다. 아마도 자격지심 때문이었을 것이다. '나 자신의 인생'을 포기한 루이자는 타인은 물론 심지어는 자기 자신에게마저 "냉담하고 뒤죽박죽이고 뒤숭숭"했다고 스스로를 평가하는데, 반면 다시 만난 씨씨는 당당한 순수함과 예전의 헌신을 그대로 지니고 있다. 『어려운 시절』의 후반부에서 씨씨는 루이자와 톰에게 닥친 문제들을 해결하는 데 결정적인 역할을 수행함으로써 서사를 주도하는 인물로 중요성이 강화된다.[68] 결과적으로 더 많이 배웠기 때문에 자기 자신을 상실하고 불행해졌다는 것으로 요약되는 루이자의 자기 진단은 학문과 문명의 발달이 인간에게 쇠사슬을 채웠다는 루소의 『학문 예술론』을 떠올리게 한다. 이때 씨씨의 순수함 역시 동일한 맥락에서 자연적인 본성이나 자연스러운 감정에 비길 수 있다.

이렇게 본다면 루이자와 씨씨의 차이는 개인의 의지나 선택의 문제로 접근하기보다 루소로 대표되는 문명과 자연의 대립 구도 안에서 볼 때 더 익숙하게 이해될 가능성이 크다. 우리는 앞서 자연스럽게 넘쳐흐르는 본연의 감정이 현실의 억압에 의해 폐색(閉塞)되어 있을 것이라는 낭만주의적 통념에 대해 살펴보았으며, 그 연장선상에서 자연으로 돌아가라는 루소의 명제가 현대 문명의 억압에 맞서 자연스러운 감정을 지닌 고상한 야만인이라는 존재로 구현된다는 점도 확인한 바 있다. 이와 같은 맥락에서 루이자를 현대 문명의 억압에 희생된 존재로, 씨씨를 고상한 야만인과 같은 존재로 의미화할 수 있으며, 한 걸음 더 나아가면 루이자가 인간을 객체화하는 공리주의 교육에 굴복해 '나 자신의 인생'을 포기한 반면 씨씨는 객체화로부터 자유로운 예외적 존재가 되는 소설의 전개 역시 큰 위화감 없이 받아들일 수 있다. 이처럼 루이자와 씨씨가 동시간대를 살고 있음에도 불구하고 문명의 억압에 관해 비동시성을 드러내는 것으로 인식되는 근거는 계급적, 지리적 불균등성에 있다. 그리하여 계급적으로는 부자에 비해 가난한 사람이, 또

지리적으로는 도시인에 비해 시골 사람이 자연스러운 본성과 감정에 더 가까울 것이라는, 또 하나의 통념이 자리 잡는다.

이와 같은 계급적, 지리적 불균등성은 앞서 인용한 『공산당 선언』에서 설명된 것처럼 상품 물신 혁명 이후 시장의 확대를 위해 국가 간, 지역 간 경계를 무력화하고 팽창한 부르주아지의 활력에 의해 급격히 가속화되었다. 『공산당 선언』의 묘사에 따르면, 부르주아지는 "모든 생산 도구의 급속한 개선을 통해 끝없이 용이해지는 통신으로 가장 미개한 국가들까지 문명 속으로 편입"시킴으로써 국가 간 경계를 지웠고, "농촌을 도시의 지배 아래 종속"시킴으로써 지역 간 경계를 무력화했다. 그리하여 "농촌을 도시에 의존하게 만들었듯이, 야만적이고 반(半)야만적인 나라들을 문명국가들에, 농업 민족들을 부르주아 민족들에, 동양을 서양에 의존하게 만들었다."[69] 이러한 과정을 통해 '문명국가'와 '야만적 반야만적 국가' 간, 도시와 농촌 간, 부르주아와 노동자 농민 간 '비동시적인 것의 동시성(contemporaneity of the uncontemporary)' 및 '지리적 불균등 발전(uneven geographical development)'이 본격적으로 가시화된다.[70]

자아의 발달이 갈등의 형성이나 신경증의 원인에 미치는 영향을 보여주기 위해서, 나는 여러분에게 한 가지 일화를 소개하고자

합니다. 이 일화는 물론 꾸며낸 것이지만, 그 어떤 점에서나 개연성이 충분한 내용을 담고 있습니다. (……) 일층에는 집 관리인이 살고, 이층에는 부자이며 신분이 높은 집주인이 살고 있었습니다. 두 사람에게는 모두 아이들이 있었습니다. (……) 같은 체험을 했음에도 불구하고 이 두 운명들이 서로 다른 점은, 한 사람의 자아는 발달한 반면 다른 사람의 경우는 그렇지 못했다는 데 기인합니다. 관리인의 딸에게 성행위는 어린 시절이나 성장한 다음에도 한결같이 자연스럽고 또 별문제가 없는 행위로 간주되었습니다. 집주인의 딸은 교육의 깊은 영향을 받아, 그 지침을 수용했던 것입니다. 그녀의 자아는 자신에게 제시된 교육의 영향들을 받아들여 이로부터 여성적인 순결함과 무욕이라는 이상들을 형성했습니다. (……) 그녀의 자아가 이같이 고상하게 도덕적으로나 지적으로 발달함으로써 그녀는 자신의 성적 욕구들과 갈등에 직면하게 된 것입니다.[71]

가난한 사람과 시골 사람이 자연적 본성과 감정에 더 가까울 것이라는 선입견이 얼마나 신뢰할 만한지는 더 따져봐야겠지만, 프로이트가 말하길 꾸며냈지만 그럴듯한 개연성이 충분하다는 위의 일화 역시 그러한 선입견을 전형적으로 반영하고 있다. 요약하면, 위아래 층에 살던 관리인의 딸과 집주인의 딸이 어린 시절 성적 유희를 공유했는데 관리인의 딸은 이런 행동을 대수롭지 않게 여기고 자연스럽게 성장해 문제없이 자신의 삶을 영위한 반면, 집주인의 딸은 성적 행위와 관련된 내적 갈등으로 인해 신경증자가 되고 결혼도 거부하리라는 것이다. 이처럼 동일한 체험을 했음에도 불구하고 집주인의 딸과 경비원의 딸이 전혀 다른 삶을 살아가는 이유는 무엇인가? 프로이트가 분석한 대로 교육 수준의 격차 때문이기도 하고, 그로 인해 순결이나 금욕과 관련된 자아 이상의 형성 단계에서, 또 자아의 지적, 도덕적 발달 과정에서 차이가 발생했기 때문이기도 하다. 이런 내용들을 모두 포함하면서 우리에게 가장 직관적으로 이해되는 설명은 물론 계급적 차이 때문이라는 것이다. 이 일화에 대해 에바 일루즈는 출신 계급에 따라 동원할 수 있는 감정 자원(emotional resources)이 다른 것이라고 명쾌하게 결론 내린 바 있거니와,[72] 간단히 말하면, 가난한 하층 계급이 부유한 상층 계급에 비해 감정적으로 더 많은 역량을 갖추고 있다는 것이다.

이 일화가 수록된 글의 부제가 '병인론(病因論)'이라는 점에서도 짐작할 수 있듯, 정신 의학자로서 프로이트의 주된 관심은 과도한 억압이 신경증을 유발한다는 병리적 인과 관계를 밝히는 데 있을 테지만, 모든 사람들이 이 일화를 단지 과학적 사례로만 읽으리라고 단정할 수는 없다. 실은 프로이트마저 의학적 진단과는 무관한 상상을 개입시키기도 했는데, 가령 경비원의 딸이 여배우로 성공해 마침내 귀족 부인이 될지도 모를 일이라고 지나가듯 말하는 대목 같은 것이 그러하다. 물론 그 이면에는 부유한 집안에서 태어났지만 감정적으로 문제가 있는 집주인의 딸이 점차 몰락하는 서사가 암시된다. 경비원의 딸과 집주인의 딸 사이에 발생하는 이러한 사회적 지위의 역전은 주인과 노예 변증법에 관한 정신분석학적 버전으로 독해할 수도 있을 것이다.

가난하지만 감정 자원이 많은, 곧 감정적으로 역량이 뛰어난 경비원의 딸이 신분 상승에 성공하는 서사는 물론 상상에 불과하다. 그러나 "외로워도 슬퍼도 나는 안 울어"라는 주제가로 대변되는, 가난하고 고달픈 환경 속에서도 마음만큼은 누구보다 씩씩한 덕분에 마침내 행복한 결말을 맞는 유형의 캐릭터에게 보장된 대중적 인기에서 짐작할 수 있듯, 현실적인 실현 가능성과는 무관하게 이 서사가 널리 호응을 얻어왔다는 점은 부인하기 어렵다. 이러한 대중적인 호응에는 당위론적이거나 도덕적인 선호가 전제되어, 다시 말해 가난하지만 감정 자원의 측면에서 뛰어난 인물의 성공을 원하고 응원하는 이면에는 그것이 도덕적으로도 우월하다는 평가가 전제되어 있다는 점 또한 잊어서는 안 된다. 이런 유형의 캐릭터는 1740년 출간된 리처드슨의 『파멜라』에서 선구적으로 등장했다. 18세기 감정 예찬의 대표 선수인 주인공 파멜라는 인간의 타고난 자비심에 대한 믿음, 그로부터 인정 많은 행동을 하거나 눈물을 흘리는 인간적 선의를 대표하며,[73] 이와 같은 감정의 선한 힘에 힘입어 주인인 B씨의 성적 요구를 물리치고 마침내 정식으로 결혼하는 데 성공함으로써 대중 독자들로부터 전대미문의 호응을 얻은 바 있다. 『파멜라』의 대중적 인기는 감정의 수월성(meritocracy)을 삶의 주요 판단 기준으로 정착시키는 데 크게 기여했다.[74]

『어려운 시절』의 루이자와 씨씨는 신분적, 계급적 격차에도 불구하고 프로이트의 일화에 등장하는 집주인 딸과 관리인 딸처럼 인생의 성공과 실패가 엇갈리는 대립적 관계를 형성하는 데까지 이르지는 않는다. 가장 큰 이유는 루이자가, 또 그래드그라인드도 일종의 계급적 전향(conversion), 곧 개심(改心)을 자발적으로 수용하기 때문이다. 신분의 차이에도 불구하고 씨씨와 다시 만난 자리에서 루이자는 무릎을 꿇고 숭배에 가까운 시선으로 씨씨를 우러러보며 사랑이 깃든 가슴으로 자신을 안아달라고 간청한다. 자기만의 삶에 대한 기대를 저버리고 바운더비와의 결혼을 결심한 뒤로 냉정하고 거만하며 쌀쌀맞은 태도로 일관하던 루이자가 개심하고 애원하자 씨씨는 기꺼이 그녀를 용서하고 연민하고 보살피기 시작한다.

좀 더 고약한 상황에 처한 그래드그라인드는 오랜 동료이자 사위인 바운더비에게 딸 루이자가 다정한 배려 속에서 스스로 본성을 기를 수 있게 도와주기를 조심스럽게 호소하지만, 어쩌다 감상적인 협잡꾼들과 한패가 되었느냐는 비웃음만 살 뿐이다. 그러나 바운더비의 비웃음은 그래드그라인드가 전향했다는 명백한 증거이기도 하므로, 이를 바탕으로 루이자와 톰을 비롯한 그래드그라인드 가족은 씨씨와 서커스단의 도움을 받아 구원을 얻는다. 반면 갱생의 기회를 외면한 바운더비는 비참한 최후를 맞게 된다. 19세기 영국소설의 결말에 관습처럼 부가되던 몇 년 뒤의 후일담에 따르면, 루이자가 "상상력의 은총과 기쁨을 통해 기계장치와 현실에 억눌린 그들의 삶을 아름답게 꾸미려고 열심히 노력"하며 보람을 찾은 반면,[75] 숫자로 계산되는 인생에 집착하던 바운더비는 길거리에서 발작을 일으켜 횡사를 맞는다. 이걸로도 부족했던지 작가는 거짓과 악으로 점철된 유서 때문에 죽은 뒤에도 바운더비는 오명과 추문에서 벗어나지 못했다고 덧붙이는 수고를 구태여 아끼지 않는다. 이 아낌없음 하나만으로도 『어려운 시절』의 작가가 공리주의를 반대하고 있다는 사실이 분명해진다. 경제적 최적화에 목매는 공리주의자라면 설령 소설을 쓰더라도 필요 이상의 노력을 낭비하려 들지 않을 것이기 때문이다. 아무튼 새 삶을 얻은 루이자에 비하면, 계산될 수 없다는 이유로 감정의 가치를 무시하던 바운더비는 자신의 죗값을 무겁게 치른다고 볼 수 있다.

이처럼 감정이 예외적 가치로 존중될 뿐 아니라 자연적(이라고 믿어지는) 감정 본연에 충실한 것이 당위이자 선으로 옹호되고 그리하여 감정이 도덕의 진정한 토대로 자리매김되는 것은 18세기 이전에는 유래를 찾아보기 어려웠던 현상이다. 전통적으로 도덕은 규범으로서의 속성 때문에 신이나 이성처럼 절대적인 것에 의해 관장된다고 여겨졌으며, 반면에 인간적인 것은 쉽게 변한다는 점에서 변덕스럽고 믿을 수 없다고 간주되어왔다. 역대 최초로 '인간적인 것이 곧 도덕적인 것'으로 공인받은 것은 18세기 들어서다. 앞에서 감정에 관한 평가가 부침을 거듭하던 흐름을 간단히 살펴보았거니와, 인간 본성의 핵심으로 이성보다 감정을 중시하고 궁극에서 인간을 감정적 존재로 규정했던 18세기 감정 예찬 문화 속에서 프랜시스 허치슨, 데이비드 흄, 아담 스미스 같은 스코틀랜드 계몽주의 사상가들이 동정, 공감, 자비, 박애 등 이른바 도덕 감정을 도덕의 원천이자 척도로 주창하기 시작했던 것이다.

감정을 이렇게 도덕적으로 신성화하는 태도는 18세기 후반 영국과 프랑스에서 뚜렷하고 분명하게 나타난다. 이 시대의 문학은 그러한 특징이 잘 드러날 수 있도록 만들었고, 그러한 감정을 강화하고 확산시키는 데 지대한 공헌을 했다. 리처드슨의 소설인 『파멜라』와 『클라리사』는 고상한 감정을 드높여 폭넓게 묘사하고 있는데, 열광적인 대중이 이를 탐독했고, 그들은 틀림없이 여기서 그들 안에서 발전하고 있는 도덕적 관점이 확증되었을 뿐만 아니라 분명하게 규정되어 있다고 생각했을 것이다. (……)『신엘로이즈』가 1761년에 나왔을 때 미친 영향력은 오늘날처럼 닳고 닳은 시대에서는 상상하기 어렵다. 서둘러 이를 베낀 사본들이 나왔고, 소설을 읽은 많은 독자가 문자 그대로 감정에 압도되었다. 루소는 "그런 감정에 매혹되고" "황홀경에 빠지고" "절정에 이르러" "형언할 수 없는 즐거움"을 체험하고 "감미로운 눈물"을 흘린 독자들로부터 무수한 편지를 받았다.[76]

감정 예찬의 문화는 단지 엘리트 지식인층에 의해서만 향유된 것이 아니라 대중적으로 널리 공유되어 결과적으로 근대적 문화 전체의 지형을 새롭게 정초하기에 이른다. 이처럼 감정이 중시되는 문화가 사회 전반으로 확산된 근거의 주요 사례로서 소비주의의 형성이 꼽히기도 한다. 우리가 알고 있는 상식 안에서 18세기 영국의 산업 혁명은 증기 기관이 발명되고 공장제 기계 공업이 태동하는 사건을 중심으로 묘사되어왔다. 그러나 이처럼 생산 국면에 주목하던 전통적인 관점은 20세기 후반 들어 소비 수요가 산업 혁명의 궁극적 핵심이라는 인식에 의해 수정이 불가피해졌거니와, 산업 혁명에 버금가는 일종의 문화 혁명으로서의 소비 혁명(consumer revolution)이라는 개념의 등장을 통해 이러한 인식의 변화를 여실히 확인할 수 있다. 간단히 말하면, 생산과 공급을 이끄는 소비 수요는 단지 경제학적으로 추상화된 숫자의 문제가 아니라 구체적인 문화 변동을 동반한다는 것이다. 산업 혁명이 경제사적 사건만이 아니라 문화사적 사건이기도 했다는 사실은 당시의 소비 수요가 어떤 성격을 띠었는지를 살펴보면 금세 알 수 있다. 초기 산업 혁명을 이끈 공장에서는 교과서적 예상과 달리 자본재나 생필품 같은 유용한 상품이 아니라 경제학적 관점에서는 거의 쓸모없는 사치성 소비재, 아니 이런 공식적 용어로 말하기도 낯간지러운 소소한 액세서리들, "장난감, 버튼, 핀, 레이스 등 정치인들이 쓸데없는 것이라고 분류한 제품들"이라는 설명이 딱 들어맞는 상품들이 주로 생산되었다.[77] 장난감이나 레이스를 쓸데없는 것으로 분류한 정치인 중에는 하원 의원이었던, 개심 전의 그래드그라인드도 필히 포함되어 있을 것이다. 아무튼 공리주의자들이 들으면 매우 낙담했겠지만, 본질적으로 소비는 최적화된 유용성이 아니라 계산할 수도, 쓸모를 알 수도 없는 감정적 즐거움과 관련된 문제이며, 따라서 공리주의보다 쾌락주의의 틀에 입각할 때 더 잘 파악된다.[78]

위의 인용에서도 강조되듯 18세기 후반의 문화적 변동은 특히 문학을 통해 강화되고 또 확산되었는데, 이 시기 문학의 대중적 영향력 또한 출판 자본주의의 성장에 힘입은 소비주의의 일환이라는 사실을 길게 설명할 필요는 없을 것이다. "18세기 소비 혁명의 또 다른 측면은 근대소설의 발전과 소설 독자층의 출현이었다. 이 세기 동안 연간 신간 서적 출판이 4배로 늘어나면서, 도서 시장 특히 소설 시장이 급격하게 팽창했다."[79] 리처드슨의 『파멜라』와 『클라리사』, 루소의 『신엘로이즈』 같은 소설들에서 연민, 이타심, 사랑, 감사 등의 형태로 나타나는 자연스러운 감정 및 그 감정의 선한 힘은 갈등을 해결하고 인물들을 하나로 결속하는 역할을 수행했다. 얼마나 인기가 많았던지 자연적 도덕 감정(natural moral sentiment)을 주제화한 소설들에 영감을 받아 감상소설(sentimental novel)이라는 장르 자체가 만들어지기도 했는데, 앞서 살펴본 디킨즈의 소설들 역시 자연적 감정의 공유에 호소해 공감을 유도한다는 점에서 감상소설의 성격을 계승하고 있다.[80]

그런데 감정적으로 과장되었다거나 또 눈물을 흘리는 장면이 반복된다는 사전적 설명에서도 짐작할 수 있듯,[81] 현재의 관점에서 볼 때 감상소설이라는 장르는 감상주의(sentimentalism) 개념에 동반되는 비아냥, 심지어 경멸로부터 자유롭지 않다. 루소의 『신엘로이즈』 같은 소설을 읽으면서 주인공의 감정에 매혹되고 황홀경에 빠져 감미로운 눈물을 흘리는 독자들의 열정적이고 격정적인 공감은 감상소설의 특징을 한눈에 보여주는 증거로 유명하지만, 루소의 독자층을 연구한 로버트 단턴은 선정적 장면은커녕 뚜렷한 스토리조차 없는 여섯 권짜리 소설을 읽어낼 오늘날의 독자들은 거의 존재하지 않는다고 냉정하게 판단한 바 있다.[82]

오늘날의 기준에서 18세기 감상주의의 가치가 평가 절하될 수 있음을 인정하더라도 앞에서 강조한 대로 인간이 감정적 존재라는 인식에는 변함이 있을 수 없다. 지난 시대에 인간의 본질을 규정하는 것으로 여겨지던 신이나 이성 같은 요소를 더 이상 지지할 수 없을 때, 감정적 존재라는 규정은 가장 유력하면서 거의 유일한 대안이기 때문이다. 물론 감정이 자연스럽고 또한 선한 것인지에 대해서는 여전히 논쟁이 진행 중이고, 아마 끝을 알 수 없을 것이다. 이런 측면에서 톨스토이와 그리고 백낙청을 통해 철 지난 것처럼 보일 수도 있는 18세기 감상주의적 가치가 갱신되는 과정을 살펴보는 일은 흥미롭다.

톨스토이의 『예술이란 무엇인가』는 제목이 주는 인상보다 훨씬 더 본격적으로 감정의 문제를 다루고 있다. 이 책을 집필한 톨스토이의 문제의식 자체가 예술의 이해에는 뭔가 특별한 미적 능력이 필요하다는 주장으로 귀결되는 전문적, 미학적 예술론을 비판하려는 데서 출발했다는 점을 감안한다면, 자연적 감정을 중시하는 것이 놀랍지만은 않다. 엘리트주의를 극단적으로 거부하는 톨스토이의 관점에서는 예술 이해를 위해서는 다른 무엇도 필요하지 않고 오로지 인간 본연의 감정이나 마음만 있으면 충분하기 때문이다. 그에 따르면 "예술의 마음"이란 곧 "지극히 단순한 마음, 보통 사람도 어린아이도 알 수 있는 당연한 마음, 남의 감정에 감염하는 마음, 그러니까 남의 기쁨을 기뻐하고 남의 슬픔을 슬퍼하여 사람과 사람을 서로 결합시키는 마음"을 의미한다.[83]

만인 공통의 감정을 통해 모든 인간을 예외 없이 결합시키는 것에서 예술의 길을 찾았으며, 디킨즈의 『크리스마스 캐럴』이나 19세기 미국 감상소설의 대표작인 스토의 『톰 아저씨의 오두막』을 높게 평가했던 톨스토이의 예술관 안에서 우리는 자연스러운 감정이 지닌 선한 힘을 무대화했던 감상소설의 영향을 발견할 수 있거니와, 한 걸음 더 나아가 그가 감상소설의 갱신을 꾀했다 해도 아주 지나친 말은 아닐 것이다. 이처럼 18세기 말 감상소설의 유행이 몰아친 뒤 한 세기가 지난 시점에서 감정 본연의 선한 힘을 주장한 톨스토이에 대해서는 도덕주의적이거나 설교주의적이며 구시대적이라는 가혹한 평가가 내려지기도 했다. 위에서 감정이 자연스럽고 선한 것인지에 대해서는 논쟁의 여지가 있다고 했는데, 톨스토이에 대한 박한 평가는 감정의 가치에 대한 평가 역시 다소 부정적인 방향으로 선회했음을 보여준다.

감정에 대한 평가가 오르내림을 거듭한다는 것은 몇 번 언급한 바 있지만, 그 와중에 우리의 관심을 끄는 것은 톨스토이의 예술관이 진보적 문학계를 대표하는 평론가 백낙청의 문학론과 밀접하게 연결되어 있다는 점이다. 식민 지배와 곧이어 엄습한 전쟁 및 분단으로 인해 더없이 척박해진 이념적 지형 안에서 진보적 문학의 정당성을 확보하기 위한 백낙청의 노고는 누구도 부정할 수 없을 것이다. 이 과정에서 시민문학, 민족문학, 제3세계 문학 등으로 바쁘게 전개되는 이론적 모색을 그치지 않음으로써 그는 대표적 지식인이자 평론가로 자리매김할 수 있었다. 이렇게 보면 백낙청의 문학론은 이론적이고 학문적이며 이성적인 토대 위에 형성되어 있을 것이 당연해 보이지만, 실상 그렇지만은 않다. 백낙청의 첫 평론집 『민족문학과 세계문학』의 출간에 즈음해 상세한 서평으로 집필된 「민족문학의 양심과 이념」에서 김우창이 "한 가지 주목할 것은 이성 또는 이성적인 것에 대한 백낙청 씨의 태도"라고 지적했던 것도 이런 맥락에서였다.[84] 그에 따르면 "백낙청 씨가 이성을 경시하는 것은 아니지만, 그에게 보다 중요한 것은 시민적 이상에 있어서의 정적(情的)이며 의지적인 요소"라는 것이다. 그리하여 백낙청 문학론에서는 "양심, 양지(良知), 도(道), '인간의 본마음', '우리들 하나하나의 타고난 순수한 마음', '예술의 마음', '시적(詩的)인 것', '거룩한 것'의 체험 등으로 표현되는 어떤 종류의 마음의 자세" 곧 "차라리 비합리적 또는 비이상적인 이념"의 의미가 각별히 살펴지고 있다.

그러면 '인간의 본마음'이란 무엇을 말하는 것인가? 여기에 대해서 백낙청 씨는 철학적 또는 논리적 분석을 가하기를 거부한다. 다만 그가 되풀이하여 강조하는 것은 그것이 자명한 것이며 설명을 필요로 하지 않는 것이라는 것이다. 위에서 본 바와 같이 그것은 우리들 하나하나의 타고난 순수한 마음으로서 그것을 아는 데에는 권위자나 전문가의 해설이 필요한 것이 아니다. 그것은 "착한 사람이 그 착한 마음에서 정녕 안 하지 못하여 하는 일"의 원리이다. 그것은 "사람이면 누구나 타고난 양심의 차원에서…… 당면 문제를 판단"할 때 드러나는 것으로도 생각된다. 또는 그것은 톨스토이가 말하는바 만인을 하나로 묶는 기본적인 형제애, 인류애의 감정과 비슷한 것으로 말하여진다.[85]

논리적 분석이 필요하지 않을 만큼 자명하며 타고난 순수하고 착한 마음, 양심 등으로 이해되는, 이를테면 인간 본연의 선한 감정(마음)으로 칭할 만한 요소가 문학론의 핵심에 자리 잡고 있다는 김우창의 판단에 대해서는 백낙청 자신도 수긍하고 있다. 다만 그 정적(情的) 핵심 요소가 이성이나 논리와 배치될지도 모른다는 우려에 대해 약간의 해명을 덧붙인다. '본마음'이나 '민중적 감동' 등은 합리적 판단 이전의 것이라 말할 수 있는데, "합리성 이전이라고 할 때는 합리성을 배제한다는 말이 아니라 이성이니 감성이니 이런 구분, 이런 분화 이전의 본바탕"을 의미한다고 보는 것이 타당하다는 것이다.[86] 자타(自他)가 인정하듯 "순수한 마음" 등으로 불리는 본연의 선한 감정, 자연적 도덕 감정이 백낙청 문학론에서 중요한 의미를 갖는 것은 분명하다. 여기서 우리는 특히 톨스토이 감정론과의 관련성을 간과할 수 없다.

우리가 양심의 문제를 논하고 역사의 문제를 논할 때 어느 개개인의 고매한 이상이 아닌 다수 민중의 의식과 움직임을 중요시하는 뜻이 여기 있다. 문학작품에서, 고상한 '정신적 가치'들을 차라리 모독하는 듯한 서민적 생활 감정의 표현을 높이 사주는 것도 그 때문이다. 민중의식을 말하는 것은 사실상 빈곤과 무지에 시달리고 있는 민중의 의식 상태를 함부로 미화하려고 하거나, 그들의 의식이 선각적인 개인들에 의해 일깨워져야 한다는 현실의 과제를 등한시하려는 것이 아니며, 또 어떤 결정론적인 사관에 입각하여 다수인의 경제적 요구의 충족 과정이 인간 역사의 모든 현상을 낱낱이 좌우한다고 주장하려는 것도 아니다. 중요한 것은 인간의 참으로 인간다운 삶을 실현하는 원동력, 진정한 역사 발전의 원동력을 궁극적으로는 어디서 찾느냐 하는 문제다. 사람이 사람으로서 타고난 순수한 마음에서 그것을 찾을 만큼 사람을 믿고 자기 스스로의 마음을 믿느냐가 문제인 것이다. 사회적 부(富)의 소유에서 소외된 민중이나 국제적 부의 경쟁에서 뒤떨어진 민족에게도 그 역사적 사명과 창조적 에너지를 인정한다는 것은 바로 그러한 인간에 대한 신뢰와 애정의 실천 이외에 아무것도 아니다.[87]

　감정에 관한 톨스토이의 관점은 자연적 감정의 선한 힘이 갈등을 해결하고 인물들을 결속시키는 서사로 대변되는 18세기 감상소설로 거슬러 올라간다. 윌리엄 레디에 의하면 『파멜라』 같은 감상소설로부터 다음의 원칙을 도출할 수 있다.[88] "우월한 덕성은 단순성 및 개방성과 결합되는 것으로서, 사회적으로 낮은 지위의 사람들에게서 나타난다. 미덕은 인간 모두가 공유하는 자연적 감성의 결과물이다"라는 감상주의의 제1원칙은 톨스토이는 물론 백낙청의 문학론에도 기본적으로 전제되어 있다. 위의 인용에서 강조되는 바와 같이 문학에서 인간다운 삶을 실현하는 원동력이 한 개인의 고매한 이상이나 고상한 정신이 아니라 다수 민중의 의식과 감정, 곧 "우리들 하나하나의 타고난 순수한 마음에서 진정으로 우러나는 것"에서 찾아야 한다는 백낙청의 주장도 이런 관점에서 이해할 수 있다.

　18세기 후반 감상소설을 통해 큰 영향력을 떨쳤던 자연적 도덕 감정이 19세기 말 톨스토이를 거쳐 20세기 후반의 백낙청에 이르기까지 도저한 흐름으로 이어져온 과정을 살펴보면 감정에 잠재되어 있(다고 믿어지)는 가치를 단순히 시대착오적이고 구태의연하다는 이유만으로 간단히 묵살하기 어렵다는 사실을 새삼 깨닫게 된다. 인간이 본질적으로 감정적 존재라는 인식과 그에 대한 낙관적이고 긍정적인 전망 속에서 모든 사람들이 공통적으로 느낄 수 있는 자연스러운 감정이야말로 도덕의 진정한 토대라는 믿음, 그리고 그 자연적 도덕 감정에 힘입어 보다 행복한 사회를 형성할 수 있을 것이라는 희망이 프랑스 혁명을 앞두고 등장해 근대인들을 사로잡아왔다.[89] 이처럼 개인적 측면을 넘어 사회적 측면에서까지 인간의 본질적 요소로 격상된 감정에 대한 기대와 희망은 지금도 생명력을 잃지 않고 유효한 상태이다.[90]

물론 좌절과 실망이 없었다고 말하면 거짓이다. 무엇보다, 한편으로 감상소설이 사람들을 매혹시키고 또 한편으로 혁명의 열정이 세계를 휩쓴 지 수백 년이 지났지만, 모든 사람들이 본연의 자연적 감정에 충실하면서 서로 동정하고 사랑하는 행복의 공동체가 실현되리라는 기대는 요원하다 못해 꿈같은 일이 아닐 수 없다. 위에서 김우창이 도덕 감정을 "형제애, 인류애의 감정"으로 칭한 것을 보았지만, 지금의 우리는 인류애는커녕 형제애의 단계에도 훨씬 못 미치는 상태에 머물고 있지 않은가? "예술가가 느끼고 전달하는 감정이 만인 공통의 것이고 모든 인간을 결합시키는 것이어야 하느냐, 아니면 그것

이 특수한 몇몇 사람만이 경험할 수 있는 '예술의 성사(聖事)'
며 그러한 소수 엘리트와 다수 민중을 '자동적으로' 갈라놓는
것이어야 하느냐"를 결정하는 것이 관건임을 역설하는 백낙청
에게서 우리는 예술과 문화의 발달이 엘리트주의를 낳고 사회
분열을 조장하는 현실 앞에서 모든 인간이 타고난 순수한 마
음에 근거해 사회를 결합시키는 예술을 요청하는 절박한 심정
을 감지할 수 있다.

　물론 백낙청 역시 문명이 발달할수록 오히려 "주어진 사회
현실이 사람들 사이의 참다운 유대를 조직적으로 파괴하고 왜
곡시키는" 역설적 정황을 전적으로 도외시한 채 낙관적인 이
상론만을 펼쳤던 것은 아니다.[91] 도구적 이성을 앞세운 식민화
의 철망이 점점 더 우리의 삶을 옥죄는 현실을 부정하기란 어
려우며, 그런 현실 앞에서 타고난 도덕 감정을 옹호하는 일이
란 더 어렵다. 젊은 신인 평론가 백낙청이 자연적 도덕 감정을
중심으로 톨스토이의 예술론을 진지하게 분석하던 1960년대
라면 반세기도 더 전의 과거라는 점에서 지금의 우리들에게는
차라리 목가적인 시대로 비칠 법도 하지만, 또 다른 젊은 신
인 평론가였던 김현의 '현대적' 현실 인식은 백낙청의 글을 주
요 타깃으로 삼아 당시의 톨스토이주의의 한계를 정면으로 반
박한 바 있다. 「시와 톨스토이주의」라는 글의 요지는 이렇다.
"톨스토이주의가 지향하는 것은 단순하고 명료하고 힘찬 시이

다. 그러나 단순하고 명료하고 힘찬 시가 쓰이기 위해서는 현대인의 감정 구조가 단순하고 명료하고 힘차지 않으면 안 된다. 그렇지만 현대인의 그 누구가 단순하고 명료하고 힘찬 감정 구조를 갖고 있을까?"[92] "단순하고 명료하고 힘찬 감정"이란 곧 인간 본연의 자연적 도덕 감정과 의미를 공유하는 것일 텐데, 아무튼 그 감정은 1960년대 당시의 '현대인'의 관점에서 이미 구태의연한 과거의 것으로 치부되고 있다. "상징주의에서 비롯하여 초현실주의를 거쳐 현대에 이르기까지 시문학을 지배해온 애매모호성은 현대 사회의 애매모호성과 동가"라는 인식 아래 김현은 밝고 건강한 감정을 지향하는 톨스토이주의에 의해 배격되었던 애매모호하고 비도덕적이며 퇴폐적이고 불결한 감정이야말로 현대인을 대변한다고 주장했던 것이다.

　김현이 묘사한 "단순하고 명료하고 힘찬 감정" 혹은 톨스토이나 백낙청이 옹호한 본연의 자연스럽고 선한 감정을 일부러 상실하려는 사람도, 또 그 상실을 즐기고 환영하려는 사람도 상상하기 어렵다. 그만큼 그런 감정의 소중함이나 가치를 굳이 깎아내릴 사람도 찾기 어렵다. 그럼에도 불구하고 전시대의 사람들에 비해 현대인들의 감정이 단순하지도, 명료하지도, 힘차지도 않다는 주장에 우리는 대체로 동의할 것이다. 급격하게 가속화된 현대 문명의 발달이 현대인들의 감정을 전시대보다 더 체계적으로 억압하고 식민화함으로써 자연스럽게 넘쳐흐르는 본연의 감정이 폐색될 수밖에 없음을 불가피하게 받아들여야 했을 것이다.

그렇다고는 하더라도 김현이 "현대인의 그 누구가 단순하고 명료하고 힘찬 감정 구조를 갖고 있을까?"라고 답을 기다릴 필요도 없는 수사의문문의 형태로 자신의 주장의 자명함을 피력하는 대목에 대해서는 좀 더 생각해볼 여지가 없지 않다. 그의 수사학에 의하면 모든 현대인들이 단순하고 명료하고 힘찬 감정으로부터 괴리되었다는 것인데, 과연 그럴까? 하지만 앞에서 우리는『어려운 시절』의 루이자와 씨씨의 관계를 분석하면서 현대 문명의 발달 속도가 야기한 지리적 불균등이 같은 시간 안에 서로 다른 다수의 시간대가 중첩되는 비동시적인 것의 동시성으로 귀결된다는 인식을 살펴본 바 있다. 이러한 비동시성이 국가(선진국과 후진국 혹은 제1세계와 제3세계)나 도농(都農), 계급 간에 존재할 때, 우리는 같은 시간 안에서 상이한 시간대의 감정들을 관찰하게 될 것이다. 다시 말해, 현대인 중에는 김현이 기준으로 삼은 것처럼 단순하고 명료하고 힘찬 감정과 완전히 괴리된 사람도 있을 수 있고, 반면에 단순하고 명료하고 힘찬 감정과 상당히 가까운 사람도 있을 수 있는 것이다.

실은 타고난 순수한 마음이나 자연적인 도덕 감정처럼 20세기 후반의 시점에서는 이미 시효가 지나 시대착오적이고 구태의연해 보이는 개념들을 되살리려는 백낙청의 시도 자체가 지리적 불균등 및 비동시적인 것의 동시성에 대한 인식과 무관하지 않다.[93] 이는 20세기의 막바지에 진행된 백낙청과 프레드릭 제임슨의 대담에서도 잘 드러난다. 서구적이자 제1세계적인 관점에서 제임슨이 상품화와 식민화에 의해 이미 상실된 것으로 간주하는 인간의 자연적 본성(nature)에 대해 백낙청이 바로 그 낯익은, 따라서 벌써 폐기되었거나 곧 폐기될 예정에 있다고 당연시되는 개념의 갱신을 강력히 요청하는 대목에서 우리의 주목을 끄는 것은 그 갱신의 가능성이 "제1세계에서는 더 이상 주어지지 않은 희귀한 역사적 기회"로서 제3세계에 존재한다는 관점이다.[94] 위의 인용에서 인간이 타고난 순수하고 선한 마음의 가치를 실현하는 데 있어 "사회적 부(富)의 소유에서 소외된 민중이나 국제적 부의 경쟁에서 뒤떨어진 민족에게도 그 역사적 사명과 창조적 에너지를 인정한다"는 자세가 필요하다고 역설할 때도 백낙청의 진의가 "사회적 부의 소유에서 소외된" 하층 계급이나 민중, "국제적 부의 경쟁에서 뒤떨어진" 제3세계 후진국 국민이나 민족에게도 한번 기회를 줘봐야 한다는 소극적인 차원이 아니라 제1세계의 부유한 시민들과는 비동시적이면서 동시적인 존재인 제3세계 하층 민중, 바로 그들의 역량에 의해서만 순수하고 선한 마음의 실현이 가능하다는 적극적인 차원에 있음을 옳게 파악해야 한다.

　톨스토이의 『예술이란 무엇인가』는 타고난 본성으로서의 도덕 감정을 매개로 자유로운 주체의 공동체를 기대했던 18세기 감정 예찬 문화가 점차 세력을 잃고, 이른바 퇴폐적인 감정의 노출에 집착하는 데카당스 예술이 득세한 19세기 말에 재등장한 감정 예찬으로 볼 수 있다. 물론 19세기 톨스토이의 감정론이 단순히 18세기 서구의 그것을 뒤늦게 반복하고 있다고 이해하는 것은 타당하지 않다. 이 역시 서구의 18세기적인 것과, 서구에 비하면 후진국이었던 러시아의 19세기적인 것이 병치된다는 점에서 비동시적인 것의 동시성의 한 사례이다. 자본주의의 단계적 발전에서 앞서나갔고 그만큼 인간 본연의 감정의 식민화와 소외를 빨리 경험했던 서구 중심부에서 감정 예찬이 이미 유효성을 상실한 것으로 간주되었다면, 서구에 비하면 후진국이었던 러시아에서는 그 담론이 새로운 가능성으로 요청되었던 것이다. 19세기 말의 톨스토이는 18세기 계몽주의자들보다 늦었지만, 그만큼의 역사적 교훈을 참조할 수 있다는 점에서 단순한 반복이 아닌 새로운 가능성을 재생한다. 20세기에 톨스토이의 예술론을 다시 한 번 환기하고 있는 백낙청의 위상도 이와 동일하다. 18세기 프랑스 작가들의 역할을 20세기 한국 작가들이 떠맡아야 하는 것이 단순히 때늦은 따라잡기가 아니라 "2백 년의 역사적 경험"을 통한 가능성의 갱신임을 강조했던 백낙청에게 "18세기 프랑스 및 19세기 러시아와 많은 유사점을 지닌 채 20세기의 서구와 같은 시공을 점하고 있"는 우리나라는 한편으로 20세기적이면서 다른 한편으로 18, 19세기적인 성격을 공유하고 있다. 이와 같은 지정학적 상황을 인식하면서 인간 본연의 감정에 기대를 거는 것은 서구의 18세기 혹은 러시아의 19세기에 나타났던 담론의 단순 반복이 아니라 "낯익은", 따라서 이미 지나간 것처럼 보일 수도 있는 어떤 가능성의 새로운 갱신으로서의 의미를 지닌다.

만들어진 감정:
감정을
소중히 여기기

—

지금까지 18세기에 등장한 자연적 도덕 감정이라는 개념이 근대적 감정 담론에서 차지하는 중추적 위상에 대해 살펴보았다. 이 과정에서 자연적 도덕 감정이 단지 감정론에 국한해서뿐 아니라 근대인을 감정적 존재로 규정하는 방면에서도, 또 근대 사회를 도덕 감정 위에 정초하는 방면에서도 결정적인 역할을 담당했음을 알 수 있었다. 신이나 이성 등으로 대표되던 초월적이고 절대적인 근거가 사라진 시대를 위한 인간학적, 정치학적 기초를 제공했다는 점에서 감정이 유일무이한 지위를 구가해온 데에는 그럴 만한 이유가 있음을 납득할 수 있다.

　　상식의 세계에서 우리가 어떤 것의 가치를 입증하려 할 때, 자연스럽게 표출되는 본연의 것이라는 묘사만큼 설득력 있는 설명 방법을 찾기도 쉽지는 않다. 바로 이렇게 설명된 감정은 저절로 드러나 속일 수 없다는 점에서 진짜(real)이자 진실(true)한 것으로서의 가치를 부여받게 된다. 숨기기 어려운 진실이라는 점에서 진정한 감정을 스무 겹의 매트리스와 스무 겹의 이불로도 결코 감출 수 없는 완두콩 같은 존재에 비유하는 것도 어색하지 않다. 안데르센의 「공주와 완두콩」이나 그림 형제의 「완두콩 시험」에서 겹겹의 외피를 뚫고 존재를 드러냄으로써 누가 '진짜' 공주이며 공주 중의 공주('감정 자체'라는 말처럼 그저 그런 공주가 아닌 '공주 자체'를 의미하는)인지를 입증했던 바로 그 완두콩 말이다. 앞서 언급했듯, 이러한 인식 안에서 우리는 감정이 실재한다고 믿는 실재론자이자 원본 그대로 어긋남 없이 동일하게 표출된다고 믿는 재현론자 혹은 모방론자로 자리매김한다.

이처럼 감정은 자연스럽게 유출된다는 것이 근대적 감정론의 제1원칙이라면, 자연스럽게 넘쳐흘러야 하지만 문명이 쳐놓은 철망 안에서 억압되고 가로막힌 본연의 감정을 찾기 위해서는 자연으로 돌아감이 마땅하다는 것이 제2원칙이다. 이렇듯 자연스러움이나 자발성에 근거해 감정을 규정하는 관점을 자연주의라고 부를 수 있는데, 여기서 자연주의는 레이먼드 윌리엄스의 설명대로 비평 용어로서의 좁은 의미 이전의 상식적 의미, 곧 어떤 현상의 자연적 원인을 탐구하거나 인간의 본성에 근거해 도덕을 설명하고 정당화하는 관점을 염두에 둔 것이다.[95] 이때 자연주의의 맞은편에서 감정을 타고난 자연적 소산이 아니라 어떤 식으로든 만들어진 것으로 간주하는 구성주의적 관점을 식별하는 것도 가능하다. 감정을 문화의 일부 혹은 적어도 문화에 의해 영향 받을 수밖에 없는 것으로 전제하는 구성주의적 관점에서는 감정을 타고난 본연의 것이 아니라 삶의 과정 중에 형성되는 것으로 인식한다.

진화론 대신 문화적 다양성을 채택함으로써 인간을 타고난 존재가 아니라 만들어지는 존재로 인식한 문화 인류학의 전개 속에서, 특히 감정 인류학은 인간을 규정하는 핵심 요소로서의 감정이 문화적으로 구성된다는 인식을 선도해왔다.[96] 예를 들어 1970년대에 필리핀 사냥꾼 부족을 대상으로 선구적인 감정 연구를 수행한 레나토와 미셸 로살도는 인간의 자아와 감정이 문화에 의해 거의 무제한적으로 구성된다고 주장한 바 있다.[97] 이와 같은 주장이 널리 동의를 얻는 데는 그리 오랜 시간이 걸리지 않아 21세기를 사는 우리들은 감정 및 인간의 본성에 관한 서구의 고전적 논의들이 보편적 인간이 아니라 특정 문화에 결박된 존재를 대상으로 한 것이었음을 잘 알고 있다. 게다가 그 문화라는 것도 실은 주류 남성에 의해 과잉 대표되어온 경향이 다분하므로 거기서 성별, 계급, 민족(종족) 등 훨씬 세부적인 고려가 필요하리라는 것 역시 상식이다. 20

세기 후반에 진행된 격변 속에서 어느새 대문자 인간이 사라진 포스트모던한 시대로, 그리고 비서구인의 입장에서는 무엇보다 서구인이라는 대타자의 시선이 극복된 포스트콜로니얼한 시대로 진입한 덕분에 우리는 문화적으로 구성되는 인간이라는 관점에 상당히 익숙해졌다.

감정 인류학이 그 시작부터 현재까지 사로잡혀 있는 딜레마의 뿌리은, 문화의 영향력을 어느 정도까지 인정하고, 그 기저에 있는 보편적인 정신적 요인들의 영향력은 또 어느 정도까지 인정할 것이냐이다. 죽음은 어디에서나 슬픔을 유발하는가, 아니면 개인이 높게 평가되는 문화에서만 그러한가? 낭만적 사랑은 인간의 보편적인 경험인가, 아니면 일부 문화에서는 찬양되고 다른 문화에서는 억압되는 것인가? 사랑은 서양 개인주의의 발명품일 뿐인가? 우울은 어느 곳의 누구에게나 닥칠 수 있는 신경 질환인가, 아니면 근대 의학과 근대인의 사회적 고립의 문화적 산물인가?[98]

그러나 이처럼 과격하다면 과격한 구성주의적 관점이 예사로 통용되고 있음에도 불구하고, 위의 인용에서 고백하듯 감정이 구성된 것이냐 아니냐는 문제는 여전히 딜레마이다. 타고난 것과 만들어진 것, 다시 말해 자연과 문화 둘 중 어느 하나로 귀속시키기에는 감정이 원래 여러 얼굴을 가진 다면적 문제인 탓도 있다. 구성주의적 관점에 대해 좀 더 살펴보자. 위에서 인용된 슬픔이나 사랑이나 우울 등에 관한 짧은 예시만 보더라도 감정이 시간과 장소에 따라, 문화에 따라 가변적이며 따라서 타고난 것이 아니라 만들어진 것이라고 주장하기에는 부족함이 없다. 그런데 가령 죽음에 대한 애도와 슬픔의 감정에 관해, 인용에서 제기하는 "죽음은 어디에서나 슬픔을 유발하는가?"라는 질문에는 오해의 소지가 없지 않다. 뒤에서 다시 언급하겠지만 감정에 관해 질문을 던진다면, 가령 슬픔을 느끼는지 아닌지를 묻기보다 슬픔을 어떻게 느끼는지를 묻는 것이 더 적절하기 때문이다.

구성주의적 관점에서 '죽음은 어디서나 슬픔을 유발하느냐'는 질문이 던져질 때, 우리는 어쩌면 '그렇지 않으며, 특정 문화에서만 그렇다'는 모범 답안을 기대했을지도 모른다. 그런데 과연 그런가? 기대된 답변과 달리, 우리가 죽음 앞에서 슬픔을 느끼는 것은 언제든, 어디서든 너무나 자연스럽고 당연한 반응 아닌가? 모든 죽음이 그러하거늘 하물며 어린아이의 죽음은 어떻겠는가? 자식을 잃은 참혹한 슬픔을 위해 '참척(慘慽)'이라는 단어가 있고 보면 「눈물」의 시인 김현승이 "나의 가장 나중 지닌 것"이라고 마음 깊이 애달파하고, 이를 받아 박완서가 같은 제목의 소설을 쓰기 훨씬 전부터 어린아이의 죽음에서 다른 무엇에 비할 수 없는 애통함을 느꼈으리라는 것은 잘 알 수 있다. 그 슬픔은 언제 어디서나 유출되는 감정이다. 그런데 또 한 번의 반전이랄까? 어느 누구도 예외일 수 없는, 인간이라면 누구나 타고난 본연의 감정이라는 사실을 의심하는 것이 과연 가능할까 싶지만, 그 슬픔 또한 문화에 의해, 보다 구체적으로는 감상소설이라는 인기 있는 문화 상품에 의해 새롭게 의미화된 것이기도 하다는 점에 유의해야 한다. 그리하여 찰스 디킨즈의 『골동품 상점』이나 『황폐한 집』, 해리엇 비처 스토의 『톰 아저씨의 오두막』 같은 베스트셀러 감상소설을 거치면서 감정의 호소력을 극대화하는 일종의 장르적 코드로 정착된 어린아이의 죽음이라는 사건은 자식 잃은 부모의 슬픔이라는 사적 의미를 넘어 순수하고 힘없는 사람이 죄지은 자를 대신해 죽는다는 종교적 구원의 의미에까지 이르게 된다.[99]

보다 일반화해서 말하면, 감정이란 느낌이나 각성(arousal), 그리고 그에 대한 해석이라는 두 방면에서 접근할 수 있는 주제라고 할 수도 있다.[100] 감정이란 '자연적' 느낌과 그에 대한 '문화적' 해석의 두 축으로 이루어진다는 관점이 자연주의와 구성주의의 어설픈 절충처럼 보이는 것은 어쩔 수 없지만, 그럼에도 불구하고 이 정도의 전회(轉回)만으로도 감정은 자연스럽게 유출되는 것이며 그렇지 않으면 곧 감정의 억압이라는 '강한' 자연주의적 관점을 견제할 수 있다는 점에서 나름대로 쓸모가 없지 않다. 일단 자연적 느낌과 문화적 해석으로 나눠긴 했으나, 자연과 문화의 엄격한 이분법이 유지될 수 없으며 두 측면이 서로 영향을 주고받으리라는 것은 명약관화하다.

이러한 변화의 성격은 종종 오해받곤 했다. 몇몇 비평가들은 가족생활에 대해 연구하는 역사학자들이 근대 이전에는 사람들이 자식들을 실제로 사랑하지 않았으며 사랑 때문에 결혼하는 일은 결코 없었다는 비상식적 주장을 하고 있는 것으로 생각했다. (……) 중요한 변화는 사람들이 자녀들을 사랑하고 배우자에게 애정을 느끼기 시작한다는 점이 아니라 사람들이 그러한 성향을 삶을 가치 있고 의미 있게 만드는 중요한 부분으로 간주하게 되었다는 점이다. (……) 차이는 그러한 감정들이 있거나 없는 데 있기보다는 그러한 감정을 소중하게 여긴다는 사실에 있다. 물론 그러한 감정은 사람들이 그것을 소중하게 여기기 시작함으로써 변화한다. 그러나 그것이 그런 감정들이 전에는 아예 존재하지 않았다는 말인 것은 전혀 아니다.[101]

사랑이나 슬픔 등은 인간이라면 누구나 느끼는 보편적이고 기본적인 감정이지만, 그것이 환기하거나 그것에 부여된 의미가 문화에 따라 시대별, 지역별로 바뀐다는 것은 부인할 수 없는 사실이다. 그런데 이러한 변화를, 마치 사랑도 슬픔도 느끼지 못하다가 어느 시점 이후 비로소 느끼게 되기라도 한 양, 어떤 감정이 전시대에는 존재하지 않다가 특정 시기에 새롭게 생긴 것처럼 인식하는 것은, 위의 인용에서 지적된 것처럼 구성주의적 관점에 관한 흔한 오해이며 또한 오래된 거부감의 원천이기도 하다. 굳이 그런 오해를 살 필요는 없다. 위의 인용에서도 강조되듯, 변화의 요체는 사람들이 전에 없던 감정을 갑자기 새로 느끼기 시작했다는 것이 아니라 그 감정의 가치와 의미를 새롭게 평가하고 받아들이게 되었다는 데 있기 때문이다. 그리하여 개인과 가족의 행복이 존중받는 문화 안에서 사랑이나 슬픔의 감정이 보다 소중하게 여겨질 때, 이런 문화적 판단에 자극과 격려를 받아 더 많은 이들이 해당 감정들을 민감하게 느낄 것이다. 이러한 과정 속에서 감정의 문화적, 해석적 측면이 자연적, 각성적 측면에 영향을 미치는 것을 '약한' 구성주의라 칭할 수 있다.

앞에서 20세기 초 한국에서도 인간은 감정적 동물이라는 선언과 함께 새로운 인간학이 개시되었음을 언급한 바 있다. 감정을 둘러싼 획기적인 변화가 어떤 관점으로 이해되고 있었는지 당시의 감정론을 통해 얼마간 좀 더 구체적으로 살펴보기로 하자. 근대적 감정을 대표하는 것이 낭만적 사랑이라는 데는 이견이 없는데 1920년대가 대중 친화적인 연애 감정으로 수렴하는 경향을 보였다면, 1910년대는 그보다는 좀 더 계몽적인 자아 탐구를 위한 감정의 시대였다고 알려져 있다.[102] 1910년대 감정론을 선도했던 『학지광』의 주요 멤버 최승구는 "자아를 살리러 시대의 도어를 개방하러 가는 여행"에 동참하기 위한 제1과제로 "감정적 생활"의 전면적인 실현을 꼽은 바 있다. 감정적 생활이란 무엇을 뜻하는가?

> 예를 들어 말씀하면, 오관(五官)은 다 가졌겠소. 허나 작용은 조금도 하지 못하오. "월색은 청명하다" 하나 청명한 것을 실제에 사지가 흥분되도록 느끼지 못하오. "꽃은 어여쁘다" 하나 실제에 화예(花蕊)의 향기를 쪽 빨아 마실 듯이 느끼지 못하오. "꿀은 달다" 하나 실제에 입맛을 짝짝 다실 듯이 느끼지 못하오. (……) 물론 그들의 자기 죄라고만 돌려 붙이지는 않소. 적어도 사오 세기 동안 지내온 노대(老大)의 속악이라는 것과 패사소설이라고 몹시 누르던 것과 승가(僧家)의 미술이 진흥되지 못하는 것도 이 사람의 신경에 기름 부어주지 못한 큰 까닭이요. (……) 에밀이나 진화론이 비평안(批評眼)에는 다소간 노후하다거나 비난할 점이 있다 할지라도 이 사람들의 어떠한 편에는 극히 필요한 줄로 생각하였소. 아아, 이 사람들의 신경이 완전히 운전하여 작용하는 날이 나의 갱생하는 날이요.[103]

"월색은 청명하다" 하고 "꽃은 어여쁘다" 하며 "꿀은 달다" 하나 단지 말로만 그칠 뿐이요 실제로는 진짜 향기나 맛을 느끼지도 못하고 진짜 흥분을 느끼지도 못한다는 현실 진단에서 짐작할 수 있듯, 여기서 감정은 먼저 감관(感官)의 문제이며 또한 감각의 문제이다. 더구나 루소의 "에밀"이나 다윈의 "진화론" 등 함께 언급되는 배경지식 역시 이때의 감정론이 생물학적 맥락으로 수렴하는 자연주의의 의미망 안에서 활성화되고 있다는 점을 뒷받침한다. 『에밀』에서 루소는 외부의 자극을 수용하는 인간의 타고난 감각과 그에 뒤따르는 기본적인 판단들이 수많은 편견에 의해 변질되어왔음을을 고발한 바 있거니와, 이로부터 변질 이전의 경향, 곧 자연으로 되돌아감이 마땅하다는 주장이 도출되었다는 것은 잘 알려져 있다.[104]

　모든 것이 좋았지만 사람 손을 거치면서 나빠진다는 『에밀』의 적나라한 서두처럼, 자연적 감각의 변질 역시 사람의 손에 의해, 문화에 의해 저질러진 악(惡)이 아닐 수 없다. 20세기 초 일본에서 유학하던 최승구의 상황 인식 역시 이와 다르지 않아, 사람들이 감각을 잃고 마침내 감정을 잃어버린 것은 누대에 걸친 속악한 폐습 탓이며 특히 문학과 예술을 진흥하지 못한 악습 때문으로 진단된다. 원래 청신한 상태에서 출발한 인간의 감각이 사람 손을 타면서 장애를 겪는다는 것인데, 이러한 감각의 장애가 "신경에 고장이 생긴" 것으로 기술되는 대목에서 보이듯, 감각이 전달되고 의식되는 과정에서 신경계가 담당하는 중추적인 역할에 대해서는 그 당시에도 이미 널리 알려져 있었다.

앞서 인간을 본질적으로 감정적 존재로 규정하고 자연적 도덕 감정을 강조했던 18세기 감정 예찬 문화를 살펴본 바 있거니와, 이러한 경향은 일명 '신경성 문화(nervous culture)'로 불리기도 했다. 초보적인 단계이긴 하나 신경에 관한 의학적 담론을 중심으로 인간 본성을 이해하려는 시도가 등장해 감정을 신경계의 고유한 작용으로 인식하는 관점이 자리를 잡기 시작했기 때문이다.[105] 마치 현대인들이 기저측 편도 신경 세포나 뇌내 신경 전달 물질을 관찰함으로써 공포나 행복 같은 감정이 무엇인지 '감정 자체'에 관한 객관적 지식을 획득하기를 열망하듯, 감정이 인간의 본질이자 본성으로 격상된 역사적 전환을 목도한 18세기의 근대인들 역시 그에 못지않게, 아니 현대인들보다 더 큰 실존적 충격 속에서 감정에 관한 수수께끼를 풀고 감정의 진짜 정체를 알고자 열중했을 것은 당연하다. 물론 지금처럼 디테일한 관찰과 실험을 통해 감정의 작동 과정을 기술하는 단계까지 이르는 것은 불가능했지만, 신경계 및 그와 연결된 감각의 민감성이 진정한 감정의 전제 조건이라는 신경 담론을 통해 감정의 자연주의적 관점을 뒷받침할 수 있었다.

이런 맥락에서 "감정적 생활"이란 무엇보다 먼저 신경에 고장이 생기고 후각이나 미각 등 감각 기관이 제 기능을 수행하지 못해 배고픔이나 추위에조차 둔감하며 끝내 자기를 위한 어떤 적극적 행동이나 반응도 보일 수 없는 상태, 다만 "멀뚱멀뚱 비실비실 할 뿐"인 무기력한 상태를 청산하는 것으로 첫발을 떼기 시작한다. 인용문의 표현을 빌리면 "신경이 완전히 운전하여 작용하는" 것이 바로 자아를 살리는 새로운 삶의 시작을 뜻하는바, 그 삶이 곧 감정적 생활이다. 무신경 상태를 극복하고 감정적 생활로 나아가라는 관점은 최승구만의 독창적인 주장이라기보다는 당시의 시대적 담론에 가까워서, 이러한 주장은 아무리 격심한 변화라 할지라도 "신경 지둔(遲鈍)한 사람에게는 감촉됨이 극히 미약"하다는 고발로 시작하는 최남선의 글에서 한 번 더 변주되고 있다.[106] 최승구의 관점과 유사하게 최남선 역시 무신경에서 무감각으로, 다시 어떤 적극성도 부재한 무기력하고 수동적인 상태로 이어지는 악순환이 마침내 "만유(萬有)를 환멸케 하며 일체(一切)를 공허케 하는" 자기 상실로 귀결되는 현실을 고발하고 있다. 전적인 환멸과 공허의 위기로부터 벗어나 인생의 보람된 사업을 경영해야 할 어린 동무들에게 최남선은 다음과 같이 극력 조언한다. "그대의 눈에 설포장(雪布帳) 치지 말라. 그대의 귀에 말뚝 박지 말라. 그대의 신경을 고목사회(枯木死灰) 만들지 말라." 무신경을 넘어 감정적 생활로 나아갈 것을 촉구하는 최승구의 주장처럼, 최남선 역시 장막을 치거나 말뚝을 박듯 감각을 가려서도 안 되고 마른 나무나 잿더미처럼 신경을 죽여서도 안 된다고, 오로지 감각과 신경을 온전하게 하는 데서 자기 자신을 위한 삶의 첫걸음이 시작된다고 역설하고 있다.

무신경과 무감각이 감정의 부재를 낳고, 감정의 부재가 자기 상실을 낳는 악순환의 고리를 끊기 위해 신경과 감각을 복원할 것을 주장한다는 점에서 최승구와 최남선은 일정 정도 생물학적 자연주의적 관점과 연결되어 있다. 이 경우에도 감정은 신경이냐 무신경이냐, 감각이냐 무감각이냐를 기준으로 있거나 없는 것으로 간주된다. 이런 관점의 맞은편에서 중요한 차이는 감정이 있고 없음이 아니라 얼마나 소중하게 여겨지는가에 달려 있다는 관점을 좀 더 상세히 알아보자. 무신경이나 무감각한 상태와 유사하면서도 꼭 같지는 않은 '무정'함에 관한 소설이 살펴볼 대상이다.

『무정』에서 유서를 남기고 떠난 박영채를 찾아 평양으로 간 이형식이 기생집 노파들의 대화를 들으며 새삼 "조선 사람의 인생관"을 확인하는 장면으로 바로 넘어가 보자. 어머니로 불리며 그들 스스로 딸같이 생각하기도 했을 영채가 무도한 김현수 일당에게 치욕을 당하고 대동강에 몸을 던졌다는 말에 "쏼쏼" 눈물을 쏟아내던 노파들은 그런데 그것도 잠시, "사람의 힘으로 어찌하나요. 세상이란 그렇지요" "다만 되는 대로 살아갈 따름이요"라고 곧바로 체념의 빛을 보이고 만다. "형식은 생각하였다. 이것이 그네의 인생관이로구나. 인생 사회에 일어나는 모든 슬픈 일을 다 전생의 인연이라, 사람의 힘으로 어찌할 수 없는 일이라 하여 한참 눈물을 흘리고는 곧 눈물을 씻고 단념한다. 그네의 생각에 오랫동안 눈물을 흘리는 것은 미련한 자의 하는 일이니 잠깐 눈물을 흘리다가 얼른 눈물을 씻고 마는 것이 좋은 일이라 한다."[107]

말로는 무신경이나 무감각이라고 할 수 있지만, 가까운 사람의 괴로움 혹은 죽음에 아예 무감하기란 현실적으로 어렵다. 기생집 노파들이 딸같이 생각하기도 했던 영채의 죽음 앞에 슬퍼하고 눈물을 흘린 것 역시 글자 그대로 자연적 감정의 발로가 아니라면 달리 무엇이겠는가? 그런데 이때 우리가 주목해야 할 것은 그들이 슬퍼하느냐 아니냐의 문제가 아니라, 슬픔의 눈물을 보이는 것도 잠시, 그 감정이 그들의 삶과 자기 정체성에 어떠한 의미도 남기지 않는다는 사실이다. 세상이란 원래 그런 것이며 다만 되어가는 대로 살 따름이라는 노파들의 인생관에는 "전생의 인연과 팔자"라는 초월적 질서의 처분에 자기를 전적으로 맡길 때 비로소 '나'의 적절한 자리를 찾을 수 있다는 믿음이 전제되어 있다. 초월적이고 조화로운 우주적 질서 안에서 "나는 누구인가"를 묻던 수천년래의 변함없는 믿음에 비하면 슬픔은, 아니 슬픔뿐 아니라 인간의 모든 감정은 이럴 때도 저럴 때도 있는, 변하기 쉬운 일시적 상태일 뿐이다. 이런 관점에서는 영채의 죽음이 슬프지 않은 것은 아니지만, 이를 되어가는 대로 넘기지 못하고 가령 그녀의 죽음에 대한 슬픔의 감정을 빨리 잊지 못하고 자기 삶의 중요한 일부로 받아들이거나 한다면, 이는 인연과 팔자라는 초월적 질서에서 벗어난 미련하고 부적절한 행동으로 간주될 것이다. 물론 형식은 그 반대로 생각하겠지만 말이다.

마치 통과 의례처럼 눈물 한 번 흘리는 것만으로 영채의 죽음에 관한 슬픔과 애도를 종결한다는 것은 형식의 입장에서는 있을 수 없는 일이다. 형식 혹은 『무정』의 작가 이광수는 바로 이를 두고 '무정(無情)하다'고 비판했을 터인데, 이는 최승구와 최남선이 '무신경', '무감각' 혹은 '무심(無心)'이라고 부른 상태와 유사하면서도 다르다. 다시 한 번 강조하자면, 그 상태는 명칭이 주는 오해와 달리 아예 어떤 감정도 느끼지 못하는 것이 아니라, 느끼되 그 느낌이나 감정을 사소하고 대단찮은 것으로 경시하는 것을 의미한다. 위에서 인용했던 테일러의 설명처럼, 의미 있는 차이는 어떤 감정이 있느냐 없느냐가 아니라 그 감정을 소중하게 여기느냐 아니냐에 달려 있는 것이다. 무슨 감정을 느꼈는지가 아니라 어떻게 느꼈는지가 더 중요하다는 관점은 17세기 영국의 주교이자 모럴리스트였던 홀의 "하느님은 부사(副詞)를 좋아하신다"라는 문장에서도 슬쩍 확인할 수 있다. 테일러가 저서 중 한 장의 제목으로 인용하기도 한 이 말은 근대의 새로운 인간학에서는 무슨 일을 하는지보다 어떻게 하는지가 더 중요하다는 뜻을 비유적으로 전달하고 있다.[108] 감정을 소중하게 여긴다는 것은 정확히 무슨 뜻인가?

그러나 노파는 '어머니' 모양으로 잠깐 눈물을 흘리다가 얼른 눈물을 그치지 아니한다. 노파는 '세상'을 보는 외에 '사람'을 보았다. 영채의 따끈따끈한 입술의 피가 자기의 손등에 떨어질 때에 노파는 '사람'을 보았다. 노파는 이번 일의 책임을 전혀 인연과 팔자에 돌리지 못한다. 노파는 영채를 죽인 책임이 자기와 김현수에게 있는 줄을 알고 영채가 정절을 굳게 지킨 것이 영채의 속에 있는 '참사람'의 힘인 줄을 알았다. 노파는 이제는 모든 일의 책임이 사람에게 있는 줄을 깨달았다. 그러므로 노파는 '잠깐 울다가 얼른 눈물을 그치'지는 못한다. 노파의 이 눈물은 일생에 흐를 눈물이로다.[109]

좀 전에 형식이 기생집 노파들의 인생관을 엿듣는 장면을 살펴보았다. 노파들이라고 한꺼번에 통칭했지만, 평양 노파와 달리 영채의 유서에 놀라 형식과 함께 평양까지 동행한 서울 노파는 "잠깐 눈물을 흘리다가 얼른 눈물을 그치지"는 못한다. 평양에서 같이 상경해 다방골에 기생집을 차리고 영채에게 부자이자 귀족인 김현수를 만날 것을 강요했던 서울 노파로서는 영채의 비극에 더 무거운 책임감을 느꼈을 것이다. 그런데 책임감을 가지려면 그에 앞서 "다 전생의 인연과 팔자를 따라 살아가는 것"이라는 재래의 인생관에 균열이 선행하지 않으면 안 된다. 윤리학 교과서의 첫머리에 나오듯, 인연과 팔자에 따라 산다는 따위의 생각 안에서는 책임이라는 개념이 성립조차 못하기 때문이다. 소설 속 표현을 그대로 빌리면 "노파는 '세상'을 보는 외에 '사람'을 보았다"는 것인데, 이처럼 인연과 팔자 소관의 '세상'에 순종적인 인생관 외에 다른 삶은 상상해본 적도 없던 노파는 그러한 세상에 맞서다 끝내 죽음으로까지 항거하는 영채를 통해 '세상'의 원리로부터 독립한 '사람' 곧 '참사람'에 대한 새로운 깨달음을 얻은 것이다.

어리고 약한 영채가 그저 되어가는 대로 따라야 할 것으로 정해진 '세상' 전부와 맞서면서 이른바 자기 규정적이고 주체적인 개인으로 설 수 있었던 힘은 어디에 있는가? 그 원천 가운데 중한 하나는 아마도 영채가 흘린 피눈물에서 찾을 수 있을 것이다. "영채가 기생이 된 것이나 김현수에게 강간을 받은 것이나, 또는 대동강에 빠져 죽은 것이나 다 그 책임은 전생의 인연에 있는 것"이라는 세상의 원리를 거부할 때 영채는 분노와 원망 등을 동반한 깊은 슬픔의 감정을 느낄 것이며, 또 이러한 감정을 버리지 않는 한 저 무정한 세상에 대한 항거를 계속할 수 있을 것이다. 앞선 장에서 우리는 어떤 감정을 느낀다는 것이 그 감정을 느끼는 자기 자신의 존재를 깨닫는 것이라는 루소의 주장과 그리하여 감정은 자기 정체성의 중핵이라는 관점을 살펴본 바 있다. 기생이 된 것이나 강간을 받은 것이나 대동강에 빠져 죽은 것이나 이 모든 사건 앞에서 찍소리도 하지 말고, 울지도 말고 되어가는 대로 순종할 것을 요구하는 '세상' 앞에서 영채는 십중팔구 흔적도 없이 사라질 것이다. 이를 거부하려고 할 때 그녀가 할 수 있는 일은 분노하고 원망하고 슬퍼하는 것 외에는 별로 없다. 이 감정, 영채의 정체성의 중핵으로서의 슬픔이 그녀를 무정한 세상을 거부하는 하나의 '(참)사람'으로 서게 한 것이다.

만약 세상에 대한 분노와 원한으로 응어리진 슬픔을 버린다면, 그리하여 인연과 팔자 소관의 세상에 순종한다면, 영채는 더 이상 우리가 알던 그 영채가 아닐 것이다. 사정은 약간 다르지만, 김동인의 「눈을 겨우 뜰 때」의 또 다른 평양 기생 금패 역시 "딴 사람에게 모를 한숨"과 "딴 사람에게 모를 눈물"이 생기면서 이제까지와는 다른 사람으로 다시 태어난다. 아니, 금패는 끝내 스스로 목숨을 버렸으므로 다른 사람으로 죽는다는 표현이 더 적절할 것이다. 원래 "노세 젊어서 노세"라는 노랫가락을 즐기며 "웃기 잘하고, 쾌활하고, 이야기 잘하고, 노래 잘하고, 애교 있던" 것으로 유명한 그녀였지만, "사람은커녕 오히려 짐승보담두 썩 못할 대우와 속박을 받고 있다"는 점을 각성한 뒤로는 "마음이 찢어지는 것 같"은 애끊는 정을 되어가는 대로 두고 볼 수는 없었던 것이다. 금패는 물론 영채도 극단적 결심에 이를 수밖에 없었다는 점을 생각하면 지나치게 불행하고 가혹한 상황이 아닐 수 없지만, 『무정』에서 영채는 깊은 슬픔의 감정을 자신의 정체성의 중핵에 놓은, 말하자면 깊은 슬픔의 화신으로 존재한다. 김현수 일당에게 치욕을 당하고 집으로 돌아와 피눈물을 쏟는 장면에서 영채의 정체성이 절정에 이르는 것도, 또 바로 그때 "영채의 따끈따끈한 입술의 피가 자기의 손등에 떨어질 때에 노파는 '사람'을 보았다"라고 기록된 것도 이 때문이다. 피눈물을 쏟으며 분노하고 슬퍼할 때 영채는 무정한 '세상'과 확연한 독립된 '(참)사람'으로 존재하게 된다.

바로 그 순간, 좀 전까지만 해도 울긴 왜 우냐고 비웃던 노파는 어느새 영채와 함께 흑흑 느끼며 엉엉 소리 내어 울고 있다. 영채와 동일선상에서 비교하기 어렵다 하더라도, 이 장면에서 노파 역시 자신의 눈물를 통해 무정한 '세상'으로부터 독립된 하나의 '(참)사람'으로 존재함을 증명한다. 앞서, 노파가 다른 이들과 달리 잠깐 울다가 그치지 못하는 것은 '세상' 말고 '사람'을 보았기 때문이라고 했다. 여기에 하나 더 덧붙이자면 "그때에 노파가 영채의 뺨에다 자기의 뺨을 대고 엉엉소리를 내어 울 때에는 노파의 마음은 진실로 '참사람'의 마음"이었다는 묘사처럼, 그때 영채와 슬픔을 함께 느끼면서 노파 자신도 세상의 인연과 팔자에 순종하기를 거부하는 하나의 '(참)사람'이 되었으며, 그리하여 영채와 마찬가지로 자신의 감정 속에서 자기라는 '(참)사람'을 발견하는 존재로 다시 태어난 것이다.

영채는 물론 자기 자신도 진정한 하나의 사람이라는 깨달음과 함께 "명일부터는 영채를 자유의 몸을 만들고 자기도 새로운 사람이 되어서 영채와 자기와 정다운 모녀가 되어 서로 안고 서로 위로하며 즐겁게 깨끗하게 세상을 보내리라" 하던 작심에도 불구하고, 노파의 개심의 뜻이 쉽게 실현되리라 기대하기는 어렵다. 아닌 게 아니라 바로 그다음 날, 자기 안의 깊은 슬픔과 절망과 극단적 결심을 숨기고 주위 사람들을 속이기 위해 "생각하여 보니까 우스운 일이야요"라고 영채가 거짓 웃음을 지을 때, 노파가 옳다구나 하고 "잘 생각하였다. 과연 그러하니라" 하면서, 기껏 그 의미를 소중하게 받아들이기 시작한 삶의 비극과 그에 따른 감정의 드라마를 다시 "인연과 팔자" 타령으로 되돌려버리려 했던 것은 두고두고 후회할 일이다. 아무튼 이런 곡절을 겪은 끝에 노파는 금세 그칠 눈물이 아닌 "일생에 흐를 눈물"로 상징되는 갱생의 삶을 실행에 옮겨『무정』의 막을 닫는 마지막 후일담에 복된 이름을 올리기까지 한다.

다시 앞의 질문으로 돌아가면, 감정을 소중하게 여긴다는 것은 이런 뜻이다. 그것은 어떤 감정을 느낌으로써 그 감정을 느끼는 자기 자신을 독립된 존재로 깨닫고 발견하는 것을 의미하며, 한 걸음 더 나아가 자신의 정체성을 세상의 원리나 기타 초월적인 것에서 구하지 않고 자기 안의 감정에서 구하는 것을 의미한다. 한낱 변덕스럽고 일시적 것으로 무시되던 감정이 자아의 중핵이 된다는 것, 다시 말해 '잠깐 울다가 얼른 그칠' 것이 아니라 '일생에 흐를 눈물'이 된다는 것은, 감정이 "나는 누구인가"에 대한 진지한 대답으로서의 자격을 얻었음을 의미한다. 이제 '나'는 기쁨이나 슬픔이나 즐거움이나 괴로움에도 그저 그렇게 되었네 하고 세상 되어가는 대로 순종하는 존재가 아니라 바로 그 희로애락의 감정을 정체성의 중핵으로 삼는 자기 규정적 존재로 자리매김한다.

감상주의:
자연스럽지 않은
감정

—

돈 몇백 원에 팔려 기생이 되어 7년 동안 "피를 빨아먹"히고 "살을 다 뜯어먹"힐 지경이었다면 당사자인 영채뿐 아니라 사람이라면 누구라도 분노와 슬픔을 느끼지 않을 수 없으며, 이런 점에서 그 분노와 슬픔을 자연스러운 감정이자 자연스러운 도덕 감정이라 칭해도 어색하지 않을 것이다. 또한 이처럼 영채의 비극을 중단시킬 힘을 지닌 자연적 도덕 감정이 인연과 팔자를 철석같이 믿고 맹목적으로 떠받드는 구습의 문화에 의해 배제되고 억압되었다는 사실을 인정한다면, 억압된 감정의 해방이란 곧 낡은 문화에 의해 변질된 자연성의 회복을 의미한다고 말하는 것도 수긍이 된다. 그런데 말로는 자연의 회복이라고 할 수 있을지언정, 그 낡은 문화로부터 벗어나 우리가 도달하게 되는 곳이 사실은 자연이 아니라 감정을 소중히 여기는 또 다른 문화일 것이라는 점은 이미 밝힌 바와 같다. '무신경'이니 '무감각'이니 '무정'이니 하지만 실제로는 신경도 감각도 감정도 모두 없지 않았는데, 다만 그것들이 소중히 여겨지거나 존중되지 않고 무시되었을 따름이다.

앞 장에서 살펴보았던 '무신경'이나 '무감각'에 관한 담론을 기억한다면, 20세기 초 중국에서 활동하던 미국인 선교사가 집필한 『중국인의 성격』이라는 책 중 한 부분이 '신경의 부재 (absence of nerves)'로 명명되었던 맥락을 이해하기는 별로 어렵지 않다. '신경'이 자연스러운 감정의 원천으로 간주될 때, 신경의 부재란 곧 감정의 부재를 의미한다. 서구인이라면 참기 어려운 절망스러울 정도의 고통이나 불쾌에 대해서도 중국인들이 얼마나 무감하고 무신경한지를 증언하는 책 속의 많은 예시들은 인간의 자연적 감정을 억압하는 중국의 구습을 고발하는 데 매우 효과적이었다.[110]

이러한 오리엔탈리즘에서 균형 잡힌 관점을 기대하기란 어렵지만, 그보다 더 주목을 요하는 문제는 비서구의 무신경과 대비되면서 영원히 상찬되어 마땅할 것 같던 서구인의 민감한 신경이 어느 시점부터는 더 이상 자연스러운 감정의 원천, 나아가 기민한 정신이나 발달된 공감 능력을 의미하지만은 않게 되었다는 사실이다.[111] 신경에 관해 자연성이나 도덕성이 높이 평가되던 문화가 청산되고 이제까지의 호의적인 분위기와 달리 과도하고 무리한 상태 혹은 병리성이 비난받게 되는 반전이 이루어졌다는 것은 신경과 관련된 어휘의 사전적 용례에서 '신경과민'이나 '신경질' 등의 의미가 우선순위에 올랐다는 점을 통해서도 확인할 수 있다. 이러한 의미상의 변화가 신경과 단단히 결부된 것으로 간주된 감정에서도 관찰되는 것은 당연한데, 그중 특히 '센티멘털'이라는 단어의 의미 변화는 극적이다.

18세기 중반에는 'sentimental'이 널리 사용되었다. 용례로는 1749년 브래드쇼 부인의 "교양 있는 사람들 가운데 크게 유행한 '센티멘털'…… 영리하고 느낌이 좋은 것은 뭐든 이 단어를 거느린다. '센티멘털한' 사람, '센티멘털한' 파티, '센티멘털한' 산책 등등"이라는 표현이 있다. 이 말은 당시 'sensibility'와 밀접하게 연결되어 있었는데, '감정에 대해 의식적으로 열린 상태에 있는 것' 또는 '감정을 의식적으로 과시하는 것'을 나타냈다. 이 중 후자의 용법 탓에 '센티멘털'은 자칫 비판받기 쉬웠으며, 19세기에는 노골적인 비난에 직면하는 경우도 많았다. 이를테면 1837년 칼라일의 "감상주의, 박애주의, 그리고 도덕의 향연이라는 장밋빛 환상"이나, 1858년 배젓이 찰스 디킨즈를 비평하면서 언급한 "감상적인 급진주의"라는 예가 있다. 그러니까 '센티멘털'이란 말은 도덕적인 또는 급진적인 의도나 효과를 지녔을지라도 대부분의 경우 한 껍질 벗기면 자의식 과잉이나 방종한 감정의 과시와 큰 차이가 없

었다는 것이다.[112]

이 책의 첫 장에서도 잠깐 언급한 것처럼 감정과 관련된 영어 어휘는 그 수효도 많고 의미도 복잡하게 얽혀 있다. 레이먼드 윌리엄스가 일종의 용어 사전인 『키워드』에서 감수성 (sensibility) 항목을 설명하면서 'sentiment'와 'sentimental'을 함께 언급하는 것도 이런 이유 때문이다. 당시 문학이나 철학 담론에서 때로는 의미가 명확하게 설명되기도 하고 때로는 애매하게 암시되는 데 그치곤 했던 'sentiment' 'sensibility' 'sentimentality' 'sentimentalism' 등의 어휘는 대체로 유사한 의미망을 넘나드는 것으로 받아들여졌다.[113] "영리하고 느낌이 좋은 것"이라면 무엇에든 동반되었다는 설명에서 잘 드러나듯, 앞서 우리가 감정 예찬의 문화라고 불렀던 일련의 18세기적 풍속, 곧 인간을 감정적 존재로 규정해 자연적 감정 본연에 충실한 것을 당위이자 선으로 인식하고 그리하여 감상소설 (sentimental novel)이 세계적인 베스트셀러가 되던 시대적 분위기를 대표하던 '센티멘털'이라는 단어는, 그러나 19세기 들어서는 "감정을 의식적으로 과시"한다는 이유로 노골적인 비난에 직면하게 된다. 그 의미가 어찌나 극에서 극으로 변했던지, 일각에서는 '센티멘털리즘'을 굳이 '감성주의'와 '감상주의'로 구별해서 번역하는 경우가 있을 정도이다.[114] 동일한 단어로 지칭하기 어려울 만큼 극적인 의미 변화가 일어났다는 점은 충분히 이해되지만, 아예 단어 자체를 구별하는 것은 그러한 의미 변화의 내적 과정을 이해하는 데 지장을 초래할 가능성도 없지 않다. 아무튼 '좋은' 감상주의도 있고, '나쁜' 감상주의도 있다.

이와 같은 극적 의미 변화는 감정의 억압이라는 조건과도 매우 긴밀하게 연결되어 있다. 우리가 자연적 도덕 감정이라는 개념으로 감정의 자연적이고 도덕적인 가치를 주장할 때, 감정이 억압되면 될수록 그 가치가 점점 더 높아지리라는 점을 감안해야 한다. 예컨대, 영채는 세상이 자기 피를 빨아먹고 살을 뜯어먹고 있는데도 '울긴 왜 우느냐'는 비아냥과 함께 그토록 무정한 세상에 순응할 것을 강요당하고 있다. 피가 빨리고 살이 뜯겨도 "사람의 힘으로 어찌하나?" "다만 되는 대로 살아갈 따름"이라는 팔자 타령과 숙명론적 체념 속에서 감정의 포기가 강요되고 억압될 때, 영채의 깊은 슬픔은 억압된 자연과 억압된 도덕의 대행자를 자임할 수 있으며 그 슬픔의 가치 또한 인간성의 핵심으로까지 격상되어 정점에 이른다.

그런데 더 이상 무정함이 강요되지도, 또 감정이 억압되지도 않는 상황이 도래한다면 어떨까? 요컨대 감정의 자유가 확대되는 셈인데, 그것이 얼른 환영하고 말 정도의 안이한 문제인지 좀 더 생각해보자. 잘 알려져 있는 소극적 자유와 적극적 자유의 관계를 떠올려봐도 좋다.[115] 이때 자연적이고 도덕적인 가치가 감정에 가해진 억압으로부터의 해방이라는 '소극적' 자유의 실현에 근거를 두고 있다면, 그 억압이 약화되거나 비가시화된 상황에서 우리가 직면하는 것은 감정에서의 자기 결정, 곧 '적극적' 자유의 문제일 것이다. 감정이 허용되느냐 금지되느냐의 단계를 넘어, 감정이되 어떤 감정이냐는 문제가 대두하는 것이다.

'나쁜' 감상주의의 등장은 이처럼 감정의 억압이 점차 비가시화되고 자기 결정의 자유가 확대됨으로써 적극적 자유가 문제되기 시작한 상황의 도래와 관련지어 생각해볼 수 있다.『무정』의 영채 못지않게 많은 눈물을 흘리는『탁류』의 초봉의 사례를 통해 이 문제를 살펴보기로 하자.『무정』과『탁류』는 20여 년의 시간을 격하고 있으며 특히 기생 신분이라는 점에서 영채와 초봉이 처한 상황도 동일선상에서 비교하기 어렵지만, 가족을 위한 희생과 함께 성적 착취가 강요되고 있다는 점에서 여성의 수난을 대표한다는 공통점을 찾을 수 있다. 이러한 고통 앞에서 영채와 초봉은 눈물을 쏟을 수밖에 없는데, 하지만 그 눈물의 성격은 사뭇 다르다.

"아이구 그 빈차리같이 배싹 야웨가군 소 갈 데 말 갈 데 안 가는 데 없이 다니면서 할 짓 못 할 짓 다아 하구, 그런 봉역이나 당하구, 그리면서두 한 푼이라두 물어다가 어린 자식들 멕여 살리 겠다구…… 휘유! 생각하면 애차럽구 눈물이 절루 난다!"

눈물이 난다는 유씨는 그냥 맹숭맹숭하고, 초봉이가 고개를 숙인 채 눈물이 좌르르 쏟아진다. 그것은 부친을 가엾어하는 눈물이기도 할 것이다. 그러나 노상 그것만도 아니다. (……) 그러나 가령 그렇듯 박절하게 옹색스런 회포를 짜내지 않더라도 아무려나 아직까지는 그게 첫사랑의 싹이었던 걸로 해서 태수한테보다는 승재한테로 정은 기울어 있었던 게 사실이매, 그만한 미련의 상심(傷心)은 아무튼지 없지 못했을 것인데, 마침 겹쳐서 모친 유씨의 그 눈물만 못 흘리지 비극 배우 여대치게 능청스런 '세리프'가 있어놓으니, 또한 비감(悲感)의 거리가 족했던 것이요, 게다가 또다시 한 가지는, 그러한 부친과 이러한 집안을 돕기 위하여 나는 나를 희생을 한다는 처녀다운 감격…… 이렇게나 모두 무엇인지 분간을 못 하여 뒤엉켜 가지고 눈물이라는 게 흘러내린 것이다.[116]

군산으로 이주한 지 10여 년 만에 집안이 치패(致敗)하여 전직 군서기 정주사는 한 푼이라도 벌겠다고 갈 데 안 갈 데 없이 돌아다니고 부인 유씨는 삯바느질을 놓지 못한다. 약국에서 푼돈을 벌며 쌀 떨어진 집안 살림 걱정에 여념이 없던 맏딸 초봉은 은행원 고태수와의 혼담을 듣던 중 그가 장사 밑천을 대주기로 했다는 설명과 함께 고생하는 아버지 때문에 눈물이 절로 난다는 어머니의 한탄이 나오자 그 앞에서 눈물을 좌르르 쏟아낸다. "돈 있는 사람을 물색해내서 첩으로 준다든지, 심하면 기생으로 내앉히거나 청루(靑樓)에다가 팔거나 한다든지" 같은 야유 섞인 서술에서도 잘 드러나듯, 초봉이 돈에 팔려간다는 것은 불을 보듯 뻔하다. 동생 계봉마저 "돼지 새끼나 병아리 새끼를 인제 자라믄 팔아먹을려구 길르는 거나 일반이 아니구 무어냐"라고 빈정거리는 것을 보면 직접적으로 말은 하지 않더라도 어엿한 여학교 졸업생 초봉이 이런 사정을 모를 리 없으며, 따라서 결혼이라는 이름으로 희생을 요구받은 스물한 살 젊은 여성이 자신의 불행과 기구한 처지에 눈물을 흘리는 것은 지극히 당연하고 자연스러운 반응이라고 할수 있다.

그런데 위에서 부분적으로 인용되기도 했지만, 접속어 '그러나'를 통해 몇 차례나 이어지는 초봉에 대한 짧지 않은 심리 묘사 속에서 우리는 당연하고 자연스러운 반응이라는 설명만으로는 부족한, 상당히 복잡한 감정 상태를 들여다보게 된다. 앞에서 언급한 것처럼 여성의 수난이라는 점에서 영채와 초봉은 본질적으로 동형이되, 수년에 걸친 착취 끝에 김현수 일당의 폭력에 희생된 영채의 상황과 지금 결혼을 앞둔 초봉의 상황이 똑같은 것은 물론 아니다. 서사가 전개될수록 점점 더 절망의 나락으로 떨어지기는 하나, 지금 당장 초봉에게는 강요된 희생보다 자기가 마음에 두고 있던 남승재와 새롭게 등장한 고태수 간에 벌어지는 애정의 경합이 더 직접적인 심리적 갈등 요인이기도 하다. 마음에 두고 있던 승재를 버리고 내심 번듯한 은행원에 부잣집 외아들이라는 조건을 갖춘 태수를 선택하려는 욕망을 품고 있는지를 묻는다면, 초봉은 아마도 극구 부인할 것이다. 하지만 냉정한 심리 묘사에서 드러나듯, 그녀는 '자기도 모르는 사이에' 이미 분열을 겪고 있으며, 또 의식적으로든 무의식적으로든 "안타까운 제 심정의 분열을 짐짓 위로"하기 위한 정신적 절차를 실행에 옮기고 있다. 이처럼, 초봉이 흘리는 눈물 중 일부는 강요된 희생 때문이라고 할 수 있지만, 다른 나머지는 '제 심정의 분열을 위로'하기 위한 내적 과정의 산물인 것이다. 결론부터 미리 말하면, 아버지의 장사 밑천을 위해 낯선 사람과 결혼해야 하는 자신의 처지가 슬프지만, 그럼에도 불구하고 태수의 조건이 싫지 않고 오히려 마음이 기울기도 하는 딜레마 앞에서 흘리는 초봉의 눈물은 감상적인 것으로 진단할 수 있다.

전면적인 자유 운운할 수는 없지만, 영채와 비교할 때 초봉에게는 자기감정에 관해 결정할 자유가 전혀 없는 것은 아니다. 이는 "그렇게 맘에 없는 것을 아무리 어머니 아버지가 시키는 노릇이라두 싫다구서 내뻗으면 고만이지 왜 억지루 당하믄서 그리느냐구 그잖었겠수? (……) 이건 케케묵은 『심청전』을 읽구 있나?『장한몽』같은 잠꼬대를 하구 있나? 그게 어디 당한 소리냐구"라는 계봉의 항의에서도 어렵지 않게 확인할 수 있다. 그럼에도 불구하고 초봉은 마치『심청전』이나『장한몽』의 주인공들처럼 '싫지만 억지로 당하는' 쪽을 선택한다. 왜? 여성 수난의 피해자인 초봉에게 가혹하고 신랄할 수 있다는 점을 무릅쓰고 감히 말한다면, 그녀는 자신이 선택한 슬픔의 눈물을 탐닉하며 즐기고 있다.

초봉의 눈물을 더 살피기에 앞서 감정과 쾌락의 관계를 먼저 알아보자. 우리는 감정을 쾌락의 원천으로 활용하며, 감정으로부터 쾌락을 누리고 감정을 즐긴다. 일단 교과서적 차원에서 욕구 충족으로서의 '만족'과 욕망 충족으로서의 '쾌락'을 구별할 수 있다. 예를 들어 비교하면, 만족은 배고픔을 채우는 것과 관련된 문제이고 쾌락은 미식 혹은 식도락과 관련된 문제이다. 만약 욕구를 충족하는 것 자체가 위협 받는 상황이라면 만족과 쾌락의 구별은 무의미하지만, 욕구 충족이 어느 정도 보장되고 이제 욕망이 문제가 될 때 만족과 쾌락의 괴리가 발생하기 시작한다. 그 결과 "쾌락은 실제로 인기 있는 중요한 희소 상품이 되었고, 그리하여 처음으로 쾌락 추구는 그저 다른 목적을 추구하는 행위의 부산물로 평가받기보다는, 그 자체로 명확하게 규정된 독자적인 행위 목표의 특성을 지니게" 된다.[117] 어떻게든 배를 채우는 게 급한 상황을 벗어나면, 포만

(飽滿)의 '만족'을 넘어선 미식(美食)의 '쾌락'이 중요해져 그 것 자체로 독자적인 목표가 되는 것이다.

경제적 차원에서 생산력의 증가 때문이든 전반적인 문명의 발달 때문이든, 그 덕분에 욕구의 결핍이 낳은 직접적인 괴로움에서 벗어날 수 있게 된 것을 환영하지 않을 이유는 없다. 또, 그럴수록 전시대에는 상류층 소수만이 누릴 수 있던 쾌락의 추구가 만족의 결핍에서 해방된 다수 대중들에게로 빠르게 저변을 확대해나갔으리라는 것 역시 충분히 예상할 수 있다. 그런데 배가 부른데도 식도락을 위해 일부러 구토를 일삼았다는 로마인들의 에피소드가 상징하듯, 쾌락 자체의 추구에는 일종의 도착적 측면이 있는 것 또한 부정하기 어렵다. 섭식(eating)이 단지 공복을 채우기 위한 것만이 아니라는 데는 많은 이들이 동의할 수 있지만, 포만의 만족을 얻는 과정에서 미식의 쾌락도 함께 누리는 '자연스러운' 단계를 넘어 쾌락에(만) 집착할 때 과잉, 나아가 도착의 혐의가 짙게 감지되는 것은 어쩔 수 없는 사실이다.

허기를 채우기 위한 섭식에 '자연스럽게' 동반되는 쾌락, 범위를 좀 더 확대하면 생식(生殖)을 위한 성(性)에 '자연스럽게' 동반되는 쾌락이나 생필품 마련을 위한 소비에 '자연스럽게' 동반되는 쾌락 정도는 그런대로 눈감을 수도 있을 터이나, 쾌락 추구(만)를 위한 섭식, 성, 소비에는 도착적인 부자연스러움뿐 아니라 모종의 은밀함, 나아가 부도덕함이 덧씌워져 있었던 것이다. 자연스러움의 기준이 점차적으로 완화되어왔다는 점을 인정한다 하더라도, 허용된 선을 넘는 것에 대한 금기 자체가 없었던 적은 떠올리기 어렵다. 이런 맥락을 따라가다 보면, 쾌락이란 언제나 '죄책감 드는 쾌락(guilty pleasure)'이라고 해도 과언이 아니다.

등 뒤의 태양의 느낌이나 포도주의 맛 같은 신체적 감각을 위해 상상력을 이용할 수는 있지만, 그것을 실행하기란 대단히 어렵다. 그런 만큼, 그저 상상으로 느끼는 감각으로부터 실질적인 쾌락을 얻기란 거의 불가능하다. 이와는 대조적으로, 상상하는 사람에게서 감정을 유발하는 상황이나 사건과 관련한 사실주의적 이미지를 상상을 통해 불러내는 것은 (적어도 근대인에게는) 비교적 수월하다. 감정은 (비록 통제를 받기는 하지만) 그 자체로 쾌락적인 경험에 필요한 모든 자극을 공급할 수 있다. 이것은 그 자체로 너무나도 쉽게 당연한 것으로 간주되고 있는 인간의 능력이다. 하지만 사람들은 그것이 인류가 겪은 경험 목록에 비교적 최근에 추가된 것임을 망각하고 있다.[118]

지금까지 얘기한 쾌락이 대체로 '감각'에 관한 것이었다면, 이제 '감정'에 관해서도 생각해볼 수 있다. 감각적 쾌락과 구별되는 감정적 쾌락의 핵심은 그것이 상상 속에서도 수월하게 작동한다는 점에 있다. 감각적 차원에서라면 가령 햇볕이나 포도주를 상상하는 것만으로 만족이나 쾌락을 얻기란 거의 불가능하지만, 감정적 차원에서는 사랑하는 사람과의 만남을 상상만 해도 그에 상응하는 사랑의 즐거움을 느끼고 즐기는 것이 크게 옹색하지 않다. 감각적 쾌락과 달리 감정적 쾌락은 감정을 유발하는 상황이나 사건을 상상하는 것만으로도 거의 동일하게 경험할 수 있는 것이다.

이 상상적 측면은 쾌락 자체의 추구라는 계기와 함께 고려될 때 그 특질이 더 잘 드러난다. 우리는 앞에서 공복을 채울 때 자연스럽게 동반되는 쾌락과 그 자체로 추구되는 쾌락을 구별한 바 있는데, 이와 유사한 관점에서 실제로 연인을 만날 때 동반되는 쾌락과 상상 속에서 추구되는 쾌락을 구별할 수 있다. 감정 차원의 '실제 경험에서 느끼는 쾌락'과 '상상을 통해 느끼는 쾌락'이 감각 차원의 '자연스럽게 동반되는 쾌락'과 '그 자체로 추구되는 쾌락'에 일률적으로 대응하지는 않는다 해도, 이런 관점은 섭식에 자연스럽게 동반되는 단계를 넘어선 쾌락 자체의 추구를 도착적이고 비도덕적이라고 판단하는 경향과 유사하게, 실제 경험에 동반되는 단계를 넘어 상상을 통해 감정적 쾌락을 추구하는 것에 대해서도 역시 도착성과 비도덕성을 부과하려는 통념이 형성되는 양상을 이해하는

데 도움을 준다. 이런 통념에 의하면 상상 속에서 쾌락을 즐기는 공상가나 몽상가들은 점점 더 현실 생활로부터 멀어지는데, 실제로 쾌락을 얻기 위해 노력하는 대신 남들의 눈을 피해 공상과 몽상을 통해 은밀하게 쾌락을 추구하면 할수록 현실에서는 무능력하고 거짓말을 일삼는 열패자(劣敗者)로 낙인찍히고 만다는 것이다.[119]

근대적 감정 담론 혹은 감정 예찬의 문화 안에서 감정의 자연적, 도덕적 측면이 가치의 원천으로 작동해왔다는 점에 대해서는 앞에서 여러 차례 강조한 바 있다. 이에 비해 쾌락의 측면에서 감정을 이해하고자 한다면, 상상적 쾌락을 특징으로 하는 감정은 자연적인 것과도, 또한 도덕적인 것과도 거리가 먼 것처럼 보인다. 인간 본연의 타고난 것이라는 점에서 자연적이고 진실하며 따라서 도덕적이라고 간주되었던 것과 달리, 상상 속에서 쾌락을 동반하는 감정은 자연적이거나 진실하거나 도덕적이기보다 은밀하거나 과잉이거나 쾌락주의적인 면모를 드러내기 때문이다. 자발적 유출을 가로막는 억압에 맞서 자연적이자 도덕적인 것으로 묘사되어왔던 감정은 이제 오히려 지나친 과잉 속에서 자연스럽지도 도덕적이지도 않다는 가치의 전도를 노정하는 것이다.

다시 앞으로 돌아가 『탁류』의 초봉이 흘리는 눈물의 정체에 대해 생각해보자. 앞서 언급했듯, 초봉의 눈물 중 일부는 가족을 위해 희생을 강요당하는 기구한 신세에서 기인한 것임을 부정할 수 없다. 여성에 대한 가족과 사회의 착취라는 면에서 『탁류』의 초봉은 『무정』의 영채와 한 배를 타고 있으며, 이들의 눈물에 우리 모두 인간적으로, 또 도덕적으로 공감하고 동정을 표하게 된다. 그런데 초봉의 눈물 중 다른 일부는, "집안을 돕기 위하여 나는 나를 희생을 한다는 처녀다운 감격"에서 눈물이 쏟아진다는 심리 묘사와 같이 그녀 스스로 희생자와 동일시하는 중에 산출된 감정에 몰입한 탓으로 볼 수 있다. 상상 속에서 자신을 희생자로 규정하고 나아가 비극의 배우처럼 희생자를 연기할 때 초봉의 슬픔은 점점 더 불가피한 것으로 자리매김한다. 이때 초봉의 슬픔은, 영채의 슬픔이 감정의 억압을 폭로하는 것과 달리, 감정의 과잉을 노출한다.

다른 선택의 가능성이 없지 않음에도 불구하고 그녀가 가족을 위한 희생이라는 상상 속에서 슬퍼하고 자기를 연민하며 눈물을 쏟는 이유를 묻는다면, 그 감정에 빠져 탐닉하고 즐기고 있기 때문이라고 대답해야 할 것이다. 갑작스런 결혼, 가족에 의한 희생의 강요, 남승재와 고태수 사이에서의 심리적 갈등 같은 문제들에 직면한 초봉은 이 난제들을 어떻게 풀어야할지 고민을 계속하기보다 다만 눈물을 흘리는데, 사실 눈물이 비교적 손쉬운 해법 중 하나라는 것은 누구도 부인할 수 없다. 이 점은 우리가 부정적 감정에서도 쾌락을 얻는 것이 가능하다는 수수께끼를 푸는 열쇠를 암시하기도 한다. 프로이트의 정신경제학적 관점에 따르면 불쾌의 절감이 곧 쾌락이므로, 작은 불쾌를 얻는 대신 큰 불쾌를 회피할 수 있다면 그것으로 쾌락의 조건이 되기에 충분하다.[120] 그리하여 눈앞의 여러 문제들에 정면 대응할 경우 경험하게 될 지난한 괴로움들을 피할 수만 있다면 그 대가로 어느 정도의 눈물과 슬픔이라는 경증의 불쾌쯤은 감수할 수 있다는 데 생각이 미칠 때, 초봉은 스스로를 불가피한 희생자로 상상하고 슬픔을 받아들이게 된다.

불행하게도 초봉의 앞날에는 점점 더 심각하고 악질적인 문제들이 기다리고 있다. 결혼한 지 얼마 지나지 않아 남편 고태수가 그동안 저질렀던 사기와 불륜 행각의 막바지에 이르러 비명횡사하고, 뒤이어 장형보와 박제호 등 주변 남성들로부터 성적으로 착취를 당하는 동안 초봉의 눈물은 끊일 새가 없다. 여기까지 이르면 초봉의 눈물과 영채의 눈물의 차이는 다시 한 번 더 분명해진다. 여성의 수난에 대해 영채가 흘리는 눈물이 극악무도한 현실에 대한 항의와 거부의 뜻을 갖고 있는 데 반해, 초봉의 눈물은 그 현실로부터, 그 현실적 문제들로부터 도피하려는 의도의 산물인 것이다. 억압에 맞선 자연적 도덕 감정이 탈색되고, 감정의 과잉과 탐닉으로 특징지어지는 나쁜 감상주의가 전면화된다.

사랑을
상상하기

—

'상상'하는 것만으로 '진짜'와 매우 유사한 효과를 얻을 수 있다면, 그 상상을 거부하기란 거의 불가능하지 않을까? 감정의 상상적 쾌락 말이다. 연인을 만나고 돌아와 데이트 장면을 다시 떠올릴 때, 혹은 아직 만난 적도 없지만 호감 있는 사람과의 데이트를 머릿속으로 그릴 때, 이러한 상상을 통해 사랑의 즐거움이 반복되고 배가되고 혹은 아직 현실에서는 개시되지 않은 사랑의 즐거움이 창조되기도 할 것이다. 이런 정도야 대수롭지 않게 웃고 넘겨도 충분하지만, 감정적 쾌락을 상상하는 것과 감정에 탐닉하는 것을 구별 짓기란 원칙적으로 불가능하다는 점에서 상상된 쾌락은 보다 심각하게 고려해야 할 문제이기도 하다. 상상된 쾌락 자체가 이미 '자연스러움'이라는 기준의 경계에 걸려 있으므로, 여기서 한 걸음 더 내디뎌

선을 넘고 쾌락에 탐닉하기까지는 한순간이다.[121]

자연적 도덕 감정이라는 이상적 모델 또한 상상적 쾌락이라는 프레임에서 예외는 아니다. 고통 받는 사람을 동정하고 연민하고 도울 때 즐거움과 보람을 느끼는 것은 만인 공유의 인지상정(人之常情)일까? 실제로 18세기 도덕 철학에서 동정과 자비의 감정과 선행이 내적 쾌락을 낳는다는 주장들은 흔히 찾아볼 수 있다.[122] 그런데 누군가를 동정하고 연민하고 돕는 과정에서 자연스럽게 쾌락이 동반되는 단계를 넘어 쾌락 자체가 목적이 될 수도 있을까? 다시 말해, 쾌락주의적 동정과 연민이라는 것도 가능할까? 만약 그렇다면 누군가를 실제로 동정하거나 돕지 않고 다만 동정하거나 돕는다고 상상하는 것만으로도 쾌락을 얻기에는 충분할 것이다. 바로 이것이 『탁류』에서 유일하게 도덕적 인물인 승재가 동정과 선행을 포기해버리는 이유이기도 하다.

병원에서 조수로 일하는 승재는 병마에 가난과 무지가 더해 이중 삼중으로 고통 받는 사람들을 돕는 '야간 개업' 사업에서 인생의 기쁨과 보람을 느껴왔지만 언젠가부터 시들해지기 시작했다. 가난과 무지와 질병에 고통 받는 사람들을 불쌍히 여기고 도와주려는 것만큼 자연적이고 도덕적인 감정도 또 없을 것이다. 우리가 영채의 수난에 함께 눈물 흘리며 슬퍼하고 그 비극을 끝내야겠다고 공감할 수 있었던 것도 바로 이 동정의 감정 덕분이었다. 승재가 이 거룩한 감정을 더 이상 신뢰하지 않게 된 것은 그것마저도 상상적 쾌락과 무관하지 않다는 사실을 깨달았기 때문이다. 이제 그는 병들고 가난한 사람들을 돕는 자신의 도덕적 사업을 "눈으로 보고서 차마 못해 돈푼이나 들여서 구제니 또는 치료니 해주는 것은 결국 남을 위한다느니보다도, 우선 나 자신의 감정을 만족시키는 제 노릇에 지나지 못하는 일"이라고 평가 절하한다. "동정이나 자선이란 제 자신의 감정을 위안시키기 위한 제 노릇에 지나지 못하는 것"이라는 냉소 속에서 동정은 실제로 누군가를 돕는 선행으로 실천되는 것이 아니라 단지 상상 속에서 자기만족이나 감정적 쾌락에 봉사하는 것으로 폄하될 뿐이다.[123]

　전면에 여성의 수난기라는 비애극을 배치하고 이면에 초봉의 감상주의와 승재의 도덕 감정을 나란히 놓고 있다는 점에서 『탁류』는, 『무정』처럼 제목에서부터 감정을 주제화하고 있진 않지만, 『무정』만큼이나 감정에 관한 텍스트이다. 영채를 통해 자연적 도덕 감정의 가치를 확인한 『무정』과 달리 감정의 상상적 쾌락을 폭로함으로써 반대 방향으로 전개되었지만 말이다. 감정의 이상적 모델인 동정마저 진심에서 자연스럽게 우러난 것이 아니라 자기만족을 위해 상상된 것, 곧 가장(假裝)된 가공(架空)의 것일 가능성이 상존한다면, 결국 모든 감정의 진실성이 위협받을 수밖에 없다. 악화가 양화를 내쫓듯, 자신이 느끼는 감정이 그런 척 상상되거나 연기되는 것이 아니고 진실한 것임을 입증하기란 현실적으로 매우 어렵기 때문이다.

그런데 이런 위험과 경고에도 불구하고 우리가 감각적으로나 감정적으로 쾌락주의자의 길을 포기하지 않고 그리하여 '자연스러움'이라는 기준을 위반하면서까지 쾌락을 추구하리라는 사실은 자명하다. 굳이 비교하자면 상상적이고 따라서 더 주관적이라는 점에서, 감정을 위한 자연스러움의 기준이 감각에 비해 특히 더 애매한 것 또한 사실이다. 앞의 예를 다시 한 번 떠올려보자. 사랑하는 사람을 만나 느끼는 '자연스러운' 쾌락 외에 상상을 통해 그 쾌락을 더하려 한다면, 이런 행동은 지나치거나 병리적인 것인가? 하지만 사랑에 관해 수시로 상상하면서 즐거움을 누리는 것은 우리 근대인들에게는 지극히 '자연스러운' 경험 아닌가?

가운데 책상을 하나 놓고, 거기 마주 앉아서 가르칠까. 그러면 입김과 입김이 서로 마주치렷다. 혹 저편 히사시가미가 내 이마에 스칠 때도 있으렷다. 책상 아래에서 무릎과 무릎이 가만히 마주 닿기도 하렷다. 이렇게 생각하고 형식은 얼굴이 붉어지며 혼자 빙긋 웃었다. 아니아니! 그러다가 만일 마음으로라도 죄를 범하게 되면 어찌하게. (……) 형식은, 아뿔싸! 내가 어찌하여 이러한 생각을 하는가, 내 마음이 이렇게 약하던가 하면서 두 주먹을 불끈 쥐고

전신에 힘을 주어 이러한 약한 생각을 떼어버리려 하나, 가슴속에는 이상하게 불길이 확확 일어난다. 이때에

"미스터 리. 어디로 가는가" 하는 소리에 깜짝 놀라 고개를 들었다. 쾌활하기로 동류 간에 유명한 신우선이가 대팻밥 모자를 갖춰 쓰고 활개를 치며 내려온다. 형식은 자기 마음속을 꿰뚫어보지나 아니한가 하여 두 뺨이 한 번 더 후끈하는 것을 겨우 참고 지어서 쾌활하게 웃으면서 "오래 막혔구려" 하고 손을 잡아 흔들었다.[124]

감정적 쾌락에 관한 상상이라는 측면에 주목할 때, 김장로의 집을 처음 방문하는 이형식이 일면식도 없는 김선형과의 만남을 상상하는 장면에서 『무정』이 시작된다는 사실은 꽤나 의미심장하다. 『무정』은 현실의 실제 사건이나 경험과 무관하게 오로지 상상만으로도 사랑과 연애 감정의 쾌락을 즐기는 것이 가능하다는 점을 치밀하게 묘사하고 있는데, 가령 책상을 사이에 두고 마주 앉아 입김과 머릿결과 무릎이 닿는 것을 상상하면서 형식이 미소를 감추지 못하는 장면이 그렇다. 이런 상상에 부끄러움을 느껴 얼굴이 붉어지고, 우연히 만난 신우선의 "폐간을 꿰뚫어 볼 듯한 두 눈"에 죄책감이 환기되면서도 말이다. 20세기는 물론 그 전에 나온 수많은 소설과 서사에서 사랑이나 연애가 다루어지지 않았다면 그게 오히려 이상한 일이지만, 그럼에도 불구하고 근대적 사랑을 본격적으로 극화

한 제일착은 이광수의 『무정』에서 찾아 마땅하다는 것이 공인된 통설인데,[125] 이는 『무정』에서 사랑이 무엇인지 새롭게 묻고 답했으며 그리하여 사랑을 발명하고 개창했다는 뜻이기도 하다.

　사랑은 이전에도 가장 흥미롭고 빈번하게 다루어진 소재였지만 그때는 선남선녀 사이에 으레 발생할 것으로 기대되는 약간은 뻔하고 전형적인 해프닝 같은 것으로 받아들여졌으며, 그래서 구태여 사랑이 무엇인지 묻고 탐구하기보다 외적인 화려함과 현란함을 추구하는 경향이 강했다. 예컨대 17세기 후반에 나온 몰리에르의 『돈 주앙』에서 등장 인물들은 별 고민 없이 갑자기 사랑에 빠지며, 플롯 역시 주인공의 매력이 야기한 현란한 외적 갈등에 집중할 따름이었다. 연애는 흥미진진한 사건일 뿐, 깊이 탐구되지 않는다. 탐구될 필요가 없었다는 말이 맞을 것이다. 그리고 좀 생뚱맞은 비교일지 모르지만, 이런 현란함은 『돈 주앙』과 동시기 작품인 『구운몽』에서도 매우 유사하게 발견된다. 그러던 것이 18세기로 접어들면서 사랑에 관한 은밀한 감정을 묘사하는 데 수백 페이지가 할애될 정도로 서구 문학의 전반적인 분위기가 급변한다.[126] 이제 상상이라는 무궁무진한 원천을 통해 종래의 관습에서 벗어나 사랑을 근본에서부터 새롭게 묘사하고 탐구하고 정의할 가능성이 확보된 것이다. 그리하여 사랑의 쾌락은 상상하는 대로, 또 상상하는 만큼 누릴 수 있게 되었다고 해도 과언이 아니다.

평범한 수준을 넘어 "공상의 대가"로 불릴 정도로[127] 상상을 일삼던 『무정』의 형식이니만치 그가 사랑과 연애에 관해 얼마나 자주, 또 깊이 상상했을지는 짐작이 가고도 남는다. 약혼해서 함께 미국 유학을 떠나게 되는 선형과의 관계가 발전하는 것도 형식의 상상 속에서이며, 끝내 이루어지지 않을 영채와의 관계에 대해 이런저런 계획을 세웠다 허물기를 수차 반복하는 것도 물론 상상을 통해서이다. 한 번도 만난 적 없는 상태에서 전적으로 상상만으로 시작했던 선형의 경우와는 좀 다르지만, 7년 만에 해후한 영채가 그간의 인생 역정을 고백하다가 불현듯 중단하고 집으로 돌아간 뒤 혼자 남겨진 형식이 그녀와의 장래에 대해 낙관과 비관을 오가며 상상의 나래를 펴는 장면을 보면서 우리는 『무정』에서 그려지는 사랑의 본령이 상상에 있음을 다시 한 번 확인할 수 있다. 이랬다저랬다 왔다 갔다 흔들리지만, 아무튼 "눈을 감고 한 번 더 영채의 모양을 그리면서 싱긋 웃"는 형식은 그 즐거운 상상을 통해 "마음속으로 '영채씨, 아름다운 영채씨, 박선생의 따님인 영채씨, 나는 영채씨를 사랑합니다. 이렇게 사랑합니다' 하고 두 팔을 벌리고 안는 시늉"을 한 끝에 "옳다, 사랑하는 영채는 내 아내로다"라고 감격에 찬 애정 선언에 성공할 수 있다. 사랑을 확인하는 데 있어 일등 공신은 바로 상상력과 연기력이었던 것

이다.[128]

　그런데 수년간 잊고 지내다가 만나자마자 그날로 영채에 대한 사랑을 다짐하고, 그건 그렇다 쳐도 심지어 "회당에서 즐겁게 혼인 예식을 행하고 아들 낳고 딸 낳고 즐거운 가정을 이루리라"고까지 상상하는 데서는 아무리 예전에 정혼 비슷한 것을 한 적이 있다고는 하나 형식에게서는 열정이 지나치다 못해 돈키호테적인 엉뚱함과 조바심이 엿보이기도 한다. 이처럼 사랑이라면 곧 결혼을 떠올리거나 또는 결혼할 사이이므로 모름지기 사랑해야 한다고 역설하고 있다는 점에서, 『무정』은 사랑에 관한 소설이면서 보다 엄밀하게는 결혼에 관한 소설 혹은 부부애에 관한 소설이라는 평가가 나오기도 했을 것이다.[129] 하지만 사랑이 언제나 약혼자나 정혼자를 대상으로 한 것도, 결혼을 전제로 한 것도 아님은 물론이다. 사랑은 훨씬 더 불확실하고 마음 졸이고 애태우는 감정의 게임이다.

　『무정』보다 몇 년 늦게 발표된 김동인의 「마음이 옅은 자여」에서는 사랑을 둘러싼 복잡미묘한 감정의 게임이 좀 더 디테일하게 묘사되고 있다. 아내에 대한 불만으로 가족을 떠나 홀로 학교에 부임한 '나'는 머릿속으로나 소설을 통해 사랑을 상상만 하다가 마침내 동료 교사 Y와 연애를 시작한다. 그런데 연애의 시작이라고 간단히 말했지만, '제자리에, 준비, 출발!'처럼 절차가 정해져 있는 것이 아닌 만큼 시작을 위해 서로의 마음을 확인하고 관계를 인정하기까지의 과정이 오히려 연애의 핵심이라 해도 과언은 아니다. Y가 자기를 사랑하는지, 또 자기도 Y를 사랑하는지 알 듯 말 듯한 수수께끼를 풀지 못해 전전반측하던 '나'는 어느 날 "Y는 나를 '러브'한다. 오늘이야 그것을 알았다"라고 대오각성의 일성을 발하지만, 물론 그것으로도 모자라 "그렇지만 이것이 나의 오해가 아닐까?" 반문하며 재차 괴로운 회의와 검증의 시간을 거친 뒤에야 비로소 연애를 시작하고 있다. 그 와중에 사랑에 관한 수수께끼를 풀기 위해 '나'가 얼마나 많은 상상의 시간을 보냈을지는 불문가지의 일이다. 가령 "저녁을 먹고 불을 켜놓은 뒤에, 심심하므로 공상으로 Y의 낯을 그려놓고 그 너무 큰 눈을 좀 작게 하고 삼각형 세워놓은 듯한 에집트의 스핑크스와 같은 상을 달걀 모양으로 고치고, 그 공상의 상에 손으로 키스를 보내면서 혼자 사랑스러워서 웃"었다고 고백하는 장면에서[130] '나'는 상상을 통해 연인에 대한 사랑의 감정을 인지하고 그뿐 아니라 상상 속에서 사랑의 감정을 더 키우고 깊게 만들고 있다. 연인을 상상하고 혼자 웃고 기뻐하는 모습은 부끄럽기도 하고, 감정을 억압하는 문화에서는 심지어 죄스럽기도 하겠으나, 사랑에 빠진 사람이라면 그 유혹을 피하기 어려운 것 또한 사실이다.

지금까지 사랑, 사랑에 관한 상상, 사랑(이라는 감정)의 쾌락 같은 표현을 막연하게 혼용해왔는데, 늦었지만 이들을 구별하기란 사실상 거의 불가능하다는 점을 새삼 언급한다. 예를 들어, 상상을 통해 거듭해서 사랑을 확인하고 기뻐하며 그리하여 그 사랑이 더욱 깊어졌다면, 상상을 통해 깊어진 사랑은 단지 상상된 것일 뿐 진짜와는 다른 것이라고 구별할 수 있을까? 이런 식의 구별이 궤변에 지나지 않는다는 것은 누가 봐도 명약관화하다. 사랑이란 이런 것이다. 동시대의 이광수나 김동인에 비하면 냉철한 이지(理智)를 앞세워 감정을 비판적 해부대에 회부하는 경향이 두드러졌던 염상섭마저도,[131] 아예 사랑을 부정한다면 모를까 사랑이라는 감정에서 상상이 핵심적 요소임을 빠뜨리지는 않았다.

염상섭의 『삼대』에서 사랑에 관한 장면을 살펴보자. 이미 사회주의의 영향이 강하게 드리워진 『삼대』에서는 감정이 인간 본연의 것이라거나 진정한 도덕의 토대라는 관점은 시대착오적인 것으로 가볍게 극복되고 있다. 사회적 존재가 의식을 규정하고 또 토대가 상부구조를 결정한다는 유물론적 세계관 안에서 인간에게 타고난 본연의 도덕 감정이 있다고 믿어질 리 없으며, 감정 일반이 그러할진대 감정의 대표 주자인 사랑의 진정성이나 도덕성 역시 의심받을 것은 당연하다. 세상을 설명하는 키를 쥐고 있는 것은 물론 계급이다. 그리하여 조선은행 총재와 교제해도 이상하지 않을 부르주아 계급의 조덕기가 고무 공장 노동자 이필순을 동정하는 마음에서 "공부라도 좀 시켰으면 좋을 것을, 똑똑한데!"라고 안타까워할 때, 사회주의자 김병화는 "돈 있는 놈이 여학교 공부시키는 것은 다 야심이 있어 그러는 게 아닌가?"라고 굳이 듣기 싫은 소리를 쏘아붙인다. 병화는 다시 속으로 생각한다. "이 세상에 그런 천진스런 사람이 있을 수 있을까? 자기의 감정을 대담히 솔직히 표백하는 것은 정직한 일일지 모르지만 그렇게 정직하고 동정심 많은 위인이기로 호기심이나 한 걸음 더 나아가서는 야심이 없다고는 말 못 할 것이다."[132]

　사회주의자 병화는 자기감정의 솔직한 표현이라는 자연주의적 관점을 의심하며, 천진(天眞)스런 마음, 곧 하늘에서 타고난 그대로의 진실한 감정의 존재 또한 불신한다. 감정이란 자연스럽기도 어렵고, 천진하기는 더욱 더 어려운 것이다. 동정심으로 대표되는 자연적 도덕 감정에 대한 평가가 이렇게 박하니 사랑에 관한 평가도 냉소적이기 그지없을 것은 당연한 이치다. 필순을 둘러싼 덕기와 병화의 갈등이 묘사되는 장의 제목이 '순진? 야심?'일 만큼 『삼대』에서는 필순에 대한 덕기의 감정을 설명하기 위해 야심(野心)이라는 단어가 자주 쓰인다. 이때 '야심'은 '야망'이라는 통상적인 의미가 아니라 여성을 성적 대상으로만 보는 '야비한 마음'을 의미하거니와 대표적인 사례로는 멀리 갈 것 없이 덕기의 부친을 들 수 있다. '사랑'이 아니라 굳이 '야심'이라고 칭하는 태도에서 우리는 남녀 관계에 대한 작가의 기본적인 관점을 이해하기 위한 명백한 단서를 찾을 수 있다. 덕기와 필순 사이에 열렬한 연애가 성립되었다고 치자. 그다음에 보게 될 장면으로 병화가 떠올리는 것은 계급을 뛰어넘은 낭만적 로맨스가 아니라 덕기의 집에서는 구식 아내가 생목숨을 끊고 필순의 집에서는 딸을 팔아 가족이 호의호식하는 기괴한 가정극의 한 장면일 뿐이다.

사랑에 대해 냉소적인 병화는 물론 아버지 조상훈과 홍경애의 어두운 과거를 자신과 필순이 반복할 것을 두려워하는 덕기 역시 사랑의 가치를 믿고 있다고 볼 수는 없다. 『삼대』에서 유일하게 사랑의 열병을 앓는 인물은 필순이다. 18세의 고무 공장 노동자 필순이 23세의 부르주아 덕기와 사랑에 빠진 것이다. 덕기와 병화 등이 일찌감치 어른처럼 보인 것에 비하면 의외로 나이 차는 크지 않지만, 돈이든 처자(妻子)든 덕기가 지닌 조건은 필순의 사랑에 있어 결정적인 장애물이 아닐 수 없다. "주의자"의 딸로 자랐을 뿐 아니라 자기 집에 하숙하는 사회주의 활동가 병화의 지도를 받아 "과똑똑이"란 별명을 들을 만큼 행동이 매섭고 결코 호락호락하지 않은 필순이건만 돈 있고 조촐한 미남자 덕기 앞에서는 유독 구식 여자처럼 수줍어하는 모습을 보인다. 이 때문에 병화의 불만을 사기도 했던 필순은 사회주의 그룹 간의 오해와 갈등 중에 크게 다친 아버지를 성의껏 도와준 것을 계기로 덕기에게 호감을 넘어 사랑을 느끼게 된 것이다.

틈만 있으면 역시 한 생각이요, 잠자리에 누워서도 오늘 지낸 그 중대한 사건의 되풀이다. 덕기의 집을 방문한 것은 필순이의 이십 평생의 중대한 사변이다.

'역시 공부를 하라는 권고일까.'

그렇다면 외려두 나은 일이지만 만일에, 만일에.

"사랑을 받고 안 받는 것이 자유라면 사랑을 하는 것도 자유겠지요. 내 처자의 존재는 당신의 양심이 허락하는 위대한 선언을 막아버리겠지요. 그러나 대담하여질 수는 없을까요? 처자 있는 사람은 사랑을 요구할 자격이 없을까요? 처자 있는 사람을 사랑을 하는 것은 불명예인가요? 죄인가요? 다 그렇다 하여도 마지막으로 사랑을 할 자유는 그래도 있겠지요?"

만일에 남자의 입에서 이런 말이 나오면 어떻게 할꾸? 무어라도 대답을 할꾸?

필순이는 어느 신문 소설에서 얻어 본 이러한 글귀를 머릿속에 외워보면서 황홀하고 감미한 감정에 잠겨들었다가 깜짝 깨며 내가 꿈을 꾸었나? 하고 이불을 오그려 잡고 생긋 웃었으나 웃음이 스러지고는 또 걱정이다.[133]

조부상을 치르고 경찰에 붙들려 가고 하는 중에 몸져누운 덕기를 병문안 간 필순은 으리으리한 저택의 호화로운 안살림을 엿보고 애써 정을 떼려 하지만 덕기에 대한 사랑은 오히려 깊어만 간다. 사랑에 빠진 모든 연인들처럼 필순 역시 앉으나 서나 틈만 나면 덕기와의 연애라는 일생일대의 중대 사변(事變)에 대한 상상을 그치지 않는다. 상상 속에서 덕기는 "사랑이 죄인가요? 그래도 사랑할 자유는 있겠지요?"라고 신문 연재소설에나 나올 법한 낭만적인 신파조 대사를 열정적으로 외우고, 이 말에 필순은 꿈꾸듯 "황홀하고 감미로운 감정"의 쾌락에서 헤어나지 못한다. 꿈처럼 울고 웃기를 반복하다 잠시 눈을 붙였던 필순은 새벽에 잠을 깨자마자 바로 덕기의 얼굴을 떠올리는 자기를 깨닫고 이제는 그 없이는 더 이상 살맛이 나지 않는다는 사실을 어쩔 수 없이 받아들인다. 이제 곧 운명할 중태의 아버지보다 덕기를 먼저 챙기는 자신이 무슨 죄를 진 것 같아 얼굴이 홧홧해지지만 어쩔 도리가 없는 것이다.

외간 남자에게 이처럼 애가 타는 것이 환장한 년이 아니고 무엇인가, "내가 미쳤어! 무엇에 씌었나?"라고 탄식하고 자책하면서도 아침부터 덕기를 만날 채비를 차리며 경대 앞에 앉아 미소를 감추지 못하는 필순에 대해 우리는 사랑에 빠진 나머지 지나치게 흥분한 상태라거나 그 때문에 불안해 보인다고 우려를 표할 수 있을 것이다. 그 지나침의 대부분은 필순의 상상 속에서 발달한 것으로 봐도 무방하다. 감정의 특성상 상상을 통해서도 근사한 쾌락을 누릴 수 있다면, 사랑을 상상하면서 쾌락을 누리는 것을 굳이 마다할 사람은 없다. 사랑은, 그리고 사랑의 쾌락은 거듭 상상됨으로써 재확인될 뿐 아니라 또한 점점 더 강화되고 심화된다. 돌이켜보면, 그전까지는 덕기에게 호감이 없었다고는 할 수 없지만 그를 사랑하고 있다고는 깨닫지 못했던 필순이고 보면, 사실 그녀는 사랑하는 덕기를 상상한 것이 아니라 거꾸로 상상을 함으로써 덕기를 사랑하고 있음을 알게 된 것이라고 봐도 좋다.

이렇다면 감정에 있어 상상적 측면은 부차적인 요소가 아니라 오히려 핵심이라고 해야 할 것이다. 다시 말하면, 감정에서 상상이 수행하는 것은 이미 현실에 존재하는 사랑이라는 감정을 단순히 재확인하는 일뿐 아니라 그 감정의 정도를 강화(혹은 약화)시키는 일은 물론 궁극적으로는 없던 감정을 만들어내는 일까지도 모두 망라할 수 있다. 사정이 이러하므로 덕기에 대한 상상에서 헤어나지 못해 "그런 주책없는 공상을 해보는 것부터가 죄가 될 것 같다"고 자책하면서도 "황홀하고 감미한 감정"에의 탐닉을 포기하지 못하는 필순을 다소 걱정스런 시선으로 바라볼 수도 있고 또 열정적이라는 평가를 넘어 어리석거나 제정신이 아니라고 비난할 수 있을지언정 그녀의 사랑을 거짓이라고 할 수는 없다. '다행히' 필순은 과똑똑이로 불리던 야무진 성격을 십분 발휘해 자신의 상태를 "남자의 호의를 그대로만 믿지 않고 한 겹 더 실어서 화려한 공상의 나래를 자유로 펴던 자기의 얼뜬 마음"이라고 스스로 정확히 진단함으로써 우리의 우려를 기우로 돌린다. 그렇다고 해서 덕기에 대한 필순의 사랑의 감정이 환상이라거나 거짓이라는 뜻이 아님은 물론이다. 진짜 사랑이 무엇인지 단언하기는 어렵더라도, 필순이 경험한 감정 상태가 바로 우리가 생각하는 사랑의 대표적이고 전형적인 사례라는 점은 부인할 수 없다.

근대의 감정 예찬 문화 안에서 자연적 도덕 감정으로 칭송되어왔던 '동정심'이나 '사랑'마저 그 이면에 '야심(야비한 마음)'이 개입되었을지 모른다고 의심하는 병화, 그리고 그러한 의심을 전적으로 부인하지 못하는 덕기의 태도를 이미 살펴보았거니와, 이러한 『삼대』의 세계에서 필순의 사랑은 예외적이다. 병화나 덕기에 비해 필순은 감정적이며, 다시 말해 감정에 더 충실하고 더 열정적인 인물로 묘사되고 있다. 그런데 그녀가 노동자로서 부르주아 출신인 덕기나 병화에 비해 자연스러운 본연의 감정에 더 가까울 것이라는 계급적 통념에 적절히 부합하는 것도 사실이지만, 그럼에도 불구하고 필순은 가령 『어려운 시절』의 씨씨로 대표되는 '고상한 야만인'형 인물, 곧 자신이 원하는 대로, 마음에서 우러나는 대로 느끼고 행동하는 자연스러운 감정의 소유자라는 유형과는 상당한 거리가 있다. 무엇보다 필순의 감정은 자연 그대로 표출되는 것이 아니라 상상을 매개로 그 속에서 재확인되기도 하고 변화되기도 하며 마침내 만들어지기도 하는 것이라는 점에 유의해야 한다.

기침을 숨길 수 없는 것처럼 누군가를 진심으로 사랑하는 감정 역시 자연스럽게 드러날 것이라는 생각은, 모든 속담이 그러하듯 직관적으로 이해 가능하다. 문제는 디테일에 있다. 필순 역시 남의 이목이 신경 쓰이지만 덕기에 대한 사랑을 숨길 수 없다. 이러한 감정은 자연스러운 것인가? 그런데 지금까지 살펴본 대로 상상 속에서 감정이 확인되고 강화되고 결과적으로 적지 않은 변화를 거친다면, 필순의 사랑은 자연의 소산일 뿐 아니라 상상의 소산이기도 할 것이다. 전자 곧 자연적 감정이 만인 공통의 보편적인 것으로 간주될 때, 후자 곧 상상된 감정은 자연스럽다기보다 개성적이거나 개별적이라고 말하는 편이 적절하다. 이 말이 필순의 상상이 고유하거나 독창적이라는 뜻은 아니다. "어느 신문 소설에서 얻어 본 이러한 글귀를 머릿속에 외워보면서 황홀하고 감미한 감정에 잠겨들었다"는 묘사에서 잘 드러나듯, 사랑을 상상하는 필순은 당시 청춘 남녀들의 연애 매뉴얼이었던 신문 소설의 충실한 제자이다. 요는 연애에 관한 문화적 지침을 따를지 말지, 만약 따른다면 어떤 지침을 어디까지 어떻게 따를지, 또 만에 하나 지침을 따르지 않는다면 어떻게 할지 등의 디테일한 문제들이 종국에는 개별적이고 개인적인 실천과 수행의 차원에서 결정된다는 것이다. 그리고 이러한 실천과 수행이 필순의 사랑을 만들고, 나아가 필순을 만든다.

　계급적, 사회적 조건을 과감히 뛰어넘어 "마지막으로 사랑을 할 자유는 그래도 있겠지요?"라는 덕기의 '신문 소설적' 정열적 애정 고백을 상상하면서 감미로운 황홀을 맛보는 장면에서 필순은 감정의 정점을 찍는다. 그런데 신문 소설은 장애를 극복한 사랑의 승리만이 아니라 비극적인 사랑의 패배도 가르쳐준다. 사랑의 승리보다 오히려 사랑의 패배가 신문 소설의 최고 인기 레퍼토리였던 이유는 물론 사랑의 실패에서 맛보고 경험하는 슬픔과 고통, 그리고 무엇보다 자기 연민의 감정이 사랑의 승리에서 얻는 행복감 이상으로 강렬한 감정적 쾌락을 제공할 수 있기 때문이다. 상상 속에서의 쾌락 자체가 목적이라면, 긍정적 감정은 물론 부정적 감정까지도 쾌락을 제공하지 못할 것은 없다는 사실을 우리는 잘 알고 있다.[134] 그러나 더할 나위 없이 맞춤한 조건이 갖추어져 있음에도 불구하고 필순은 스스로를 계급적, 사회적 조건에 희생되고 사랑에 실패하는 비련(悲戀)의 여주인공으로 상상하지 않는다. 거창한 자기 선언 같은 것이 아니라 이런 일상적 선택이 바로 그녀를 다른 사람과 구별되는 그녀이게 만든다. 이러한 실천과 수행이 그녀의 사랑을 모양 짓고 나아가 그녀의 정체성을 구성한다는 점을 굳이 길게 설명할 필요는 없을 것이다.

재현에서
표현으로

—

앞에서 우리는 감상주의에 대한 논의에서 출발해 감정의 상상적 쾌락이라는 측면을 살펴보았다. 조소와 야유가 섞이는 게 전혀 이상하지 않을 정도로 감상주의자나 몽상가에 대한 평가가 박한 것은 익히 알려져 있으나, 그럼에도 불구하고 감상주의를 비롯해 상상이나 공상, 몽상 등의 힘을 무시해도 된다고 생각한다면 심각한 오산이다. 감상주의자나 몽상가에 대한 조롱이 감정 일반의 가치 추락을 낳은 나머지 이상적 모델이었던 자연적 도덕 감정의 신성한 지위마저 훼손되었고, 마침내 기존 감정론의 전반적 방향 전환이 불가피해졌다는 점은 아무리 강조해도 지나치지 않기 때문이다. 인간 본연의 고상하고 거룩한 것에서 자기만족과 쾌락을 위해 마음대로 가장되는 가공의 것으로 변질되었다는 점에서 감정의 위상 변화는 숭고한 것과 세속적인 것이 무차별적으로 뒤섞이는 일종의 스타일 혼합(Stilmischung)으로 이해할 수도 있다.[135] 그 과정이 어떻게 진행되어왔는지에 대해 좀 더 생각해보자.

일찍이 루소나 흄 등에 의해 감정의 자연적 본성으로서의 가치에 대한 긍정적 평가가 이루어졌으며, 이러한 관점이 20세기 초 이광수에까지 면면히 계승되어왔음은 앞에서 이미 언급한 바 있다. 이광수의 정육론에 따르면, 사회적 제재에 종속된 사람들에게 도덕이란 '색책(塞責)', 곧 '책임을 면하기 위하여 겉으로만 둘러대어 꾸밈' 이상의 의미를 갖지 못하거니와 이와 같은 도덕적 위선 및 가장에 맞서는 길은 감정의 해방에서 찾을 수밖에 없다는 결론에 이른다. "진정하고 심각한 사업은 정(情)에서 용(湧)할 자(者)"뿐이라면, 진정한 도덕 역시 감정에서 솟아나고 넘쳐흐를 때 실현 가능한 사업일 것이다. 그리하여 정육에 힘씀으로써 비로소 자동적으로 효(孝)하고 제(悌)하고 충(忠)하고 신(信)하고 애(愛)하며, 자동자진(自動自進)하고 자유자재(自由自在)하여 자기 마음을 속이지 않고 독립적 도덕을 실천하는 것이 가능해진다.[136]

그런데 이처럼 이상적 감정에 대한 예찬이 도덕 교과서 차원을 넘어 현실을 구성하는 데 실질적인 영향력을 발휘한다면 어떤 일이 벌어질까? 우리는 감정을 도덕의 원천으로 받아들이면서 감정의 진솔한 표현과 친밀성에 열광적인 환호를 보내던 18세기 감정사적, 문화사적 맥락 안에서 프랑스 혁명의 전개 과정을 고찰할 수 있다. 이럴 때 "연민, 이타애, 사랑, 감사는 모두 똑같이 자연적인 감성들이고, 그것들이야말로 도덕과 사회적 결속의 뿌리이자 토대"이며 "각 개인이 타고난 도덕적 감각의 명령에 자진해서 따르기만 하면 공동체의 승리는 의당 보장"된다는 확신을 배후에 전제하고 있었다는 점에서[137] 프랑스 혁명을 자연적 도덕 감정의 정치적 버전으로 이해하는 것도 타당성을 갖는다. "한 프랑스 사람이 자신의 가슴을 들여다보기만 하면, 그리고 가슴이 명령하는 대로 행동했다고 확신하기만 하면" 그는 만인의 의지를 실천해 애국적으로 행동한 것이라는 감격에 찬 연설은 혁명에 관한 수사법인 동시에 감정에 관한 수사법의 전형을 보여준다.[138]

멜로드라마는 혁명기의 장르였다. 그것은 아마도 혁명이 산출한 장르 중에서 후에까지 살아남은 유일한 장르일 것이다. 생쥐스트의 예에서 보듯 혁명적 대중 연설 자체가 이미 멜로드라마적이었다. 샤를 노디에는 후에 "멜로드라마는 혁명의 도덕이었다"라고 주장하였다. 그는 이 말을 통해 멜로드라마가 원래 민주적인 형태임을 강조한다. 이러한 연극은 천편일률적이다. 즉 억압적인 전제 군주들에 항거하여 궐기한 전 세계의 평민들이 선한 마음과 가정의 신성함, 만인의 기본적 평등, 덕성스런 사람들 사이에 존재하는 우애라는 진실을 만천하에 공포한다는 기본 스토리가 되풀이될 뿐이다. 또한 맨 마지막에는 예외 없이 장엄한 권선징악의 장면이 등장한다. 노디에의 본을 따라 우리도 멜로드라마를 혁명적 도덕주의를 가장 잘 드러내는 장르이며 수사학이라고 규정할 수 있을 것이다.[139]

혁명이 정치적 문제인 동시에 감정의 문제이기도 했다는 사실은 멜로드라마라는 장르를 통해서도 재차 확인할 수 있다. 정확히 말하면 해당 장르 자체가 혁명의 시대에 혁명을 위해 발명되었다고 보는 것이 적절할 멜로드라마는 현대인의 시선으로는 선악 이분법에 의해 재단된 천편일률적 스토리에 지나지 않지만, 프랑스 혁명의 한가운데에서 대중들의 열광적인 호응을 얻어낼 수 있었다. 자연적 도덕 감정과 그에 대한 억압이라는 근대적 감정론의 제1, 제2 원칙을 정치적, 혁명적으로 재전유한 프랑스 혁명의 주인공들은 바로 이 혁명의 목적이 권력에 의해 억압된 자연성의 회복에 있으며, 혁명의 전 과정이 동정, 연민, 이타애, 박애 등 자연적 감정에 의해 인도될 때 최선의 정치 개혁이 가능하다고 확신했다. 위의 인용에도 잘 묘사되어 있듯, 평범한 백성들의 선한 마음과 이를 저지하는 전제 군주의 억압, 마침내 폭발하는 항거와 궐기, 장엄한 권선징악적 엔딩으로 이어지는 멜로드라마의 플롯은 '혁명적 도덕주의' 혹은 자연적 도덕 감정의 혁명적 버전을 다른 어떤 장르보다 잘 구현하고 있다.

멜로드라마가 혁명적이라고 말할 수 있다면, 혁명이 멜로드라마적이라고 말하지 못할 까닭은 없다. 이와 관련해『감정의 항해』에서는 프랑스 혁명의 주동자들이 연극이나 오페라의 관객들처럼 행동했다는 점에 주목하는데, 이는 그들이 마치 극장의 관객들처럼 적절할 때 깊이 감동하고 적절할 때 울었음을 의미한다.[140] 또『눈물의 역사』의 저자는 한 걸음 더 나아가 프랑스 혁명 자체를 아예 "정치적 의미까지도 내포하는 눈물을 감동적으로 공유하는 극장"에 비유하고, 감격의 눈물을 쏟으며 정치적 행렬에 동참하는 것을 혁명의 주요 이미지로 규정하기까지 했다.[141]

이렇게 볼 때 혁명, 적어도 프랑스 혁명은 감정에 깊이 연루된 사건이라고 해도 지나치지 않을 것이다. 혁명 자체가 우리의 주된 관심사는 아니므로 감정에 국한해 논의를 좀 더 이어가보자. 그리 새롭거나 어려운 이야기는 아니다. 간단히 말하면, 자연적 도덕 감정이 저항의 도구로서는 설득력이 있고 매력적이지만 현실적인 통치 수단이 되자마자 감정의 자유를 보장하기보다 경직되고 강요적인 체제의 하나로 정체를 드러낸다는 것이다.[142] 그리하여 보편적인 것으로 간주되던 자연적 도덕 감정이 어느 시점부터 더 이상은 모든 사람이 갖춘 능력은 아니라고 공공연하게 주장되고, 혁명 초기의 낙관적인 분위기가 사라진 자리에는 진짜와 위선의 구별을 위한 심판이 난무하기 시작한다.

자코뱅은 새로운 체제를 자연적이고 보편적이며 쾌감을 주는 이타애 위에 건설하고자 했다. 만일 그런 감정이 실제로 있었더라면, 자코뱅의 정책은 보다 효과적이었을 것이고, 보다 오래 지속되었을 것이다. (……) 우리는 누구도 자신의 감정을 정확히 알지 못한다. 그리고 감정을 표현하려는 시도는 때로는 감정을 기대한 대로 만들어주고, 때로는 기대와 달리 변화시킨다. 따라서 "자연적인" 감정을 갖거나, 그러지 못하면 처형되어야 하는 상황은, 사람들의 마음속에 자신의 감정에 대한 은밀한 의심을 발동시킬 가능성이 높다. 나는 진실한가? 그 질문에 답하는 것은 언제나 어렵다. (……) 공포 정치 하에서 내적인 의심과 외적인 의혹은 서로를 강화했다. 모두가 스스로 위선자로 느꼈기 때문이었다.[143]

지금까지 자주 거론되었던 '자연적 도덕 감정'으로 바꿔 불러도 무방할 "자연적이고 보편적이며 쾌감을 주는 이타애(natural, universal, pleasurable generosity)"라는 감정은 장황한 설명만큼이나 막중한 상징적 지위를 부여받았거니와, 혁명이 진행될수록 해당 감정에 관한 진위 감별은 점점 더 결정적인 문제가 되었다. 위의 설명처럼 자코뱅의 공포 정치에 이르러 얼핏 보면 '자연적 감정이 아니면 죽음을 달라'와 비슷하지만 뜻은 전혀 다른 '자연적 감정이 아니면 극형에 처한다'라는 슬로건이 등장하자 누구나 할 것 없이 자연적 감정을 지니려는 유혹에서 자유로울 수 없었기 때문이다. 감정은 그 가치가 점점 더 격상될수록 역설적으로 위선과 가장의 혐의도 점점 더 짙어졌던 것이다. 그런데 감정에 관한 위선이나 가장을 바로 거짓이라고 단정하는 것은 성급한 판단일 수도 있다. 고의적인 거짓이기보다 자기 진심이나 진실에 관한 실존적 문제로 보는 편이 적절한 경우도 없지 않기 때문이다. 그리하여 '나'는 질문한다. '나' 자신이 지니고 있(다고 생각하)는 감정은 과연 자연스럽고 진실한가? 그 질문에 답하는 것은 어려운데, 누구나 자연스러운 감정을 원하고 기대하는 상황이 되자 역설적으로 감정의 자연스러움이 더 이상 자명하지 않은 문제로 바뀌었던 것이다.

앞에서 우리는 자연적 감정이라는 개념이 마치 물처럼 자연스럽게 넘쳐흐르는 것에 비유되는 속성으로부터 유래했으며, 이 속성은 또한 감정에 관한 실재론 및 재현론적 관점을 전제로 한다는 점을 몇 차례 언급한 바 있다. 간단히 말하면, 우리 안에 이미 있는(실재하는) 감정이 그대로 밖으로 표현되는(모방적 반복 복제, 곧 재현되는) 모델이다. 이런 묘사에 걸맞은 사례가 없지는 않을 것이나, 특히 감정이 중요해지고 감정의 가치가 격상할수록 자연스러운 유출이라는 묘사만으로 설명되지 않는 사례들이 속출할 것이다. 이런 사정을 감안해 자연스럽게 유출되는 감정이라는 모델을 유보하면, 다른 유력한 대안으로는 감정 규범 모델을 꼽을 수 있다. "특정한 상황에서 느껴야 하는 방식과 관련된 문화적 기대, 또는 우리가 경험하고 표출하는 감정의 적절성을 평가하는, 사회적으로 획득된 기준"으로 정의되는[144] 감정 규범은 자연주의적 감정관과 거의 대척적인 관점을 대변한다고 보면 된다. 이를 적용할 때 사랑이나 슬픔처럼 흔히 자연적이라고 간주되어온 감정들이 실제로 감정 규범으로부터 자유롭다고 볼 근거는 그리 많지 않다. 예를 들면, 결혼식이나 장례식 같은 의례는 사랑, 슬픔 등의 감정이 자연적이라기보다 감정 규범에 의해 지배되고 있음을 보여주는 예시로 적절하다.[145] 감정 규범은 또한 의례와 같이 공공연하게, 특정한 시간과 장소에 한정해서 작동하는 것만은 아니며, 보다 예사롭고 간접적인 방식을 통해 삶 전반에 걸쳐 일상적으로 영향력을 발휘하기도 한다. "감사하다는 말 하는 거 잊지 마!" "자부심을 가져" "창피하지 않니?"와 같은 일상적인 충고나 조언의 형태를 통해 가시적 규범으로 인지되지 않은 상태에서 작동하는 경우처럼 말이다.[146]

감정에 관한 '자연'과 '규범'의 관계는 '자연주의'와 '구성주의'의 관계와 여러 면에서 중첩되는데, 이미 지적했던 것처럼 감정이 원래부터 저절로 있어왔느냐 아니냐, 곧 자연주의적이냐 구성주의적이냐 중 하나를 강요하는 양자택일보다 감정을 얼마나 소중히 여기고 의미 있게 생각하느냐가 관건이라면, 자연과 규범의 관계에서도 섣부른 이분법은 경계하는 것이 좋다. 위에서 거론했던 이른바 '프랑스 혁명 극장'을 마지막으로 한 번 더 예로 들면서 이 문제에 대한 이야기를 마치기로 하자. 마치 극장의 관객들처럼 프랑스 혁명의 현장에서 함께 감동하고 감격의 눈물을 흘린 사람들은 억압되었던 자연적 감정의 회복을 증언한다고 볼 수 있을까? 공개된 공적 공간에서 감동하고 눈물을 흘리는 것이 혁명 이전의 전통적이자 억압적인 행동 규범에서 벗어남을 의미한다면,[147] 프랑스 혁명에서 자유롭게 느낀 감동과 눈물은 감정을 지배하고 나아가 억압하는 규범으로부터의 해방에 관한 명백한 증거일 것이다. 그런데 거꾸로, 그 감동과 눈물을 극장의 관객들에게 기대되는 규범의 적용 사례로 이해할 수는 없을까? 극장에서 눈물에 젖는 것이 18세기식 유행의 일종이었고, 사람들이 기꺼이 그 규범을 공유했다는 설명처럼 말이다.[148] 이렇게 볼 때, 자연적 도덕 감정을 비롯한 근대적 감정 전체가 단일한 성격을 지녔다기보다 모순되는 여러 표정을 띤 개념이라는 점을 또 한 번 확인하게 된다.

이처럼 감정은 여러 얼굴을 지니고 있다. 이는 감정이란 자연스럽게 유출되기도 하고 규범의 적용을 받기도 한다는 뜻으로 이해할 수도 있다. 그런데 더 심각한 문제는 어떤 감정이 자연적 유출인지 규범의 산물인지 구별하기 어려운 경우이다. 말하자면, 혁명 극장에서 흘린 눈물 중에는 자연적 감정의 증거도 있고 규범 적용의 사례도 섞여 있다는 단계를 넘어, 우리는 그 눈물이 자연인지 규범인지 사실은 식별 불가능하다는 진짜 문제와 직면하게 되는 것이다.

감정이 진지하게 고찰되면서 실재로서의 감정이 안에서 밖으로 자연스럽게 넘쳐흘러 그대로 재현된다는 실재론적, 재현론적 관점이 안착했으며 이를 중심으로 자연적 도덕 감정 개념이 주목받았던 것이 사실지만, 아울러 감정의 중요성이 커질수록 실재하는 것의 재현이라는 명쾌한 논리만으로는 규명되기 어려운 문제들이 속속 등장하게 되었다. 이러한 문제들에 대처하기 위해 실재의 반복으로서의 '재현'과 구별되는 '표현'이라는 개념을 생각해볼 수 있다. 재현에서는 '재현의 모델'과 '재현된 것' 사이에 동일성이 전제되지만, 표현에서는 이러한 관계가 성립되지 않는다는 들뢰즈의 주장은 표현 일반의 특징을 이해하는 데 중요한 지침이 될 것이다.[149]

먼저, 감정을 자연스럽게 넘쳐흐르는 것으로 인식할 때 '안에서 밖으로'라는 방향성이 당연하게 동반된다는 점에 주목해보자. 이는 우리가 '내적 감정'이나 '내면' 같은 개념들 역시 알게 모르게 당연시하고 있음을 의미한다. 테일러에 의하면, 자아의 근대적 존재 형태 자체가 외부와 구별되는 내부(내면)에 대한 의식에 기반하고 있어 바로 그 '내부'에 '나' 또는 '나의 것'이 있다고 인식하게 된다. 물론 그 '내부'에는 감정도 자리한다. 그런데 감정이 내부에서 외부로 표출되는 것을 자명하게 받아들이는 우리 근대인들에게는 당혹스러운 사실이지만, 근대 이전에는 감정이 외부에 속한다는 인식이 오히려 일반적이었다. 예를 들어 중세에는 두려움이나 즐거움 등의 감정이 각각 예상치 못한 돌발 사건이나 흥겨운 축제 같은 사건에 속한 특징으로 간주되었지 개인에 내재한 감정으로 이해되지 않았다고 한다. 감정이 개인의 내적 속성이 아니라 외적 상황이나 사건의 특징으로 간주되었다는 것은 다시 말하면 근대 이전에는 감정이 개인의 내부로부터 넘쳐흐르는 것이 아니라 외부로부터 채워지는 것으로 여겨졌음을 의미한다. 이런 점들을 종합할 때 "오직 근대 시대에서만 감정이 개인 '내부'에 자리하게 되었다"고 볼 수 있다.[150] 감정을 의미하는 구식 어휘인 '정념(passion)'이 동시에 '수동성(passive)'을 의미했던 것 역시 '나'의 감정이 아닌 외부의 감정이라는 사정을 잘 드러내고 있다. 외부에서 영향력을 행사하던 감정이 '나'의 내부로 자리를 옮긴 것은 우주적 질서에 의해 규정되는 존재이던 '나'

가 자기 규정적인 존재로 바뀐 것에 상응한다. 이처럼 자아의 문제에 있어 내부의 중요성이 점점 더 커짐으로써 '나'를 찾는 자아 탐구란 곧 내적 탐구와 동일시된다 해도 과언이 아니다.

> 우리의 근대적 자아관은 내면성에 대한 어떤 의식(또는 일단의 의식들)과 관련되어 있다. 어떤 이는 이 자아관이 이 의식에 의해 구성된다고까지 말할는지 모르겠다. (……) 자기 이해에 관한 우리의 언어들에서 '내부/외부'라는 대당은 중요한 역할을 한다. 우리는 우리의 사고, 생각 또는 감정은 우리 '안'에 있는 반면 그러한 정신적 상태와 관계하는 세계의 대상들은 '밖'에 있다고 생각한다. 또는 달리 말해 우리는 우리 능력이나 잠재력을 '내적'인 것으로 공적 세계에서 드러나거나 실현될 기회를 기다린다고 생각한다. 우리에게서 무의식은 우리 안에 있으며, 우리는 삶에 대한 통제를 놓고 우리와 다투는 저 말해지지 않는 것, 말할 수 없는 것, 무정형의 강력한 느낌, 끌림, 두려움의 심처를 내적인 것으로 여긴다. 우리는 내적 심연, 부분적으로 아직 다 탐험되지 않은 어두운 내부를 지닌 생명체이다.[151]

위의 인용을 통해 우리는 내면(성), 그리고 내면을 지닌 자아에 관한 적절한 예시를 확인할 수 있다. 이에 따르면 자아에 관한 우리의 근대적 이해는 내면 개념을 중심으로 이루어져,

예컨대 사고나 생각, 감정이든 또는 무의식이나 기타 다른 알수 없는 것이든 '나'의 내부에 있는 것들에 특별한 의미를 부여해왔다. 물론 내부와 외부를 나누는 "그러한 위치 구분이 아무리 견고하고 또 인간 행위자의 본성 자체에 근거하고 있는 것 같아도 그것은 대체로 우리 세계, 근대 세계의 한 특징일 뿐"이라는 점 역시 21세기의 현대인들에게는 잘 알려져 있지만,[152] 그럼에도 불구하고 내면 중심의 근대적 자아관이 전지구적으로 확산되어 영향력을 미쳤다는 사실을 부정하기란 사실상 불가능하다. 그리하여 우리는 자연스럽게 스스로를 내면을 지닌 존재로 간주해왔으며, 또 '나'를 알기 위해서는, 적어도 일인칭으로서의 '나'에 관한 해답을 찾기 위해서는 내면을 들여다보는 것이 제일 중요하다고 믿어왔다.

내면을 '들여다본다'고 했는데 대상의 인식에 있어 시각의 헤게모니가 정착된 것도 서구 문화의 산물이고, 특히 광학 기술에 힘입은 관찰이 근대적 과학의 진보를 주도했다는 것도 주지의 사실이다.[153] 그런데 인용문의 '어두운 심연'이라는 묘사에서도 알 수 있듯 내면 탐구란 환한 불빛 아래에서가 아니라 비가시성과 불확실성의 어둠 속에서 뭔가를 찾는 데 비견될 수 있어, 그리하여 관찰로 대표되는 시각적, 광학적 방법보다는 '내면에 귀 기울이다'라는 관용구로 익숙한 비시각적이자 청각적인 방법과 친연성이 더 높은 것으로 이해되기도 했다. 예를 들면 루소는 내면의 소리(inner voice)에 귀 기울이고 따를 때 자기 자신과 만날 수 있고 자기 자신이 될 수 있다고 역설한 바 있다.[154]

그러나 내면에 귀 기울인다고 해도, 그러자마자 어떤 소리가 뚜렷이 들려온다거나 심지어 자기 자신이 누구인지 바로 알 수 있으리라고 기대할 수는 없다. 예를 들면, 제목부터 일인칭적이자 사적인 회상으로서의 성격을 강하게 노정하는 『내가 아직 아이였을 때』라는 소설집을 출간하면서 작가 김연수는 "내 가슴에 귀를 기울였다. 그랬더니 이 이야기들이 서서히 흘러나오기 시작했다"라는 낭만적인 문장을 앞세워 서문을 쓰고 싶었지만 결국 불가능했다고 털어놓은 적이 있다.[155] 이 실패의 고백은 가깝고도 먼, 혹은 친숙하고도 낯선 내면의 이중성을 잘 보여준다. 내 안에 귀를 기울이면 어떤 말소리들이, 이야기들이 저절로 흘러나올까? 그러나 내면의 동일성에 대한 낭만주의적 확신을 비판한 키틀러에 따르면, 어느 무엇보다 나 자신의 것이며 따라서 잘 알아들을 것이라는 환상적 기대에 부응했던 내면의 소리는, 축음기의 발명이라는 상징적 사건이 발생할 즈음 단지 물리적, 실재적 진동에 불과한 것으로 인식되기에 이른다.[156] 만약 내면의 축음기라는 게 있다면, 그것은 먹통이거나 소음만 내는 고장 난 기계일 가능성이 농후한 것이다.[157]

단지 귀 기울이는 것만으로 자기 자신에 관한 일목요연한 앎에 도달하는 것이 가능했다면, 근대의 선구자들이 "나는 누구인가"라는 질문 앞에서 괴로워했을 이유도, 또 수많은 근대인들이 지금까지 자아 탐구라는 숙제에 사로잡혀 있을 까닭도 없다. 이럴 때 테일러가 표현주의라고 명명한 관점에 주목할 수 있다. 널리 알려진 예술사조(expressionism)와 구별되는 새로운 용어(expressivism)를 고안하는 등 표현주의의 개념화에 적극성을 보인 그는 '표현주의적 전회(expressivist turn)'라는 문화적 변동을 고려에 넣을 때 비로소 근대적 자아 탐구 작업의 전모가 파악될 수 있다고 힘주어 주장한 바 있다.[158] 자아의 내적 원천으로서의 내면이란 표현됨으로써 비로소 알 수 있다는 것이다. 이때 표현은 이미 정해져 정식화된 내면을 단순히 그대로 드러내는 작업이 아니라 일종의 창조적 작업이다.

어떤 것을 표현한다는 것은 주어진 매체로 그것을 분명히 드러내는 것이다. 나는 얼굴로 감정을 표현한다. 또 말하거나 글로 쓰는 언어를 통해 나의 생각을 표현한다. 나는 어떤 예술 작품, 가령 소설이나 희곡 같은 것을 통해 사물에 대한 나의 관점을 표현한다. (……) 그러나 '분명하게 나타난다'고 해서 그렇게 드러나는 것이 사전에 이미 충분히 정식화되어 있었다는 의미는 아니다. 내가 오래전에 나 자신에게 말로 표현했던 감정을 마침내 드러낼 때처럼 종종 그러한 경우가 있을 수 있다. 그러나 소설이나 희곡의 경우 이 표현에는 내가 지금 말해야 할 것을 정식화하는 것 또한 포함될 것이다. 거기서 나는 불완전하고 오직 부분적으로만 형성된 어떤 것이나 비전 또는 사물의 의미를 받아들여 그것에 특정한 형태를 부여한다. 이와 같은 종류의 경우에 매체와 '메시지'를 날카롭게 구분하기가 어렵다.[159]

사전적 정의에 의하면 표현이란 매체로 메시지를 나타낸다는 뜻이고, 자구(字句)에 좀 더 충실하면 내부(에 있는 것)를 외부로 드러낸다는 뜻이다. 단순하게 생각하면 사전에 메시지가 정해져 있고 이 정식화된 메시지가 매체를 통해 외부로 나타난다는 순차적 모델을 상정할 수 있을 것이다. 그런데 우리가 말이나 행동으로 뭔가를 표현할 때 실제로 사전에 메시지를 얼마나 정해놓는지(미리 정하는 데는 한계가 있다), 또 설령 사전에 정해놓는다 해도 실제 표현에서 정해진 메시지를 얼마나 그대로 나타내는지(정해놓은 대로 진행되지는 않는다) 등을 생각해보면, 메시지가 정해지는 국면과 매체에 의해 드러나는 국면이 순차적 모델처럼 간단히 설명될 수 없다는 사실을 금세 알게 된다.

인용문에서도 언급되듯, 소설과 희곡을 비롯한 창작 일반은 표현의 실제 과정을 잘 보여주는 대표적 사례이다. 예를 들어

『안나 카레니나』를 쓸 당시 톨스토이의 고백을 참고하면, 마침내 브론스키가 안나와 사랑을 나누고 숙소로 돌아가는 장면을 쓰고 나서야 작가는 비로소 자신의 주인공이 자살을 각오하고 있다는 사실을 알게 되었다고 일기에 적은 바 있다. 작가조차도 해당 장면을 집필하기 전에는 무슨 일이 벌어질지 미리 알지 못한다는 것인데, 이는 곧 표현을 통해 드러나기 전에는 사전에 정해져 있는 것이 없음을 의미한다. 이를 서사학 버전으로는 "서사 담론이 표현되기 전에는 스토리도 없다(Before the narrative discourse is expressed, there is no story)"로 바꿔 말할 수도 있을 것이다.[160]

작가 자신도 앞으로의 이야기가 어떻게 전개될지 몰라 점점 더 빨리 소설을 쓸 수밖에 없었다는 톨스토이의 말을 다 믿을 수는 없지만, 어쨌든 머릿속이든 마음속이든 어딘가에 이야기가 미리 정해져 있고 작가가 그것을 그대로 글로 옮겨 반복 재현한다는 식의 상상이 어불성설인 것만은 분명하다. 그렇기보다는 글로 쓰고 표현한다는 것은, "만듦과 드러냄의 혼합(blend of making and revealing)"이라는 묘사가 딱 들어맞듯,[161] 이야기를 만들면서 동시에 드러내는 이중 작업에 가깝다. 원래 '창작'이라는 말로 특정되기도 하지만, 이런 측면에서 문학적 표현이 창조적이라는 데는 이견이 있을 수 없다. 그런데 앞에서 살펴본 바와 같이, 가령 정해진 메시지를 반복적으로 암송하는 것처럼 매우 예외적인 경우를 제외한다면, 비단 문학 창작만이 아니라 모든 표현 역시 많든 적든 창조적이라 칭할 수 있다는 것도 부정할 수 없는 사실이다. 이것이 표현주의적 관점의 기본 전제이다.

이런 관점에서 자아의 내적 원천으로서의 내면을 표현한다는 것에 대해 다시 생각해볼 수 있다. 앞에서 인용했던 내용을 다시 떠올려보자. "우리는 우리의 사고, 생각 또는 감정은 우리 '안'에 있는 반면 그러한 정신적 상태와 관계하는 세계의 대상들은 '밖'에 있다고 생각한다." "우리에게서 무의식은 우리 안에 있으며, 우리는 삶에 대한 통제를 놓고 우리와 다투는 저 말해지지 않는 것, 말할 수 없는 것, 무정형의 강력한 느낌, 끌림, 두려움의 심처를 내적인 것으로 여긴다."[162] 이에 따르면, 우리 안에는 사고나 생각, 감정 들이 있고, 또 무의식이나 말해지지 않는 것, 말할 수 없는 것, 무정형의 강력한 느낌, 끌림, 두려움 같은 것들도 있다. 무의식이나 말해지지 않은 것 등은 물론이고 보통의 생각이나 감정이라 하더라도 우리 안에 있지만 우리가 모르는 것들, 또 겨우 인지하기는 했지만 그냥 지나친 것들이 얼마나 될지는 짐작조차 쉽지 않다. 이처럼 고갈되지 않을 만큼 방대한 내적 원천에 귀를 기울임으로써 우리가 몰랐거나 그냥 지나쳤던 것들이 드러난다면, "나는 누구인가"라는 질문에 대한 새로운 답들을 찾아낼 수 있을 것이다.

그런데 "표현해야 할 '내면' 또는 '자기'가 선험적으로 존재"한다는 생각, 곧 "표현해야 할 '자기'가 표현에 앞서 존재"한다는 선입견의 자명성을 비판하는 가라타니 고진의 주장에도 잘 나타나듯,[163] 자기 내면에 귀 기울이고 그리하여 자기를 드러내는 자기표현은 사전에 정해져 선재하는(pre-existent) 존재, 또는 이미 알려져 있던 존재를 그대로 드러내는 단순한 모방적 반복으로서의 재현을 의미하지 않는다. 그보다는 자기표현이란 내적 심연에 귀 기울임으로써 지금까지 존재한다고 생각지 못했던 자기, 지금까지 각성하지 못했던 낯선 자기를 새롭게 드러내는 작업에 가깝다. 그런데 존재하는지도 잘 몰랐고, 아는 바도 거의 없던 자기를 표현한다는 것이 과연 가능할까? 표현을 계기로 드러나기 전까지는 그러한 존재가 있는지도 몰랐다는 의미에서 자기표현은 또한 자기 발견이기도 한데,[164] 이 발견 역시 은폐되어 있던 그대로를 찾아 드러내는 것이 아니라는 점에서 창조적 작업으로 볼 수 있다.

자기표현을 통해 새롭게 발견된 존재는 환대의 대상일 수도 있고, 어쩌면 위화감이나 거부감을 야기하는 대상일 수도 있다. 어느 쪽이든 이 자기 존재는 선재적 상태에서 그대로 드러나는 것도 아닐뿐더러 최종 완결된 상태로 드러나는 것도 아니다. 이 존재는 표현 이전에는 정해지지도 완결되지도 않았으므로 표현되면 될수록 점점 더 많이 드러날 것이고 반대로 더 이상 표현되지 않는다면 아마 중도에 사라질 것이다. 마치 글로 표현하기 전에는 작가라 하더라도 주인공의 삶에 대해 한 치 앞도 알 수 없는 것처럼, 표현을 거치지 않고는 자기가 어떤 존재인지 또 어떤 존재로 생성될지 알 수 없다는 점에서 자기표현은 이중으로 창조적이다. 이처럼 표현주의적 자아 탐구는 사전에 정해져 있는 선재적 자아를 '나'의 모범 답안으로 상정하기보다 표현을 통해 지속적으로 자아를 발견하고 알아가는 창조적인 방식으로 "나는 누구인가"라는 질문에 답하려고 한다.

나는 누구인가 하는 물음은 장 자크 루소가 그의 동시대와 후대 사람들에게 요구한 정치적, 윤리적 각성의 출발점이기도 했다. 그는 문명이 발전하면서 반대로 도덕이 타락한 아이러니를 관찰하면서 위선이 삶의 조건이 되었음을 개탄한다. (……) 그는 만년에 『고백』을 저술하여 진정한, 독특한 개인이 되기 위한 자기 성찰이 어떤 것인가를 몸소 보여주기도 했다. 그러나 진정성을 추구한다는 것은 개인 각자가 내면 속으로 들어가 어떤 자아를 마치 잊었던 물건을 찾아내듯 발견하고 그것과 일치를 꾀하는 것이 아니다. 진정한 자아는 그것을 추구하려는 노력 속에, 다시 말해, 현재의 자아를 부정하고 초월하려는 노력 속에 존재한다. 장 스타로뱅스키는 『장 자크 루소 투명성과 장애』에서 "진정성의 법칙은 작가가 어떤 불변의 과거 속에서 '진짜 자아'를 찾아내기를 포기하고 그 대신에 글쓰기를 통해 하나의 자아를 창조하려는 것을 참아주며, 심지어는 요구한다"고 쓰고 있다.[165]

표현주의적 자아 혹은 표현주의적 자아 탐구의 좋은 실례를 찾기 위해 우리는 다시 한 번 루소를 불러내고자 한다. 도구적 이성을 앞세워 인간의 삶을 식민화하는 문명의 역설을 비판한 루소는 한 걸음 더 나아가 그 문명의 철망 안에서 상실한 진정한 자아, 진짜 자기를 되찾기 위한 자기 성찰과 자아 탐구 분야에서도 선구적인 업적을 남긴 바 있다. 이와 관련하여 자연으로 돌아가라는 유명한 슬로건과 함께 문명에 의해 빼앗긴 자연 본성을 회복함으로써 진정한 자기를 되찾는 것으로 요약되는 루소의 이미지는 대중적으로 널리 알려져 있다. 그러나 인용에도 잘 설명되어 있듯, 루소에게 진짜 자기는 마치 잊었던(또는 잃었던) 소중한 물건을 안속 깊숙한 곳 어딘가에서 찾아내듯 그렇게 찾아지는 것이 아니다. 진짜 자기란 문명의 외피에 덮이고 가려진 채 어딘가에서 발견되기를 기다리는 보물 같은 것이 아니라는 뜻이다.

루소는 자기가 누구이고 어떤 사람인지 명확히 제시하기 위해 자기 삶에 관한 꾸밈없는 사실을 이야기하고 싶어 한다. (······)

진실보다 감정이 더 중요하다는 발상은 객관적 사실의 발견보다 개인의 감정과 신념에 주목하게 만들었다는 점에서 진정한 자신 찾기에 숙명적인 전환점을 제공했다. 그와 함께 '나는 누구냐?' 하는 질문에 대한 해답 찾기도 일종의 창조 행위로 변모했다. 문명의 껍질을 깎아내 중심부에 자리한 자연스러운 자아라는 단단한 핵에 도달하는 방식으로는 진정한 자기를 찾을 수 없다. 자아는 양파를 닮아서, 심이 아예 없으니 중앙에 '자연스러운 자아'가 있을 리 없다. 그래서 진정성은 내면의 가장 깊은 감정을 통해 경험을 걸러내고 삶을 끊임없이 재해석해서 각자의 고유한 스토리를 찾아내는 지속적인 과정으로 재정의된다.[166]

자아란, 좀 더 비근한 이미지로는 양파를 닮은 어떤 것이다. 진짜 자기를 찾는 일을 전설과 동화에서 자주 보던 성배나 보물찾기 같은 것으로 여길 때, 인용에 묘사된 것처럼 문명의 외피를 걷어내고 안으로 파고들어가다 보면 '자연스러운 자아'라는 목표물에 도달할 것이라고 예상하기 쉽다. 하지만 자아는 양파와도 같아서 아무리 겉껍질을 벗겨도 본래의 자연스러운 진짜 자아 같은 것이 드러나지는 않는다. 겹겹의 외피에 싸여 안속 깊숙이 감추어져 있을 것이라는 예상과 다르다면, 대체 자아는 어디 있을까? 그런 자아라면 없다. 사전에 정해진, 원래부터 존재하는 선재적 자아 같은 것 말이다. 그러므로 "나는 누구인가"라는 질문의 답을 위해 자기를 찾는 일은 일종의 창조적 작업이다. 그것은 표현이 창조적이라고 언급했던 맥락과 동궤에 있다.

　사전에 정해져 있는 선재적 자아를 복제하는 것이 아니라는 점에서 자기표현은 재현이 아니라 창조이며, 이는 말과 행동을 통해 자기를 표현함으로써 자기를 창조한다는 뜻이기도 하다. 창조라는 말이 어떤 형상을 만들어낸다는 이미지와 묶여 마치 고정된 실체적 존재를 산출한다는 오해를 낳을지도 모른다는 점을 감안하면, '나 자신을 창조한다'는 말은 '나 자신이 된다'는 말로 바꿔도 좋을 것이다.[167] 바로 위에서 보물찾기하듯 진짜 자기를 찾으려는 이야기를 동화 같다고 깎아내렸지만, 자기를 찾는 것이 곧 자기 자신이 되는 창조적 과정이라는 점을 잘 보여주는 적절한 사례를 바로 『오즈의 마법사』라는 동화에서 찾을 수 있다는 점은 아이러니가 아닐 수 없다.

　『오즈의 마법사』에서 그려지는 낯선 땅에서의 모험은 진짜 자기를 찾는 여행을 의미한다. 서커스 공연에서 열기구를 타고 비행하던 중 알 수 없는 곳에 불시착해 어쩌다 마법사로 알려지게 된, 표제에 등장하는 오즈라는 인물부터 이미 "나는 누구인가"라는 질문과 강하게 결부되어 있다. 일개 서커스 단원일 뿐이지만 위대한 마법사로 오해받는 오즈는 '그렇게 보이는 것'과 '진짜 그러한 것' 곧 외양(appearance)과 실재(reality)

사이의 불일치를 상징하는 인물이다. 도로시 일행을 만나는 자리에서 오즈가 커다란 머리, 아름다운 선녀, 무서운 괴물, 불타는 공 등으로 끊임없이 외모를 바꿔 등장하는 장면 역시 외양과 실재 간의 괴리를 동화적으로 상연하고 있다. 에메랄드로 만들어졌다고 소문난 오즈의 에메랄드 시티가 사실은 시민들에게 의무적으로 초록색 색안경을 쓰게 했기 때문에 모든 것이 에메랄드빛으로 보일 뿐이라는 설정도 외양과 실재의 다름을 동화적으로 드러내고 있음은 물론이다. 이처럼 외양과 실재 사이의 불일치 속에서 살고 있는 오즈는 "진짜 나는 누구인가"라는 당면 과제를 피할 수 없다.

　이야기 속 주인공들인 허수아비와 양철 나무꾼과 겁쟁이 사자 역시 겉모습과 실재의 괴리 때문에 고민하다가 진짜 자기를 찾고자 도로시와 함께 여행에 동참하게 된다. 그들은 진정한 자기가 되기 위해 반드시 필요한 뇌와 심장과 용기를 에메랄드 시티의 위대한 마법사 오즈가 선사할 것이라고 굳게 믿고 있다. 허수아비와 나무꾼과 사자가 인정하듯 오즈의 마법사는 사기꾼일지언정 꽤 좋은 사람인데,[168] 왜냐하면 그들이 원하는 대로 핀과 바늘을 섞은 가짜 뇌와 비단을 꿰맨 가짜 심장과 물약을 탄 가짜 용기를 주었기 때문이다. 이런 잡동사니들이 제대로 작동할 리 만무하지만, 어떤 면에서는 적절한 위약이기도 하다. 허수아비와 나무꾼과 사자뿐 아니라, 앞서 언급한 대로 적지 않은 사람들 역시 진짜 자기라는 보물이 어딘가 깊숙이 숨겨져 있을 것이라고 당연시한다는 점에서라면 말이다. 이때 뇌와 심장과 용기는 진정한 존재의 중핵 같은 것으로, '나' 자신이 되거나 '나' 자신을 찾으려 할 때 없어서는 안 되는 필수 불가결한 요소로 간주된다. 물론 실제로는 그렇지 않아서, 뇌와 심장, 용기 같은 실재를 소유하지 못해 오즈의 마법사에게서 주술적 해결책을 기대했던 허수아비와 나무꾼과 사자는 그런 것 없이도 어느새 영리하고 다정하고 용감한 진정한 자기 존재가 되어 있다. 뇌나 심장이나 용기를 얻을 생각에 멀고 험한 여행을 시작한 그들은 마법사를 만나러 가는 길 위에서 매일매일 새롭게 배우려 하고, 작은 일에도 다정하게 행동하려 하고, 두렵지만 위험에 맞서려 하는 노력을 통해 어느새 각자가 원하던 진정한 자신의 정체성을 성취한 것이다. 다시 말해, 사전에 정해진 실체와 무관하게 스스로를 만들어낸 것이다.

허수아비와 나무꾼과 사자의 진정한 자기 정체성이 바로 그들 자신의 행위에 의해 만들어질 수 있었던 것은 동화 속 사건이긴 하나, 쉽게 넘어갈 만한 문제는 아니다. 영리하거나 다정하거나 용감한 사람이 영리하고 다정하고 용감하게 행동하는 것은 지극히 당연해서 두말할 필요도 없다. 영리하고 다정하고 용감한데 그렇게 행동하지 못하는 것도 안타깝긴 하지만 언젠가 행동으로 옮길 때가 있으리라 헤아릴 수 있다. 그런데 영리하거나 다정하거나 용감하지 않은 이들이 그렇게 행동하는 것은 어떻게 이해해야 할까? 영리하고 다정하고 용감한 사람인지 아닌지를 어떻게 미리 알 수 있느냐고 반문할 수 있지만, 적어도 근대 이전에는 이런 자질들이 타고난 본성처럼 사전에 정해져 있다고 보는 것이 일반적이었다. 트릴링의 설명을 잠시 참고하면, 사람들이 타고난 계급에 전적으로 귀속되었던 전시대에는 거의 발생하지 않던 외양과 실재의 불일치가 사회적 이동성이 증대되면서 중세에서 근대로의 이행기 유럽에서 점점 심각한 사회 문제로 대두되었다고 한다. 중세에는 사자는 사자답게, 여우는 여우답게 사는 것이 마땅하다는 관점이 인간에게도 동일하게 적용되었지만, 16세기 말 17세기 초를 기점으로 이러한 선험적 질서에 균열이 노정되고 이를 틈타 타고난 것 이상을 추구하려는 악한들이 연극과 소설의 주인공으로 등장했다는 것이다.[169]

사자로 태어나지 않았지만, 가령 여우로 태어났지만 사자처럼 행동하려는 이들에게 타고난 한계를 극복하고 진정한 자기를 실현했다는 칭찬 대신 악당이나 사기꾼이라는 비난을 가하는 것은 그들의 행동을 선험적으로 결정된 실재를 배신하고 속이는 것으로 판단했기 때문이다. 자신의 내적 실재가 그대로 드러난 것이 아니라 단지 그런 척 가장한 것에 불과하다는 점에서 여우의 사자 행세가 탄로 나는 것은 시간문제일 것이다. 이처럼 타고난 자기 정체성을 속이려는 시도에 대한 폭로는 이솝 우화 시절부터 여우뿐 아니라 당나귀나 까마귀 등의 동물 이미지를 통해 자주 반복되어왔는데, 여기서 우리는 전통적인 질서 안에서는 태어날 때부터 주어진 자기 자리를 지키는 것이 무엇보다 중시되었다는 사실을 새삼 확인할 수 있다. 이럴 때 『오즈의 마법사』에서 뇌와 심장과 용기라는 내적 실재를 소유하지 못한 허수아비와 양철 나무꾼과 겁쟁이 사자가 영리하고 다정하고 용감한 존재가 되어가는 것 역시 누군가의 눈에는 조화로운 우주적 질서에 대한 도전으로 비쳤을 것이다. 사자는 약간 사정이 다르지만, 누가 봐도 머리가 빈 허수아비와 심장이 없는 양철 나무꾼이 영리하고 다정한 듯 행동한다면, 실재와 다른 자기를 거짓으로 가장했다는 의혹에서 자유롭기 어렵다.

그런데 안팎의 내면과 겉모습이 일호의 오차도 없이 일치되었(다고 믿어지)던 시대의 종언과 함께 허수아비와 양철 나무꾼과 겁쟁이 사자도 새로운 가능성을 얻는다. 그 가능성은 오즈의 마법사에게 먼저 주어진 바 있다. 한적한 동네의 서커스 단원이었을 뿐인데 단지 이름이 같다는 이유만으로 위대한 마법사로 오해받게 된 그가 지금까지 오즈의 통치자라는 자리를 지킬 수 있었던 것은, 동어 반복이긴 하지만 어찌됐든 위대한 마법사의 역할을 잘 수행한 덕분이다. 말하자면, 허수아비와 나무꾼과 사자 이전에 이미 오즈 자신이 스스로를 실재(서커스 단원)와 다른 존재(위대한 마법사)인 척 가장했던 행동의 성공 사례였던 것이다. 『오즈의 마법사』의 전사(前史), 곧 도로시 일행이 서사에 등장하기 전 오즈가 위대한 마법사가 되어가는 과정에 관한 이야기는 상상만으로도 상당히 흥미롭다. 낯선 곳에 도착한 떠돌이 오즈가 위대한 마법사라는 소문이 돈다. 그가 진짜 마법사인지 아닌지는 나쁜 마녀를 물리치는 임무를 수행하는 것으로 증명될 터인데, 물론 실제로 마법사가 아니라는 사실은 누구보다 그 자신이 가장 잘 알고 있다. 그럼에도 불구하고 마녀를 물리치고 마법사임을 증명했다면, 그는 진짜 마법사인가 아닌가? 이런 줄거리의 프리퀄(prequel) 영화가 「오즈 그레이트 앤드 파워풀」이라는 제목으로 만들어진 적이 있지만, 흥행에 성공하지는 못했다고 한다. 그래도 서사적으로 좋은 예시라는 점은 부정할 수 없다.

이렇게 떠돌이 방랑자에서 왕이 되었지만 오즈를 여전히 사기꾼이라고 백안시할 수도 있고, 반대로 타고난 속성에 귀속되지 않고 새로운 자기를 실현한 모범 사례로 볼 수도 있다. 아무튼 사기꾼이라 할지라도 적어도 성공한 사기꾼이라는 점에서는 실재와 외양 간의 일치를 확신하던 전통적 관점으로부터의 일탈을 어느 정도 허용하지 않을 수 없다. 특히 허수아비와 나무꾼과 사자의 서사를 염두에 둔다면, 오즈의 성공 역시 자기실현으로 의미화하는 쪽에 더 무게가 실린다. 또 하나 눈에 띄는 특징은 사기꾼으로서의 오즈가 다른 사람들도 속였지만, 가장 많이 그리고 가장 훌륭하게 속인 대상은 다름 아닌 바로 자기 자신이라는 사실이다. 자기가 마법사가 아닌 것을 어느 누구보다 잘 알고 있었지만 결국 완벽하게 마법사가 되었다는 점에서 말이다. 이처럼 속이는 대상이 타인이 아니라 자기 자신이라는 것, 그것이 바로 실재와 외양의 불일치에 대한 현대적 전환점이다. 이 문제는 진지한 철학적 주제이기도 하지만, 이제는 고전이 된 영화 「카게무샤」나 「블레이드 러너」 등을 통해 익숙해진 대중적 주제이기도 하다.

  오즈는, 또 허수아비와 나무꾼과 사자도 역시, 내적 실재로서 선재하는 자기를 그대로 반복 '재현'하는 것이 아니라 창조적으로 자기를 '표현'하고 있다. 다시 말하면, 사전에 정해진 자기의 모델을 그대로 따라서 '복제'하기보다 스스로의 말과 행동을 통해 위대한 마법사 혹은 영리하고 다정하고 용감한 인물로서의 자기 자신을 '창조'한 것이다. 그런데 아무리 현대적 관점을 취한다 해도 표현(express)이라는 말에 내포된 '밖으로 내보이다'라는 뜻을 아예 바꾸기는 어려우며, 이 때문에 표현해야 할 '안'이 선험적으로 존재한다는 오해에서 벗어나기 어려운 것 또한 사실이다. 앞서 인용한 가라타니 고진의 말대로 표현해야 할 자기가 표현에 앞서 존재한다는 선입견이 마치 자명한 것처럼 받아들여지는 상황을 뒤집는 것이 급선무라면, '표현'을 다른 어휘로 대체하는 것도 생각해 볼 만한 일이다. 물론 새로운 착상은 아니고, 이미 어빙 고프만이 자신의 책(*The Presentation of Self in Everyday Life*) 표제로 자기 '표현(expression)' 대신 자기 '보여주기(presentation)'라는 용어를 쓴 바 있다. 저자가 연극적 관점을 활용한다고 명시하기도 했거니와 이 부분은 번역될 때 '연출'로 옮겨졌는데, 이는 자기를 보여주는 것이 결국 자기를 연기한다는 의미임을 잘 알려준다. 말을 바꿔 우리가 연기할 배역(역할)을 가면에 비유한다면, 가면이야말로 우리의 참 자아, 우리가 되고 싶어 하는 자아라는 뜻이 된다.[170]

근대적 자아 탐구의 선구자로 여러 차례 언급되었던 루소가 진짜 자기를 찾으라는 말 대신 진짜 배역을 연기하라는 알쏭달쏭한 말을 남겼다고 앞선 장에서 인용한 바 있다. '투명성과 장애물'이라는 유명한 표제처럼 루소가 누구보다 투명성을 강조한 것은 사실이지만 동시에 투명성을 가로막는 장애물이 상존함을 부정하지 않았다는 점을 감안한다면,[171] 진짜 자기라는 실재가 투명하게 재현되리라고 기대하기는 어렵다. 그렇다면 모든 행동은 결국 연기라고 봐야 할 것이다. 실재의 재현이라는 전통적 기준을 넉넉히 만족시키는 경우란 거의 불가능할 것이라는 점에서 말이다. 고프만의 연구에 영향을 받은 앨리 혹실드는 "우리는 모두 어느 정도 연기를 하면서 산다"고 언급하고, 그렇다면 '나'와 내가 짓는 표정 간의 괴리를 어떻게 받아들일 것이냐고 질문하면서 니체의 다음과 같은 말을 인용한다. "친절이라는 가면을 항상 쓰고 있는 사람은 결국 친절의 표현을 가장할 필요도 없이 자신의 성미를 친근하게 만들 힘을 갖게 되고, 마침내 그 친절한 성미가 그 사람을 지배하게 된다. 그 사람은 자비로운 사람이 된다."[172] 나와 나의 표정, 곧 나와 가면 사이의 괴리란 전통적인 기준에서는 위선의 증거겠으나 현대적 관점에서는 역시 알쏭달쏭한 문제가 아닐 수 없다. 내가 곧 가면이고 배역이고 연기이기 때문이다.

수행적
감정

—

바로 앞 장에서 우리는 선재하는 것의 복제라는 의미의 '재현'에서 동일한 것의 반복이 아닌 창조적 작업을 뜻하는 '표현'으로, 다시 보여주기라는 의미에서의 '연기'로 화제를 옮겨왔다. 이러한 과정의 종착지로서 '수행성'을 덧붙일 수 있을 것이다. 주지하다시피 수행성 개념은 존 오스틴에 의해 본격적으로 알려졌으며, 주디스 버틀러 역시 또 하나의 중요한 참조점으로 받아들여져왔다. 버틀러에 의하면, 수행성이란 '극적인 것'과 '비지시적인 것'이라는 이중의 의미를 지닌 것으로 규정된다.

수행적 행위는 이미 주어진 것, 내적인 것, 실체, 심지어는 그 행위가 외부로 표현한 것과도 연관되지 않는다는 점에서 '비지시적'이다. 말하자면 외부로 표현 가능한, 고정적이고 불변하는 정체성은 없다. 이런 의미에서 표현성(Expressivität)이란 수행성(Performativität)과 대립 관계에 있다. 수행적인 육체의 행위는 이미 주어진 정체성을 표현하는 것이 아니라, 오히려 정체성 그 자체의 의미를 만들어낸다. (……) 육체적 행위들이 육체를 개인적이고 성적이며 인종적, 문화적으로 만들고 그러한 것으로 드러나게 한다. 정체성은—육체적, 사회적 현실로서—바로 수행적 행위에 의해 서서히 구성된다. 버틀러에게 '수행'의 의미는 오스틴이 말한 '현실 구성적'이며 '자기 지시적'인 것과 결국 같은 것이다.[173]

위에서는 표현이 재현과 거의 동일한 의미로 쓰이고 있다는 점에 주의하자. 이로부터 사전에 주어진 내적 실체의 재현을 의미하는 '표현성' 및 이와 대립 관계에 있는 '수행성'이 규정된다. 비지시적이면서 극적인 수행성, 곧 비재현적으로 보여주는 행위로서의 수행성은 고정불변의 내적 정체성을 반복 복제하는 것이 아니라 스스로 정체성 자체를 창조한다. 이처럼 자기 정체성을 구성하는 육체적 행위에 관한 것이라는 점에서 버틀러의 수행성은 언어적 행위에 관한 오스틴의 수행성과는 다소 거리가 있어 보이지만, '현실 구성적'이자 '자기 지시적'이라는 점에서는 결국 동궤에서 이해 가능하다.

〔오스틴의〕발견이란 바로 언어가 사실 관계를 묘사하거나 한 가지 사실을 주장할 뿐 아니라 행위를 이행하기도 한다는 것이다. 그러니까 언어는 참과 거짓을 표현할 뿐 아니라 수행적 기능도 수행한다. (……) 그들은 이 문장을 통해 이미 존재하는 사실 관계를 묘사한 것이 아니라—따라서 이 문장은 '참' 또는 '거짓'으로 분류할 수 없다—새로운 사실 관계를 창출한 것이다. 바로 그 순간부터 그 배는 '퀸 엘리자베스'라는 이름으로 불리고, 신랑과 신부는 부부가 된다. 이 문장의 발화가 세계를 변화시킨 것이다. 이 문장은 어떤 사실에 대해 말할 뿐 아니라 말하는 대상에 대해 행위한다. 다시 말해, 이 문장은 발화된 행위 자체를 의미한다는 점에서 자기 지시적이며, 이 문장이 말하는 사회적 현실을 구성한다는 점에서 현실 구성적이다.[174]

오스틴의 수행성은 언어적 행위(화행)의 특징을 설명하기 위한 개념으로, 간단히 말하면 참 거짓 판정이 가능한 사실 관계를 기술하는 일반적(진위적) 발화 외에 수행적 기능을 하는 발화가 존재한다는 것이다. "나는 학교에 간다" 같은 문장은 발화와는 무관한 '가다'라는 행위를 지시하며 사실과의 대조를 통해 진위 판단이 가능한 반면, "이 배를 퀸 엘리자베스로 명명한다"나 "이 두 사람은 부부임을 선언한다"처럼 널리 알려진 수행적 문장들은 발화 외부에 독립적으로 존재하는 사실 관계를 지시하는 것이 아니라 '명명'이나 '선언' 같은 발화된 행위 자체를 지시한다는 점에서 비지시적이자 자기 지시적이다. 또한, 이 발화에 의해 어떤 배가 퀸 엘리자베스로 불리고 어떤 남녀가 부부가 된다는 점에서 그것은 현실을 변화시키며 따라서 현실 구성적이다. 오스틴과 버틀러의 논의를 종합함으로써 결론적으로 우리는 수행문을 비지시적인 동시에 현실 구성적인 표현으로 규정할 수 있다.

꽤 먼 거리를 우회한 셈인데, 지금까지 우리가 표현, 연기, 수행성 등에 대해 살펴본 이유는 물론 이 책의 주제인 감정과의 밀접한 관련성 때문이다. 자주 거론했던 자기표현을 한 번 더 예로 들어보자. 선재적 실재로서의 자기를 반복 재현하는 것이 아니라 사전에 정해지지 않은 자기를 창조하는 행위라는 점에 자기표현의 핵심적 특징이 있거니와, 이때 자기표현은 또한 자기 배역을 위한 연기이자 자기를 구성하는 수행적 행위로서의 측면을 드러낸다는 점에 대해서도 함께 알아보았다. 이쯤에서 자기표현 중 가장 쉽게 예상할 수 있는 예시가 바로 사랑이나 행복, 슬픔이나 공포 같은 감정의 표현이라는 화제로 넘어갈 수 있다.

우리는 이 책의 첫 장에서 신경 세포나 신경 전달 물질을 과학적으로 관찰함으로써 감정이 무엇인지, 더 나아가 '감정 자체'가 무엇인지에 대한 답을 구하려는 객관적이고 객체적인 연구 동향을 살펴보았다. 그 과정에서 엿본 감정의 실재(혹은 실체)에 관한 과학적 성과가 놀랄 만한 수준에 이른 것은 부정할 수 없는 사실이지만, 또한 앞에서 지적했듯 마치 밝은 가로등 밑에서만 열쇠를 찾으려는 것처럼 과학적 증명만을 맹목적으로 추종한다면 객체적으로 검증되기 어려운 음영 부분을 아무렇지 않게 무시하는 결과를 초래하리라는 것 역시 불을 보듯 뻔한 사실이다. 실재론에 입각한 과학의 울타리 안에 갇힐 때 필연적으로 동반되는 한계에 대해 지금까지 여러 방면에서, 여러 방식으로 설명하지 않은 것은 아니나 표현과 연기와 그리고 수행성의 관점에서 한 번 더 살펴보기로 하자.

사람은 때때로 자신의 감정을 한두 개의 구절로 특징지으려 한다. 그런 시도는 그 사람의 목표, 의도, 관계, 실천이 걸려 있는 노력인 동시에, 활성화된 생각 재료 스스로가 그 안에서 일정한 역할을 하는 노력이다. 결정적인 것은, 그 시도가 불가피하게 활성화된 그 생각 재료들에게 영향을 미치고, 더 나아가서 절차 기억들, 서술 기억들, 불활성 상태의 감각 입력들의 광대한 지대에 위치한 여타의 생각 재료까지 활성화시키고 변화시킨다는 것이다. (······) 예컨대 현재 상태가 혼란스럽기도 한 어떤 사람은 자신의 마음을 확인하기 위하여 "너를 사랑해"라고 말할 수 있다. 그 진술이 "진실"인지 "거짓"인지는, 그 발화가 그 사람에게 행사한 영향에서 확인된다. (……) 감정문은 지극히 다양한 효과를 미칠 수 있다. 우리는 그 효과들을 단순화하여, 발화된 감정의 확인, 부인, 강화, 약화로 분류할 수 있다. 감정문이 자아-탐색적으로 작동할 때, 그것은 주장된 상태를 확인하거나 부인해준다. 감정문이 자아-변경적으로 작동할 때, 그것은 주장된 상태를 강화하거나 약화시킨다.[175]

이미 몇 차례 인용했던 윌리엄 레디의 저서는 감정의 수행성이라는 주제를 본격적으로 검토한 대표적 사례로도 참고할 만하다. 위의 인용에서 보듯 인지과학적 관점에서 감정이란 활성화된 생각 재료(activated thought material)이다. 그런데 그 활성화 상태가 사전에 모두 정해져 있는 것은 아니므로, 이러한 '미결정성'으로 인해 감정 발화(emotional utterance)는 활성화된 생각 재료를 단순히 기술할 뿐 아니라 동시에 다른 생각 재료들의 활성화에도 여러 영향들을 미친다. 앞에서 우리는 사전에 정해진 선재된 메시지의 복제가 아닌 창조적 작업으로서의 표현에 대해 살펴본 바 있거니와, 이 관점을 좀 더 확장하면 감정을 표현하는 것은 곧 감정을 수행하는 것으로 이해할 수 있다. 가령, 사랑이라는 감정이 먼저 있고 그것이 말로 기술된다고 생각하기 쉽지만, "너를 사랑해"라는 감정 발화는 그보다 훨씬 더 많은 기능을 수행한다. 인용된 예시처럼 누군가가 미결정된 자기 마음을 확인하기 위해 "너를 사랑해"라고 말할 때, 그리하여 이미 존재하는 사랑의 감정을 단순히 기술하는 것이 아니라 사랑인지 아닌지 혼란스러운 마음을 사랑의 감정으로 확정하려 할 때, "너를 사랑해"라고 말하는 것은 감정을 기술하거나 재현하는 것이 아니라 감정을 표현하고 또 수행하는 것이다. 뒤에서 다시 언급하겠지만, 감정은 수행됨으로써 생겨나고 만들어진다.

레디는 버트런드 러셀의 전기에서 용케 다음과 같은 적절한 구절을 찾아 인용하고 있다. "나는 내가 당신에게 사랑한다고 말하는 것을 들을 때까지 내가 당신을 사랑하는지 몰랐어요. 그 말을 하는 순간 나는 생각했지요. 헉, 내가 무슨 말을 한 거지? 그때 나는 그것이 진실이라는 것을 알았습니다."[176] 물론 그 반대도 있을 수 있다. "너를 사랑해"라고 말함으로써 사랑하지 않는다는 사실을 깨닫는 경우 말이다. 이처럼 감정 발화는 자아 탐색적(self-exploring) 차원에서 감정을 확인하거나 부인하는 기능을 수행할 수도 있고, 또 자아 변경적(self-altering) 차원에서 감정을 강화하거나 약화하는 기능을 수행할 수도 있다. 이럴 때 감정 발화는 사실 관계에 의해 참 거짓을 판정할 수 있(다고 간주되)는 일반적 발화와 달리 수행적 발화의 속성을 공유한다. 좀 더 살펴보자.

1인칭 현재 시제 감정문의 그 놀라운 특징을 보면, 그런 발화를 일종의 화행으로, 그것도 기술적이지도 않고 수행적이지도 않은 화행으로 지칭하는 것이 옳다. 나는 그러한 발화를 "이모티브(emotive)"로 칭하고자 한다. (……) 이모티브는 언뜻 외부에 준거점을 갖는 것으로, 따라서 기술적인 발화로, 오스틴의 표현을 사용하자면 "진위문"으로 보인다. 그러나 보다 면밀히 살펴보면, 이모티브가 지시하는 것으로 보이는 "그 외부적인 지시 대상"이 이모티브의 작성에서 수동적이지 않다는 점이 드러난다. 이모티브는 변화 중인 상태 속의 발화 행동으로부터 출현한다. (……) 이모티브는 그것이 "지시"하는 것으로부터 영향을 받는 동시에, 그 지시물을 변화시킨다. 따라서 이모티브는 수행문과 유사하다. 세계에 무엇인가를 행하기 때문이다. 이모티브는 감정을 직접적으로 변화시키기 위한 도구요, 감정을 구축하고 숨기고 강화하기 위한 도구이다.[177]

감정 발화가 수행적 기능을 발휘한다는 점을 적극적으로 해석하면, 위와 같이 1인칭 현재시제 형태의 자기감정 발화를 '진위문(constative)'이나 '수행문(performative)'과 다른, 제3의 '감정문(emotive)'으로 범주화하는 것도 가능할 것이다. 이때 감정문은 엄밀한 차원에서는 오스틴의 수행문과 구별되지만 대체로는 화행의 일종으로 간주된다. 외부의 지시 대상이 없다는 점에서 비지시적이며 세계에 대해 뭔가를 행하고 변화시킨다는 점에서 현실 구성적이라는 속성상 수행문과 매우 유사한 감정문은 따라서 수행문의 일종으로 분류해도 무방하다. 수행적 감정문은 감정을 변화시키고, 더 구체적으로는 감정을 구축하고 숨기고 강화하는 등, 감정에 관한 제반 기능들을 수행한다.

이처럼 수행성이라는 측면에서 접근할 때, 발화됨으로써 비로소 감정이 나타난다는 점에서 감정문은 감정을 재현하지 않고 표현한다. 사전에 존재하는 감정을 재현하는 경우면 몰라도 감정을 표현하는 발화에서라면 실재와의 일치나 상응에 의해 진리가 결정되는 실재론적 기준을 충족시키는 진위 판단은 원칙적으로 불가능하다. 이 점은 감정의 표현뿐 아니라 수행성 문제 전반에 있어 가장 논쟁적인 부분이 아닐 수 없다. 이 책의 첫 장에서도 언급했듯 상식의 세계에서 우리는 대체로 실재론적 진위 판단을 신뢰하며, 따라서 참 거짓을 묻는 질문은 어떤 대상의 의미나 가치를 판단하기 위한 가장 기본적인 시험으로 여겨왔기 때문이다. 이러하므로 자연적이고 도덕적인 것으로서 인간 본연의 고상하고 거룩한 것으로 높이 평가되어왔음에도 불구하고 진위 판단을 통과하기 어렵다는 이유로 자기만족을 위한 거짓에 지나지 않는다는 극단적 평가를 받기도 함으로써, 결론적으로 감정의 지위는 극에서 극으로 요동쳤던 것이다.

흔히 생각하는 것과 달리, 우리는 감정을 소유('having' an emotion)하고 있는 것이 아니라 감정을 수행('doing' an emotion)한다.[178] 다시 말해 상대방에게 "너를 사랑해"라고 고백하면서 비로소 사랑을 확인한 러셀만큼 극적이진 않더라도, 우리가 경험하는 사랑이라는 감정은 그 자체로 독립적으로 존재하는 것이 아니라 여러 수행적 행위와 함께 모습을 드러내는 것이다. 자기 정체성의 수행적 구성에 대한 고찰에서 버틀러가 육체적 행위를 강조한 데서도 엿볼 수 있듯, 감정에 관한 수행적 행위가 반드시 실제의 발화(화행)에만 국한되는 것은 아니다. 앞선 장에서 우리는 이미 '상상'이라는 이름을 통해 넓은 의미의 수행성을 살펴본 바 있다. 다시 한 번 『삼대』의 필순을 떠올리면, 덕기에 대한 사랑이라는 감정 역시 사전에 그녀 안에 존재했던 것이 아니라 상상하기를 비롯한 여러 수행적 행위와 함께 나타난 것으로 이해할 수 있다. 필순의 감정을 확인하고 강화할 뿐 아니라 마침내 감정을 만들고 변화시키는 기능을 수행하는 상상은 그녀의 내적 독백과도 연결되고, 또 그녀의 실제 행동과도 연결된다. 그리하여 필순은 병문안을 마치고 돌아와 밤새도록 상상하며 꼬리를 무는 애정 고민들에 대한 자문자답의 독백을 이어가기도 하고, 전전반측 일어나자마자 또 덕기를 만나려고 머리를 빗고 이마 앞을 정리하고 눈썹을 매만지며 미소를 짓기도 한다. 필순의 감정은 이런 크고 작은 수행적 행위들과 함께 생기고 나타나며, 이런 다양한 표현 행위들에 의해 확인되고 강화되고 만들어진다.

오스틴의 수행성 담론을 참조하면 감정에 관해서는 참인지 거짓인지를 묻는 것이 아니라 적절한지 부적절한지를 묻는 것이 타당하지만, 진위(眞僞)를 적부(適否)로 바꾸더라도 진실성이나 진정성이라는 기준을 완전히 배제하기란 어렵다.『삼대』에서 덕기에 대한 필순의 사랑이 적절한지 부적절한지를 판단하는 데는 논쟁적인 구석이 없지 않으나 그래도 필순의 사랑에 진실성이 부족하지 않다는 데는 많은 이들이 동의할 것이다. 이와 반대되는 경우도 있다. 감정의 수행성과 관련해 자주 언급되는 사례로 일종의 영업 전략으로서의 감정 표현이 있는데, 예컨대 잠재적 고객에 대한 자동차 딜러의 친절하고 직업적인 감정은 매우 적절하지만 진실하다고 판단하기는 어렵다. 이러한 전략적 감정에 생각이 미칠 때, 우리는 감정 관리(emotion management)라는 개념을 살펴볼 수 있다. 감정 관리란 수행성에 입각한 감정의 도구화로 규정된다.[179]

사람들은 종종 어떤 감정을 느끼려고 애쓴다고 말한다. 하지만 그게 어떻게 가능할까? 나는 감정이 우리 '안에' 내재되어 있는 것이 아니며, 통제를 위한 행위들에서 자유롭지도 못하다고 생각한다. 어떤 감정을 '유지하려는' 행위나 무언가를 느끼려고 '애쓰는' 행위는 모두 우리가 유지하려고 하는, 또는 관리하려고 하는 그것을 다른 형태의 감정 그 자체로 만드는 과정일 것이다. 감정을 관리하는 과정에서, 사람이 감정을 만들어내는 것이다. (……) 사람들이 무엇을 원하고 기대하는지 또는 무엇을 느껴야 한다고 생각하는지 감을 잡아보려고 애쓰는 것은 감정 그 자체만큼이나 별로 새로울 것이 없다. (……) 요즘 새로워진 것이라면, 점점 많은 사람들이 그동안 개인적인 목적에 따라 감정을 자유자재로 다루던 본능적 능력에 관련해서 의도적이고 적극적으로 감정에 관해 도구적 거리를 두고 있다는 점과, 대기업이 개인의 이런 거리 두기를 구성하고 조종한다는 것이다.[180]

지금까지 우리는 감정 수행이라는 주제에 관해 가령 a라는 감정이 A라는 행위 수행과 함께 나타난다는 측면에 주로 주목했다. 다시 말하면 굳이 감정을 객체화하지는 않았던 셈인데, 약간만 시선을 돌리면 A라는 행위가 a라는 감정을 만든다는 식의 설명이 불가능하지 않다는 점은 쉽게 알 수 있다. 그리하여 사랑이라는 감정이 애정 고백과 함께 나타난다는 진술은 사랑이 애정 고백에 의해 만들어진다는 진술과 혼동되고 혼용될 가능성이 매우 크다. 위에서 혹실드 역시 어떤 행동을 통해 감정을 느끼거나 유지하려 함으로써 해당 감정을 만들 수 있다는 점을 강조하고 있다. 이때 어떤 목적과 의도 아래 감정을 수행한다는 측면에서 감정 관리는 감정의 도구화라는 문제와 직결된다. 특히 혹실드는 비행기 승무원이나 간호사 등과의 인터뷰를 토대로 감정의 상업화, 곧 이윤 추구를 위해 감정을 사고파는 상품으로 간주하는 자본주의 문화에 일찍부터 주목해 감정 노동(emotional labor)이라는 개념을 선구적으로 제시한 바 있다. 자유로운 본능의 영역이 아니라 도구적 관점에서 감정에 접근하려는 경향이 점점 증대되며 이를 상업주의가 가속화시키고 있다는 주장은 현대 사회에 감정 노동이 만연해 있음을 여실히 드러낸다.

대중 매체를 통해 오늘날의 감정 노동자들에 흔히 나타나는 것으로 널리 알려진 '스마일 마스크 증후군'이라는 새로운 진단명은 직업상의 이유로 억지웃음을 지으며 외적 행동에 의해 내적 감정을 관리할 것을 요구받는 감정 노동의 이면을 직관적으로 폭로하고 있다. 이뿐 아니라 최근 감정 노동자 보호법이 시행되는 등 감정 노동은 첨예한 사회적 이슈로 자리매김했는데, 그 이유는 감정 노동이 감정 관리의 약한 부분, 곧 감정 관리의 실패가 낳은 문제들을 잘 보여주기 때문이다. 돈이나 경제적 이익(만)을 목적으로 한 감정 수행이 '진심'을 담기는 어려우며, 따라서 이때 감정 수행이나 감정 관리는 대체로 표면 행위(surface acting)에 그쳐[181] 자아와 감정 간에 괴리가 발생하고 그로 인해 고통을 겪는다는 문제가 쉽게 노출되는 것이다.

　이처럼 기쁨과 즐거움을 산출하기 위해 직업적인 웃음을 수행하는 감정 노동이 오늘날 우리 사회의 주요 문제 중 하나인 것은 사실이지만, 이것으로 감정 관리의 전모가 다 밝혀지는 것은 아니다. 혹실드에 따르면 감정 노동과 감정 관리는 수행적 감정의 도구화라는 측면을 공유하지만, 감정 노동이 상품으로서의 교환 가치를 중시하는 쪽이라면 감정 관리는 개인적인 맥락에서 사용 가치를 중시하는 것으로 구별된다.[182] 앞에서 우리는 『공산당 선언』의 한 구절을 통해 개인적 가치(worth)를 교환 가치 속에 녹여버리는 자본주의의 가공할 파괴력에 대한 경고를 접한 바 있다. 이때 녹아 없어지는 개인적 가치에는 사적 감정의 포함도 당연시되어, 그 결과 자본주의 교환 가치의 지배 아래 건설된 현금 거래적 세계는 감정이 소멸된 무정하고 차가운 공간으로 묘사되곤 했다. 그런데 감정 노동의 존재가 증명하듯, "사실과 계산의 인간"으로서 자와 저울의 유용성만을 고집하던 그래드그라인드들의 무정하고 냉혹한 세계가 최종적으로 감정의 영역까지 포섭하는 데 성공했다는 것은 충격적인 반전이다. 차가운 교환 가치의 세계에서 따뜻한 감정적 측면이 소멸될 것이라는 예상은 오히려 순진한 생각이었음이 밝혀진다. 『어려운 시절』에서 언명된 "숫자로 서술할 수 없거나 가장 싸게 사서 가장 비싸게 팔 수 있다고 증명할 수 없는 것은 존재하지 않는 것이고, 존재해서도 안 되는 것"이라는 원칙은 한편으로는 배제의 논리로 작용해 감정적 요소들을 억압하고 축출하지만, 다른 한편으로는 숫자로 바꿀 수 없고 교환 가치로 환원할 수 없다고 여겨지던 감정을 사고팔 수 있도록 식민화하는 논리로 작용하기도 했던 것이다.

감정 노동은 자연스럽게 넘쳐흐른다고 믿어지던 감정이 이윤 추구라는 목적 달성을 위한 행동 수행의 산물임을 증거하고 있다. 물론, 돈벌이를 위한 억지 행동 수행과 그에 따른 억지 감정이라는 위화감과 자괴감을 떨쳐버리기는 쉽지 않겠지만 말이다. 이처럼 이해관계에 종속된 감정 노동에서 수행적 감정이 교환 가치 추구를 위한 명시적 수단으로 사용되고 있는 것에 비하면, 감정 관리에서는 단일하게 환원되는 목적을 명시하는 것이 쉽지 않다. 혹실드에 의해 예시되는 감정 관리의 사례에는 졸업을 앞두고 시험을 치른 학생이나 친구가 아프다는 소식을 들은 청년, 어떤 남자를 소개받은 여자, 수련 과정 중에 있는 의대생 등 다양한 인물들이 등장하며, 물론 승무원도 등장한다. 이와 같이 다양한 인물들의 다양한 감정 수행이 망라된다는 것은 감정 관리가 특별한 활동이 아니라 지극히 범상한 활동이라는 사실을 암시한다. 과연 "때때로 어떤 느낌을 갖고 싶어서 애를 쓰기도 하고, 또 어떤 때에는 갖고 싶지 않은 감정을 막거나 약화시키려고 애를 쓴다"와 같이 예사롭게 설명되는 감정 관리란 일상적인 감정생활과 별로 다르지 않은 의미를 지닌다고 볼 수도 있다.[183] 그럼에도 불구하고 감정 관리라는 말에는 어떤 목적 달성을 위한 조절과 통제의 의미가 필연적으로 개입한다. 달리 말하면, 자연스럽거나 자동적인 감정의 표출처럼 보이는 일상적 감정생활의 이면에 실은 조금 더 복잡한 관리 시스템이 작동하고 있다는 뜻이다. 마음의 상처를 받지 않기 위해서, 주변의 비난을 피하기 위해서, 사회적으로 인정받기 위해서 등등, 일률적인 교환 가치로 환원될 수 없는, 대체적으로 불쾌를 줄이고 쾌를 늘리는 유익을 제공하면서 자아를 구성하는 다양한 사용 가치를 위해 감정은 일상적으로 관리되고 있다.

앞에서 우리는 수행적 감정에 관해서 진위가 아니라 적부를 묻는 것이 타당하다고 언급했다. 말하자면, 감정 관리를 통해 불쾌가 줄어든다면 그것으로 충분하다는 것이다. 시험을 망친 학생이 실망감이나 슬픔 혹은 수치심 같은 부정적 감정을 줄이거나 나아가 긍정적 감정으로 바꾸기 위해 별일 아니라는 듯 대응할 때처럼 말이다. 이런 관점은 감정 노동에도 적용 가능해, 원활한 거래나 계약에 도움에 된다면 그 웃음이 진짜인지 꾸민 것인지는 결정적인 문제가 되지 않는다고 생각해도 좋다. 물론 이 감정 노동이 자괴감을 낳고 불쾌를 증대시킨다면 문제는 달라진다. 이런 상황을 해결하거나 개선하려면 어떤 방법이 좋을까? 직업을 바꾸거나 일하는 방식을 바꾸는 것도 한 방법이겠고, 또 다음과 같은 방법도 가능할 것이다.

흥미롭게도 "이룰 때까지 이룬 척하라"라는 표현은 감정적 스핀을 거는 것일 수 있고, 따라서 표출적 심층 연기와 연계되어 있을 수 있다. 화장품 회사 메리케이의 창업자는 그녀의 책 『사람 관리에 대하여』에서 관리자들더러 노동자들에게 열정적으로 일하는 사람의 귀감이 되라는 충고를 하면서 이렇게 말한다. 일하러 가고 싶은 마음이 나지 않는 날, 관리자들은 "열정적으로 행하려고" 노력해야만 한다. "그러면 당신은 열성적이 될 것이다."[184]

감정 노동을 대표하는 업종인 화장품 회사를 창업한 사장이 관리자들에게 조언했다는 "열광적으로 행동하라. 그러면 열광적이 될 것이다(Act enthusiastic and you will become enthusiastic)"라는 메시지는, 아카데믹한 차원에서 준비된 것은 아니겠지만 수행적 감정을 위한 좋은 예문인 동시에 감정 노동의 부작용을 위한 좋은 처방이기도 하다. 감정 노동의 문제가 억지웃음과 내적 감정 사이의 괴리 때문에 발생하는 것이라면, 좋은 해결책 중 하나는 바로 더욱 열광적으로 웃는 것이다. 수행적 감정의 관점에서 볼 때 진짜 열광적으로 웃음을 수행한다면 기쁘고 즐거운 감정이 안 생길 리 없으며, 그렇다면 감정 노동이 야기한 감정의 괴리 역시 해소될 것이기 때문이다. '겉으로 그런 척'하는 표면 행위의 한계를 '진짜 그런 척'하는 내면 행위(deep acting)로 돌파하라는 것이다.[185] 이때 회사 사장이 관리자들에게 하위 노동자를 위한 열광적 감정의 모델이 되라고 조언했던 함의 역시 충분히 짐작할 수 있다. 기업 조직에서 성공을 거둬 관리자로 승진했다는 것은 이미 다른 경쟁자들보다 더 열광적으로 웃었고 앞으로도 그럴 준비가 되었음을 의미한다.

이 장면을 통해 우리는 감정 노동과 감정 관리의 관계를 보다 심층적으로 이해할 수 있다. 위에서 상품으로서의 교환 가치와 개인적 사용 가치 간의 차이를 구별한 바 있다. 간단히 말하면, 감정 노동은 돈벌이에 관한 것이고 감정 관리는 자기 정체성 형성에 관한 것이라는 의미이다. 그리하여 매장에서 억지웃음을 웃는 감정 노동이 단지 월급을 위한 것이라면, 이와 달리 시험을 망치고도 별일 아닌 듯 감정 관리를 하는 것은 '나'의 정체성 형성과 많든 적든 관련된다고 생각한다. 이런 감정 관리를 통해 '나'는 좀 더 대범한 자아를 형성할 수도 있다. 그런데 감정 노동을 하면서 억지웃음을 수행하다가 상심한 사람이 더 크게, 열광적으로 웃으려 한다면, 이 사례는 교환 가치와 사용 가치 중 어느 쪽에 관한 것이라고 봐야 적절한가? 이때의 감정 수행이 교환 가치와 전혀 무관하다고 볼 수는 없지만, 적어도 기존의 감정 노동의 동일한 반복으로 볼 수 없는 것 또한 사실이다. 기존의 웃음이 '나'와 괴리된 억지에 지나지 않았다면, 지금의 웃음은 그 이상이기 때문이다. 다시 말해, 기존의 '나'가 억지로 웃는 존재였다면, 지금의 '나'는 진짜 웃는 존재로 바뀌려는 것이며 결과적으로 정체성의 재구성을 목전에 두고 있는 것이다.

　모든 감정 노동의 사례에서 자기 정체성의 재구성이 발생하리라는 뜻은 아니다. 다만 도구적 수행성이라는 측면에서 볼 때 감정 노동과 감정 관리는 그 차이에도 불구하고 서로 동궤에 있으며, 정체성의 형성으로 연결되는 프로세스 역시 공통적으로 열려 있다는 말이다. 이 점은 이른바 자기 계발 담론을 참조할 때 좀 더 분명히 드러난다. 자기 계발 담론을 비판하는 것은 무척 쉽다. 자발적이고 능동적인 생활을 강조하는 것처럼 보이지만, 결국 각자도생의 극한 상황에서 파생된 자체 생존술로 그 의미가 굳어진 자기 계발 담론은 사회적 문제를 개인적 차원으로 환원해 고통의 사회적 원인을 오해하게 만드는 이데올로기로 작동한다고 비판받아 마땅하다.[186] 그런데 우리의 관심을 끄는 것은 실용적인 처세술이라는 전통적 측면에서든, 신자유주의적 호모 에코노미쿠스의 기업적 자기 경영이라는 업데이트된 측면에서든 결국 경제적 성공과 부(富)를 표방할 뿐인 주장에 굳이 '자기' 계발이라는 이름이 붙게 된 배후이다. 이런 질문에서 접근할 때 성공을 부르짖는 자기 계발 담론에서도 일말의 진실을 찾을 수 있으니, 부자가 되기 위해 가장 긴요한 것은 큰돈을 벌 수 있는 방법을 배우는 데 있기보다 부를 쌓기에 적합한 '나'가 되는 데 있다는 것이 바로 그 진실이다.

앞에서 언급된 "열광적으로 행동하라. 그러면 열광적이 될 것이다"라는 화장품 회사 창업자의 조언 및 그와 함께 인용된 "이룰 때까지 이룬 척하라(Fake it until you make it)"라는 격언이 자기 계발서 가운데 가장 최근에 세계적 베스트셀러가 되었던 『시크릿』에서 "이미 가진 것처럼 행동하라(Act as if you have it already)"라는 형태로 다시 등장한 것은 결코 우연이 아니다.[187] 스스로 무엇인 척, 누구인 척함으로써 현실에서 성공을 이룰 수 있을지 여부는 보증할 수 없지만, 그렇게 함으로써 적어도 어떤 존재가 될 수 있다는 주장은 꽤나 설득력이 있다. 결국 자기 계발 담론은 성공이 아니라 성공을 좇는 '나'를 산출하는 데 탁월한 능력을 발휘하는 셈이다. 『오즈의 마법사』 등을 보건대 스스로 무엇인 척함으로써 그런 존재가 되는 자기 서사를 거짓이라고 매도할 수 없으며, 이러한 수행성의 측면에서는 자기 계발 역시 자기 산출의 한 변형으로 봐도 좋을 것이다.

그럼에도 불구하고 자기 계발은 특정한 목적 달성에 종속된 자기 존재를 만든다는 점에서 도구적 수행성이라는 비판을 피하기 어렵다. 이와 관련해 수행성에 관한 하버마스의 관점을 참고하는 것도 도움이 될 것이다. 잘 알려져 있다시피 공론장이나 의사소통적 행위 등의 개념을 통해 화행을 주제화한 대표적 저자 중 하나인 하버마스는 지나치게 이상적인 언어 사용을 상정한다는 점에서 적지 않은 비판을 받기도 했다. 그에 따르면, 언어 수행은 단지 사실을 전달하는 데 그치지 않고 상호 이해를 지향하는 의사소통의 공간을 창출한다는 것이다. 오스틴에서 출발한 수행적 전회(performative turn) 이래 우리들 역시 언어가 사실 관계를 기술하는 이른바 진위문의 영역에만 갇혀 있지 않음을 잘 알고 있지만, 그 수행적 언어가 의사소통적 공론장을 창조할 것이라는 긍정적 가능성을 믿기보다 오히려 화자의 이해관계에 봉사하기 위해 '입안의 혀처럼' 유용하게 부려지는 도구로 전용될 부정적 가능성을 더 크게 본다는 점에서 사실상 하버마스와는 반대편에 서 있다.[188]

오스틴의 저서 제목(*How to Do Things with Words*)을 그대로 빌리면 수행적 발화란 말로 뭔가를 한다는 뜻이다. 이때 뭔가를 하면서 어떤 의도나 목적 달성을 염두에 둘 것이라고 간주하는 소위 목적론적, 도구적 관점은 매우 자연스러워 보인다.

어떤 목적을 달성하기 위해 뭔가를 한다는 점에서 우리의 행동은 목적 달성의 도구이며, 또한 목적 달성을 위해 흔히 전략화되기도 한다. 특히 모든 수행적 발화가 종국에는 명령이거나 권력 주장이라는 들뢰즈와 가타리, 부르디외의 결론은 이러한 도구적 측면을 극단으로 밀고 나간 경우일 것이다.[189] 보편적 가치나 의미에 대한 믿음이 약해질 대로 약해진 오늘날, 말과 행동이 주체의 의도와 목적 달성을 위한 도구로 쓰인다는 관점은 놀랍거나 과격하기는커녕 사실 그 자체로 받아들여진다.

여기서 우리가 하버마스로부터 참고할 수 있는 것은 오스틴의 발화수반적(illocutionary) 행위와 발화수단적(perlocutionary) 행위 개념을 빌려 '이해 지향적, 의사소통적' 행위와 '성공 지향적, 전략적' 행위를 구별하는 관점이다. 이에 따르면, 성공을 추구해 전략적으로 수행되고 마침내 명령과 강요로 귀결될 가능성이 큰 발화수단적 행위와 달리 발화수반적 행위는 목적론적, 도구적 성격을 띠지 않으며 그리하여 창조적이고 자유로울 것으로 기대할 수 있다. 여기서 다시 사랑에 관한 러셀의 예화를 떠올려보자. 사랑한다는 고백을 통해 자신의 감정을 확인하고 상대방과의 연애를 시작할 수 있다면, 이 고백이라는 수행적 발화가 큰일을 해낸 것은 틀림없다. 그런데 이 고백에 화자 러셀의 의도나 목적이 개입했을까? 그 여부를 확인하는 것은 쉽지 않은데, 의식을 넘어 무의식적 요소까지 고려한다면 더욱 그렇다. 앞에서 우리는 러셀의 고백에 의도나 목적이 개입했다고 보지 않았으며 따라서 발화수반적 행위로 보았지만, 그의 고백이 발화수단적일 가능성도 아예 없지는 않을 것이다. 아무튼 수행성에 접근함에 있어 발화수반적 측면과 발화수단적 측면, 혹은 창조적 측면과 도구적 측면을 함께 시야에 넣음으로써 우리는 보다 종합적인 관점에 이를 수 있다.

만약 사전에 계획된 의도나 목적이 전략적으로 개입했다면, 러셀은 연애에 능숙한 사람이거나 연애에 능숙하면서 그렇지 않은 척 연기하는 사람이거나 아무튼 자신의 욕망을 채우기 위해 상대방을 이용하고 착취하는 사기꾼이라고 해야 할 것이다. 이와 반대로 사전에 계획된 목적에 복무하기를 거부하는 수행성의 사례도 생각해볼 수 있다. 우리나라를 비롯해 여러 나라에서 영화화된 쇼데를로 드 라클로의 『위험한 관계』에서 내기에서 이길 목적으로 사랑에 빠진 척하며 투르벨 부인에게 접근했던 바람둥이 발몽 자작은 자신의 계획과 달리 진심으로 그녀를 사랑하게 된다. 이러한 도구적 수행성의 실패는 스스로도 몰랐던 진짜 자기에 대한 발견, 나아가 자기 창조로 이어질 것이다. 중일전쟁 발발 즈음 입학해 연극반 활동에 열심이던 한 대학생이 일본에 부역하는 민족 반역자를 암살하기 위해 의도적으로 접근했지만, 임무 수행 혹은 역할 연기가 예상치 못한 결과를 낳아 그로 인한 감정 변화에 혼란스러워하는 영화「색, 계」역시 유사한 서사를 보여준다.

하나 더 덧붙이자면, 『삼대』에서 사랑에 관한 필순의 상상과 표현은 대체로 발화수반적 행위로 볼 수 있을 것이다. 덕기에 관한 감정을 상상하고 표현하기 전까지는 스스로도 알지 못했다는 점에서 필순이 그와의 관계에 관해 특정한 의도나 목적을 갖고 있었다고 생각하기는 어렵기 때문이다. 이처럼 사전에는 알지 못했던 자기 정체성을 수행적 행위 이후에야 비로소 알게 되면서 자기를 발견하고 나아가 자기를 창조하는 데서 발화수반적 행위의 주요 특징을 찾을 수 있다. 이에 비하면 『탁류』의 초봉에게 보이는 '감상주의적' 감정 수행은 발화수단적 행위로 볼 여지가 많다.

"관리한다"는 것은 이미 알려진 목표와 관련되기 때문에 감정 관리 양식은 규범적인 목표를 둘러싸고 조직될 수밖에 없다. (……) 감정이라는 복잡한 생각 활성화는 목표와 이상의 변화를 향하기도 하고, 그 속의 긴장과 갈등을 드러내기도 한다. 따라서 관리가 파탄으로 치닫기도 하고, 새로운 관리 전략이 투입되기도 한다. 관리하는 자아도 관리의 지향점도 지속적으로 수정될 수 있는 것이다. (……) 이모티브가 수행하는 것에 대한 은유로는 "관리"보다 "항해"가 낫다. (……) 그 재배열은 종종 이모티브의 발화 내지 감정적 활성화가 예기치 못한 자기 변경 효과를 발휘하기 때문에 나타난다. "항해"는 높은 수준의 목표 변동을 포함하는 대단히 광범위한 감정적 변화들을 가리킨다.[190]

창조적 측면과 도구적 측면이라는 다소 모순된 두 얼굴을 동시에 살피는 것은 수행성을 이해하는 데 있어 이론적으로나 현실적으로 매우 중요하다. 이미 언급한 바와 같이 '이모티브(감정문)'를 고안했던 윌리엄 레디는 자기 책의 표제를 '감정 항해'로 정한 이유를 '감정 관리'와의 비교를 통해 설명하고 있는데, 이때 항해와 관리 역시 수행성의 두 측면과 결부되어 있다. 감정을 수행한다는 것, 곧 어떤 행위를 함으로써 감정을 확인하고 강화하거나 약화하고 만들거나 없앨 수 있다는 것을 지칭하기 위해서는 감정 관리라는 말이 적절하고 또 가장 널리 알려진 것도 사실이지만, 목표 달성을 위한 도구로서의 속성에서 자유로울 수 없다는 점이 감정 관리라는 용어의 결정적인 문제이다. 감정은 일방적으로 관리에 순응하지 않을 뿐더러 관리 자체도 일관성을 유지하지 않으므로, 짐작과 달리 감정의 관리는 일원적으로 이루어질 수도 없고 이루어지지도 않는다. 이 때문에 감정의 수행성에 관한 비유로는 관리보다 항해가 더 낫다는 것이다.

항해 역시 목적지에 이르기 위한 합목적적 행위지만, 항해를 위한 계획을 사전에 완벽하게 세울 수도, 또 사전 계획을 완벽하게 수행할 수도 없다는 것은 부정할 수 없는 사실이다. 이와 같은 미결정성은 모든 인간사에 공통됨에도 불구하고 우리는 그 사실을 종종 잊는다. 이런 점에서 바다라는 변화무쌍한 조건을 동반하는 항해라는 비유는 적절하다. 항해라는 비유는 근대적 자아의 형성 과정을 묘사하기 위해 짐멜이 사용했던 모험이라는 비유에도 비견할 만하다. 사전에 계획되거나 정해지지 않은 감정 수행을 통해 자기 정체성의 의미 있는 (재)구성을 산출하는 데서 감정 항해의 요체를 찾을 수 있거니와, 이러한 "예기치 못한 자기 변경 효과"는 곧 우연한 것에서 재빨리 자신의 것을 움켜쥐려는 모험으로서의 삶과 연결되는 것이다.[191]

감정 관리라는 말을 일상적으로 쓸 때 우리는 감정에 관한 목적론적, 도구적 관점 또한 당연시하게 된다. 감정 영역뿐 아니라 발화를 포함한 수행성 전반에 걸쳐 목적론적, 도구적 관점이 우세하다는 것 또한 사실이다. 그리하여 우리는 감정과 생각, 말과 행동 등 '나'에 관한 일체의 것을 관리할 수 있으며, 마침내 어떤 의도나 목적 달성을 위해 '나'를 만들어낼 것이다. 그런데 특정한 목표를 위한, 성공을 위한 자기 관리에 의해 수행되는 이러한 자기 산출도 창조라고 부를 수 있을까?

그 과정은 자기 창조보다 자기 암시(최면)나 자기 훈육이라고 부르는 편이 더 적절할 것처럼 보인다. 자기 암시와 훈육을 수행함으로써 성공을 좇는 '나'를 산출하는 자기 계발 담론에 대해서는 이미 앞에서 살펴본 바 있거니와, 여기에 덧붙여 오늘날 자기를 산출하는 또 하나의 주요한 목적론적, 도구적 경로로서 치료학적 담론을 꼽을 수 있다.

> 치료 내러티브는 특히 자서전 장르에 적합하며, 실제로 자서전 장르를 크게 바꾸어놓았다. 치료학적 자서전을 보면, 정체성의 발견과 표현은 고통의 경험에서, 그리고 이야기함으로써 얻게 되는 감정의 이해에서 비롯된다. 19세기 자서전 내러티브에서 흥미를 유발하는 요인이 "가난뱅이가 부자가 되었다"는 줄거리였다면 오늘날의 자서전은 완전히 반대되는 특징을 보여준다. 곧 오늘날의 자서전은 부와 명예를 누리는 중에도 닥쳐올 수 있는 정신적 번민을 다룬다. (……) 정신적 고통의 내러티브는 성공담 전기를 변형시켜 "미완"의 자아가 등장하는 전기, 고통이 정체성의 구성 요소가 되는 전기로 만든다. 요컨대 새로운 치료학적 자서전에서 성공은 이야기를 끌어가는 동력이 아니다. 오히려 이야기를 끌어가는 동력은 세속적 성공을 누리는 중에도 자아가 망가질 수 있다는 가능성 바로 그것이다.[192]

에바 일루즈에 의하면, 20세기 후반 급부상한 치료학적 서사(therapeutic narrative)는 고통을 동력으로 삼는다는 점에서 성공을 동력으로 전개되었던 자기 계발 서사의 맞은편에서 자아를 구성하는 또 다른 지배적 경향으로 자리 잡게 된다. 앞서 지적한 것처럼 자기 계발 서사가 성공을 좇는 '나'를 산출한다면, 치료학적 서사는 고통을 겪는 '나'를 만들어낸다. 고통에 대한 고백이나 토로의 끝에는 기나긴 괴로움에서 벗어나 내적 자아를 찾음으로써 자아를 실현하는 해피엔드의 목적지가 예정되어 있지만, 자기 계발 담론에서도 실제로 성공에 이를 수 있느냐 없느냐는 중요하지 않았듯, 치료학적 담론에서도 결말의 성패는 그다지 중요하지 않다. 중요한 것은 치료를 통해 자아를 수행하는 것(performing the self through therapy), 그 결과로서 고통을 중핵으로 하는 자기 정체성을 산출하는 것, 고통을 겪고 있는 '나'를 표현하고 보여주는 것, 그리하여 마침내 고통을 겪는 '나'가 되는 일련의 과정 자체에 있다.

일루즈의 책에는 낮에 TV를 틀면 어느 채널이나 울먹이는 남녀들로 가득하다는 한 법학자의 폭로가 인용되고 있다. 이는 비단 미국만의 현상은 아니다. 고통을 토로하고 고백함으로써 다시 말해 고통을 수행함으로써 자기를 발견하고 정체성을 찾는 일의 가치를 부정할 필요는 없지만, 이러한 자기 수행이 오늘날 일종의 상품으로 유통된다는 사실을 부정하기도 어렵다. 위의 인용에 언급된 치료학적 자서전의 모델로 꼽히는 책의 저자 오프라 윈프리는 없는 게 없는 것처럼 보이는 세속적 성공에도 불구하고 자기 자신을 찾지 못했다는 괴로움이 바로 자기 정체성의 핵심이었음을 고백한다. 이처럼 고통을 겪는 '나'를 수행하는 치료학적 담론은 성공을 향한 '나'를 수행하는 자기 계발 담론과 상반된 경향처럼 보이지만, 「오프라 윈프리 쇼」로 대표되는 토크쇼 등 방송 포맷을 주요 경로로 활용하여 정체성 수행을 상품으로 생산, 유통시킨다는 점에서는 자기 계발 담론만큼이나 상업화되고 산업화되었음을 인정하지 않을 수 없다.

자기를 수행하는 것이 하나의 산업이라면, 우리들 개개인의 수행이 산업의 거대한 목적에 복무하지 않기란 쉽지 않으며 또한 자유롭고 창조적인 가능성을 생각하는 것도 매우 어렵다. 그럼에도 불구하고 결국 의도된 목적 달성을 지향하는 전략적 행위로 귀결되고 말 것이라는 비관적 단정을 미루는 이유는 자기의 수행이 목적론적, 도구적 자장을 벗어나는 순간이 존재한다는 사실을 부정할 수 없기 때문이다. 의도되지도 전략적으로 계획되지도 않았던 자기 수행, 혹은 자기 발견, 자기 창조는 결코 포기할 수 없는 가능성이다.

『무정』의
감정 수행과 자기 발견,
자기 창조

—

이미 몇 차례 언급했던 『무정』을 중심으로 감정과 자기 정체성이 수행되는 장면들을 살펴보자. 미리 앞질러 말하건대, 한국문학사상 『무정』의 주인공 이형식만큼 감정에 관해 상상하고 표현하고 나아가 자기를 표현하는 수행적 행위를 일삼았던 인물도 다시없을 것이며, 그리하여 스스로 알지 못했던 자기를 발견하고 탐구하기를 멈추지 않았던 인물도 다시없을 것이다.

지금은 다소 완화되었지만 『무정』의 형식은 민족 계몽의 지도자나 교사를 대표하는 인물로 소개되곤 했다. 계몽주의로 묶이기 어려운 잔여가 검출되지 않았던 것은 아니다. 일찍이 김동인이 「춘원 연구」에서 "약하고 줏대 없는" 형식의 성격이 소설에서 추구되는 이상과 조화를 이루지 못했다는 점을 중대한 과오로 지적한 데서도 알 수 있듯,[193] 형식 안에서 계몽주의의 균열로 해석 가능한 내적 혼란이 묘사되는 장면은 곳곳에서 목도된다. 다만, 주인공은 정체성에 대한 회의와 불안을 극복하고 흔들리지 않는 항상적 토대로서의 자아를 추구해야 마땅하다는 명분이 어떻게든 그 분열을 봉합하고 혼란을 은폐하는 방향으로 완강한 영향력을 행사했을 것이다. 아무튼 이런 선입견에서 물러서서 『무정』을 읽으면 회의나 불안을 숨기지 않는 혼란스러운 주인공의 내면이 쉽게 눈에 들어온다.

형식은 여러 가지 생각을 한다. 우선 처음 만나서 어떻게 인사를 할까. 남자 남자 간에 하는 모양으로 '처음 보입니다. 저는 이형식이올시다' 이렇게 할까. 그러나 잠시라도 나는 가르치는 자요 저는 배우는 자라. 그러면 미상불 무슨 차별이 있지나 아니할까. 그것은 그러려니와 교수하는 방법은 어떻게나 할는지. 어제 김장로에게 그 부탁을 들은 뒤로 지금껏 생각하건마는 무슨 묘방이 아니 생긴다. 가운데 책상을 하나 놓고 거기 마주 앉아서 가르칠까. 그러면 입김과 입김이 서로 마주치렷다. 혹 저편 히사시가미가 내 이마에 스칠 때도 있으렷다. 책상 아래서 무릎과 무릎이 가만히 마주 닿기도 하렷다. 이렇게 생각하고 형식은 얼굴이 붉어지며 혼자 빙긋 웃었다. 아니아니! 그러다가 만일 마음으로라도 죄를 범하게 되면 어찌하게. (……) 형식은, 아뿔싸! 내가 어찌하여 이러한 생각을 하는가, 내 마음이 이렇게 약하던가 하면서 두 주먹을 불끈 쥐고 전신에 힘을 주어 이러한 약한 생각을 떼어버리려 하나, 가슴 속에는 이상하게 불길이 확확 일어난다.[194]

앞에서 인용한 바 있는 『무정』의 첫 장면을 다시 한 번 살펴 보자. 미국 유학 준비를 위해 개인 교수를 청한 김장로의 딸 선형과 첫 대면을 앞두고 있는 24세의 영어 교사 형식은, 나이 로는 이미 자식이 있는 『삼대』의 덕기보다도 연장으로, 당시 로는 결혼 적령기가 지났지만, 아직 독신인 데다 여자와 가까 이 교제해본 경험도 없어 여러 가지 생각으로 머릿속이 어지 럽다. 처음 만나서 어떻게 인사할까, 어떻게 가르칠까 등 실무 적인 문제를 고민하는 것 같지만 그 생각은 결국 형식 자신에 관한 질문으로 귀결되어 새로운 문젯거리를 낳는다. "내가 어 찌하여 이러한 생각을 하는가, 내 마음이 이렇게 약하던가"라 는 자탄(自歎)에서 보이듯, 형식이 받아든 문제는 자기가 어 떤 사람인가, 곧 "나는 누구인가"라는 새삼스러운 의문이다. 왜 새삼스럽냐 하면, 적어도 몇 년 전 동경 유학을 마치고 귀 국해 교사 생활을 시작한 이래로 그는 자신의 정체성을 정립 하고 유지하는 데 매우 자각적이고 충실한 삶을 살아왔기 때 문이다. 요컨대, 그는 어느 누구보다 스스로를 잘 알고 있다 (고 확신한다).

남들은 기생집 가고 술 먹고 바둑 두는 동안, 서구 유명 사상가들의 저작 읽기를 벗 삼아 온 형식은 세계의 문명한 민족들과 어깨를 나란히 하는 데 조선 사람의 살길이 있으며, 이를 위해 자신은 먼저 공부하고 널리 선전해야 할 막중한 임무를 맡은 선각자임을 잘 알고 있다. 맡은 바 임무를 잘 알고 있을 뿐 아니라 충실히 수행하기도 했던 그의 삶은 "사 년간 형식의 경성학교 교사 생활은 일언이폐지하면 사랑과 고민의 생활"이었던 것으로 요약된다.[195] 물론 동포와 학생을 사랑하고 그들의 장래를 고민하는 헌신적인 교사로서의 삶이 실제로 어떤 성취를 얼마나 거두었는가를 묻는다면, 형식 자신이나 동교 교사나 학생들 간에 이견이 있을 수도 있다. 현실이란 그리 호락호락하지 않으므로 "그의 지나간 사 년간의 교사 생활은 실패의 생활"이었다는 단언도 영 틀린 평가는 아닐 것이다.[196] 그럼에도 불구하고 형식 스스로는 민족 계몽의 교사라는 자신의 정체성을 포기하지 않았으며, 포기는커녕 그에 대해서는 의심조차 해본 적 없었던 것으로 보인다. 자신의 정체성에 대한 형식의 믿음은 그만큼 확고했다. 적어도 선형을 만나기 전까지는 그랬다.

　선형을 만나면서부터, 아니 선형과의 만남을 단지 상상만 했을 뿐인데도 형식은 이미 지난 수년간 견지해왔던 자신의 정체성이 흔들리고 있음을 심각하게 인지한다. 이러한 변화는 합리적 이성과 지식에 의해 규정되던 형식의 정체성이 감정적, 육체적 측면에 의해 규정되는 것으로 형질 변환되었음을 의미하는데,[197] 앞선 우리의 논의를 참고한다면 이는 "나는 누구인가"라는 질문의 성격이 비인칭적인 것에서 일인칭적인 것으로, 또 그에 대한 대답을 찾는 방식 역시 이성적 추론이 아니라 내면에 귀 기울이는 개별적 자아 탐구로 전환되는 과정을 동반한다. 서구의 철학과 문학을 자신의 원천으로 삼아 근대적 자아의 정립에 힘써온 형식은 전통적 질서로부터 독립된 자기 규정적 자아를 옹호함으로써 민족 계몽의 대의와 개인의 자유의사를 존중하는 선각자로 자리매김할 수 있었다. 그런데 그 자아는 자기 규정적이지만 동시에 어느 누구와도 다르지 않은 일반적인 존재여서, 형식으로 말하자면 "그의 생각에 세상 사람의 마음은 다 자기의 마음과 같아서 자기가 좋게 생각하는 바는 깨닫게만 하면 다른 사람에게도 좋게 보이려니 한다"는 것이다.[198] 계몽주의자이자 교사로서 형식에게는 일반적 진리에 이를 수 있는 이성을 공유하는 타인과의 동일시가 전혀 문제되지 않는다. 이처럼 선형을 만나기 전 몇 년간 "나는 누구인가"에 관한 형식의 답변은 일인칭 대명사를 주어로 전개되었음에도 불구하고 그 지시 대상이 '어느 누구나'로서의 '나'라는 점에서 실은 비인칭적 존재에 관한 담론에 머물러 있었다.

비인칭적 존재에서 일인칭적 존재로의 극적인 전환은 형식이 "그러면 입김과 입김이 서로 마주치렷다. 혹 저편 히사시가미가 내 이마에 스칠 때도 있으렷다. 책상 아래에서 무릎과 무릎이 가만히 마주 닿기도 하렷다"라고 상상하는 중에 이루어진다. 결론부터 말하면, 이러한 전환은 곧 새로운 자기에 대한 발견을 의미한다. 이 장면에서 형식이 깜짝 놀라며 자책하는 것도 무리는 아닌데, 좋게 말하면 "순결"하다 하고 나쁘게 말하면 "못생겼다"고도 할, 어느 쪽이든 미숙한 연애 감정을 반영하고 있는 형식의 상상은 민족 계몽에 헌신하는 교사라는 공적 정체성 앞에서 하등의 가치도 지니지 못하기 때문이다. 그러나 가령 민족 계몽의 대의처럼 어느 누구에게나 동등한 일반적이고 비인칭적인 진리로 묶이지 않기 때문에 그것이 바로 "나는 누구인가"에 관한 일인칭적 대답일 것이다. 지금까지 하늘을 우러러 부끄럼 없다고 자부해온 형식이지만, 우연히 만난 신우선이 "자기 마음속을 꿰뚫어 보지나 아니한가 하여 두 뺨이 한 번 더 후끈하는 것을 겨우 참고" 마주치려는 눈을 애써 피하는 것 역시 일인칭적 존재로서는 감수할 수밖에 없는 일이다.

　　형식의 상상 속에 모습을 나타낸 낯선 '나'가 죄책감에도 불구하고 얼굴도 모르는 선형의 입김과 머릿결과 무릎이 닿기를 바라마지 않는 인물로 구체화되는 데 긴 시간이 필요하지는 않았는데, 그렇다고 해서 이런 자기 존재에 대해 형식이 사전에 알고 있었을 가능성은 거의 없다. 만듦과 드러냄의 이중 작업으로서의 표현 개념을 굳이 염두에 두지 않더라도 입김이 닿기를 바라는 '나'가 미리 정해져 있다가 상상 속에서 재현되었다고 생각하는 것은 아무래도 무리다. 형식의 상상 속에서 예고 없이 만들어져 발견된 이 존재, 곧 성적 혹은 관능적 쾌락을 바라는 '나'라는 존재가 무엇을 의미하는지 즉시 파악하기는 어려우며, 따라서 정체성 차원에서 당장 어떤 영향을 초래할 것 같지도 않다. 그렇다고 해서 단순한 해프닝으로 끝낼 수 있는 것도 물론 아니다. 당시 최대의 공적 매체였던 『매일신보』 1면에 연재를 시작하면서 첫 장면부터 지극히 일인칭적인 상상(판타지)을 묘사했다는 것은 향후 이어질 『무정』의 자아 탐구를 인상적으로 예고한다. 그리하여 연재의 첫머리를 장식한 상상은 두 주먹 불끈 쥐고 "약한 생각"을 떨쳐버리겠다는 주인공의 의지를 가볍게 저버리고, 오히려 후속되는 본격적 자아 탐구에서 일종의 원장면으로 자리매김한다.

다시 한 번 「춘원 연구」를 참고할 때, "공상과 사색이 꼬리를 물어나가는 장면"이 『무정』의 중요한 한 축을 이룬다는 지적과 함께 형식을 "공상의 대가"로 비꼬기까지 하는 대목이 눈에 띈다.[199] 분명 호의적인 발언은 아니지만 형식의 공상과 사색이 꼬리를 물고 속출하는 것은 틀림없는 사실이고, 나아가 "성격의 통일과 감정의 순화"가 "공상에 빠질 때마다 혼선을 거듭한다"라는 평가 또한 핵심에서 멀지 않다. 형식이 일삼는 공상은 내면에 귀 기울이고 자기를 표현하는 수행적 행위이다. 이를 통해 새롭게 산출되어 발견되는 '나'라는 존재는 지금까지 알려진 바와 같지 않을 것이며, 그리하여 기존의 정체성에 혼선을 야기하는, 김동인의 지적에 의하면 성격과 감정의 통일성을 해치는 불안 요소이기 쉽다. 정체성의 불안을 초래한다는 점에서 늘 환영받는 경험이기는 어려운 자기 발견이라는 사건이 형식의 공상과 사색 속에서 여러 번 등장한다는 점은 특기할 만하다. 자아 탐구와 자기 발견이라는 모티프를 중심으로 꼬리를 물고 반복되는 형식의 공상과 사색 중 두 번째 개인 교수를 마친 직후 그리고 밤 기차로 평양에서 서울로 올라오는 도중, 이렇게 두 차례에 걸쳐 연출되는 장면은 특히 유명하다.[200] 다음에 인용되는 두번째 개인 교수를 마친 직후의 장면에서 소설 서두를 장식했던 판타지는 자기 발견의 원천으로 재소환되고 있다.

형식은 아까 김장로의 집으로 들어갈 때와는 무엇이 좀 달라졌음을 깨달았다. 천지에는 여태껏 자기가 알지 못하던 무엇이 있는 듯하고, 그것이 구름장 속에서 번개 모양으로 번쩍 눈에 보였는 듯하다. 그리고 그 번개같이 번쩍 보인 것이 매우 자기에게 큰 관계가 있는 듯이 생각된다. 형식은 그 속에—그 번개같이 번쩍하던 속에 알 수 없는 아름다움과 기쁨이 숨은 듯하다고 생각하였다. 형식은 가슴속에 희미한 새 희망과 새 기쁨이 일어남을 깨달았다. 그러고 그 기쁨이 아까 선형과 순애를 대하였을 때에 그네의 살내와 옷고름과 말소리를 듣고 생기던 기쁨과 근사하다 하였다. 형식의 눈앞에는 지금껏 보지 못하던 인생의 일 방면이 벌어졌다. 자기가 오늘날까지 '이것이 인생의 전체로구나' 하던 외에 인생에는 다른 한 부분이 있고 그리하고 그 한 부분이 도리어 지금까지 인생으로 알아오던 모든 것보다 훨씬 중요하고 의미 있는 것인 듯하다.[201]

첫번째 개인 교수를 마치고 돌아온 전날 저녁, 7년 만에 영채와 해후해 간단치 않은 공상과 사색에 잠겼던 형식은 이제막 두번째 수업을 마치고 귀가하는 중이다. 지금 그의 상태를 한마디로 말하면, 새로운 경험에 대한 환희와 경탄이라고 요약할 수 있을 것이다. 첫번째 수업을 앞둔 바로 어제, 입김과 머릿결과 무릎을 상상하며 자책하고 부끄러워했던 것에 비하면 불과 하루 만에 살내와 옷고름과 말소리에서 느낀 환희를 고백한다는 것은 실로 급격한 변화가 아닐 수 없다. 이러한 변화는 자신의 정체성에 대한 위협으로 간주하던 낯선 경험을 적극적인 자아 탐구의 계기로 받아들이는 자세 전환을 반영한다. 그리하여 상상 속에서 드러난 낯선 모습에 "아뿔싸! 내가 어찌하여 이러한 생각을 하는가"라고 자책하기 바쁘던 형식은 어느새 "그 번개같이 번쩍 보인 것이 매우 자기에게 큰 관계가 있는 듯"하다고 경탄하기에 이른 것이다.

자아 탐구라는 말의 익숙함에 비하면 그것이 어떤 방식으로 이루어지는지에 대한 적절한 범례를 떠올리기가 쉽지는 않은데, 우리 근대인들에게는 데카르트적 성찰이 유력한 모델의 하나를 제공할 것으로 기대된다. 거짓을 참으로 여기는 오류에서 벗어나기 위해 끝까지 의심함으로써 "모든 것을 뿌리째 뒤집어 최초의 토대에서 새롭게 시작"할 것을 천명하는 『성찰』의 첫 대목에서 여실히 드러나듯,[202] 데카르트에게 자아 탐구는 잡다한 것을 배제함으로써 자아의 순수한 본질에 도달하는 것을 목표로 한다. 하지만 한쪽의 오류를 줄이려는 시도가 다른 한쪽의 오류를 확대하는 부작용으로 이어져, 확실한 토대로서 이성적 사유의 주체가 정립되는 맞은편에서 이성적 능력을 제외한 나머지 부분을 한낱 껍데기로 간주하는 극단적 이원론의 유령(ghost in the shell)이 탄생했다는 것은 주지의 사실이다. 데카르트에게 오류를 야기하는 껍데기는 단연 신체이고, 그중에서도 특히 감각이 우리를 속인다는 점은 그의 『성찰』에서 시종일관 역설되고 있다. 그리하여 외적 감각이나 내적 감각(곧 감정) 가리지 않고 껍데기란 껍데기는 모조리 일소할 때, 우리의 자아는 마침내 하나의 점(點)과 같은 존재

(punctual self)로 귀결될 것이다.[203] 위치만 있고 크기는 없다는 사전적 정의만큼이나 지극히 추상적인 점으로서의 존재라면 아마도 데카르트가 걱정하는 오류 가능성으로부터는 멀찍이 떨어질 수 있겠지만, 동시에 현실의 구체적인 자아나 우리의 일인칭적 자아와 만날 가능성으로부터도 까마득히 멀어지게 된다.

　사오 년 동안을 날마다 다니던 교동으로 내려올 때에 형식은 놀랐다. 길과 집과 그 집에 벌여놓은 것과 그 길로 다니는 사람들과 전신대와 우뚝 선 우편통이 다 여전하건마는 형식은 그것들 속에서 전에 보지 못한 빛을 보고 내를 맡았다. 바꾸어 말하면 모든 그것들이 새로운 빛과 새로운 뜻을 가진 것 같다. (……) 형식은 자기의 눈에서 무슨 껍질 하나가 벗겨졌거니 하였다. 그러나 이는 눈에서 껍질 하나가 벗겨진 것이 아니요 기실은 지금껏 감고 오던 눈 하나가 새로 뜬 것이로다. 아까 십자가에 달린 예수의 화상을 볼 때에 다만 그를 십자가에 달린 예수로 보지 아니하고 그 속에 새로운 뜻을 발견하게 된 것이 이 눈이 떠지는 첨이요, 선형과 순애라는 두 젊은 계집을 볼 때에 다만 두 젊은 계집으로만 보지 아니하고 그것이 우주와 인생의 알 수 없는 무슨 힘의 표현으로 본 것이 이 눈이 떠지는 둘째요, 지금 교동 거리에 보이는 모든 것에서 전에 보고 맡지 못하던 새 빛과 새 내를 발견함이 그 셋째라. 그러나 그는 이것이 무엇인지 분명히 이름 지을 줄을 모르고 다만 '이상하다' 하는 생각과 희미한 기쁨을 깨달을 뿐이라.[204]

두번째 수업을 마치고 김장로의 집 앞에서 낯선 감정을 느끼던 형식은 바로 뒤이은 장면에서 하숙집 숙소로 걸음을 옮기는 중에도 자기 수행적 상념을 계속한다. 김장로의 집을 나서며 순간의 섬광에서 새 희망과 기쁨을 감지한 형식은 이로부터 '자기만의 생'을 깨닫고 마침내 지금까지 없던 자기를 발견할 것인데, 이러한 프로세스를 우리는 표현주의적 자아 탐구라 칭할 수 있다. '나'라는 선재하는 존재가 느낀 감정을 표현하는 것이 아니라 순식간에 휘발할 감정을 표현으로 붙들어 이로부터 거꾸로 '나'라는 존재를 새롭게 산출하는 수행적 행위로서 말이다. 이렇게 감정을 표현하고 자기를 발견하는 자기 수행적 행위의 가능성은 원칙적으로 언제 어디서나 열려 있다. 그리하여 직전 장면에서 섬광 속에 "여태껏 자기가 알지 못하던 무엇"을 감지하고 새로운 생의 의미를 깨닫던 형식은 지금부터는 벼락같은 특별한 순간의 각성을 넘어 언제 어디서나 가능한 자기 수행적 행위를 묘사하기에 이른다. 이제 형식은 사오 년을 매일 같이 학교로 출퇴근하며 걸었을 교동 거리에서도 "전에 보지 못한 빛을 보고 내를 맡"는다. 그것이 전에 보지 못한 '나'의 발견으로 이어질 것은 명약관화하다.

형식의 자아 탐구는 앞의 데카르트적 모델과 비교하면 정반대라 해도 좋을 만큼 판이하다. 지난 수년간과 다른 것을 지금 보고 듣고 느낀다면, 그 감각을 신뢰할 수 있을까? 만약 같은 상황에서 데카르트였다면, 본래 모양은 사각형인데 멀리서는 둥글게 보이기도 하고, 또 팔다리가 절단되었는데 거기에서 고통을 느끼기도 하듯, 외적 감각이든 내적 감각이든 전적으로 신뢰하기는 어려우므로 "눈을 감으리라. 귀를 막으리라. 모든 감각을 멀리하리라"고 다짐했을 것이라 해도 과한 추측은 아니다.[205] 데카르트라면 확실한 토대로서의 자아에 대해 알기 위해 잡다한 껍데기들을 철저히 떨어버리려 할 테지만, 반대로 형식은 자아에 대해 알기 위해 지금까지 대수롭지 않게 지나쳤던 것들을 새롭게 느끼고 생각하면서, 마치 데카르트의 다짐을 뒤집어 '눈을 뜨리라. 귀를 열리라. 모든 감각을 맞이하리라'고 방침을 세운 듯하다.

데카르트의 경우와 달리 형식에게 껍데기(껍질)는 대상이 아닌 주체에게 있었던 것인데, "자기의 눈에서 껍질 하나가 벗겨"지자 "지금껏 감고 오던 눈 하나가 새로 뜬" 것이다. 형식의 자아 탐구를 표현주의적이라고 정의할 때 우리는 사전에 정해진 내용을 그대로 복제하는 재현이 아닌, 비지시적이면서 현실 구성적인 수행적 행위로서의 표현 개념을 염두에 두고 있다. 같은 맥락에서 우리는 수행적 행위로서의 응시에 대해서도 생각해볼 수 있다. 가령 관찰이란 지시적이고 객체적이다. 이때 가시적인 지시 대상은 물론이고 숨은 대상이라 하더라도 가령 X선을 통해 벽 뒤의 물체나 몸 안의 뼈와 장기를 투시할 때처럼 관찰 이전에 대상이 존재하며, 이 대상과의 동일성 여부가 관찰의 객관성을 좌우하리라는 것은 자명한 사실이다. 관찰이 참 거짓을 판단할 수 있는 진위적 시선이라면, 이미 존재하는 대상을 보는 것이 아니라 응시함으로써 비로소 그것을 존재하게 만든다는 점에서 형식의 시선은 수행적이다.

이런 관점에서 볼 때, 김장로 집에 도착해 수업 시작을 기다리는 잠깐 동안 벽에 걸린 종교화를 보면서, 선형 순애와 마주 앉아 수업을 하면서, 수업 직후 김장로 집을 나서면서, 익숙한 거리를 통과해 귀가하면서 등등, 이렇게 세분된 매 단계마다 이제까지 알지 못하던 것을 보고 듣고 느끼고 있다고 토로하는 형식은 객체적 차원에서 세계를 관찰하고 이를 객관적으로 보고하는 사람과는 거리가 멀다. 그는 수행적 행위로서 바라보고 듣고 표현하고 그리하여 수행적으로 자기를 발견한다. 집으로 돌아와 자기 방 책장에 꽂힌 양장본 책들을 일별하며 "모든 서적과 인생과 세계를 온통 다시 읽어볼" 계획을 세울 때도 읽는다는 것은 역시 수행적 행위이다. 온통 다시 읽음으로써 "글귀마다 글자마다 새로운 뜻을 가지고 내 눈에 비치리라"고 기대할 때, 이때 형식은 이미 정해져 있는 책의 의미

를 동일하게 반복하는 수동적인 독자이기보다 수행적이며 따라서 창조적인 작가에 가깝다.[206]

평양서 올라올 때에 형식은 무한한 기쁨을 얻었다. 차에 같이 탄 사람들이 모두 다 자기의 사랑을 끌고 모두 다 자기에게 말할 수 없는 기쁨을 주는 듯하였다. 차바퀴가 궤도에 갈리는 소리조차 무슨 유쾌한 음악을 듣는 듯하고 차가 철교를 건너갈 때와 굴을 지나갈 때에 나는 소요한 소리도 형식의 귀에는 웅장한 군악과 같이 들린다. (……) 형식의 정신 작용은 좋게 말하면 가장 잘 조화한 것이요 좋지 않게 말하면 가장 혼돈한 상태러라. 엷은 구름 속에 가려진 달빛이 산과 들을 변하여 꿈과 같이 몽롱하게 만든 모양으로 그 달빛이 형식의 마음에 비치어 그 마음을 녹이고 물들여 꿈과 같이 몽롱하게 만들어놓았다. 형식의 눈은 무엇을 보는지도 모르게 반작반작하고 형식의 머리는 무엇을 생각하는지도 모르게 흐물흐물하다. 형식의 몸은 차가 흔들리는 대로 흔들리고 형식의 귀는 무슨 소리가 들리는 대로 듣는다. 형식은 특별히 무엇을 생각하려고도 아니하고, 눈과 귀는 특별히 무엇을 보고 들으려고도 아니한다. 형식의 귀에는 차의 가는 소리도 들리거니와 지구의 돌아가는 소리도 들리고 무한히 먼 공중에서 별과 별이 마주치는 소리와 무한히 작은 '에테르'의 분자의 흐르는 소리도 듣는다. 메와 들에 풀과 나무가 밤 동안에 자라느라고 바삭바삭하는 소리와 자기의 몸

에 피 돌아가는 것과 그 피를 받아 즐거워하는 세포들의 소곤거리는 소리도 들린다.[207]

『무정』의 자아 탐구 중 유명한 또 다른 장면은 평양에서 서울로 올라오는 기차 안에서 이루어지는 형식의 공상과 사색이다. 서울행 기차 안에서 새롭게 발견된 형식의 자아는 마침내 고유하고 독창적인 존재로 탈바꿈하게 되는바, 『무정』의 자아 탐구는 여기서 정점에 이른다. 대동강에 몸을 던지겠다는 유서를 남기고 평양으로 떠난 영채를 뒤쫓다가 빈손으로 상경하는 밤 기차 안에서 형식은 1회 연재분 전체에 걸쳐 재차 "나는 누구인가"라는 질문에 대한 공상과 사색에 전념하고 있다. "거대한 의식의 흐름"이라는 표현이 지나치지 않을 만큼[208] 스케일이 큰 총체적 자아 탐구는 흔들리는 기차 안에서 "차바퀴가 궤도에 갈리는 소리"와 "철교를 건너갈 때와 굴을 지나갈 때에 나는 소요한 소리"를 마치 음악처럼 듣던 형식이 자신의 내면에 귀를 기울이는 것을 신호로 본격적으로 시작된다. 앞에서 우리는 일인칭적 자아를 탐구하기 위해서는 객체에 대한 관찰이라는 시각적 방법보다 내면에 귀 기울이는 청각적 방법이 더 선호되는 경향이 있다고 말한 바 있다. 물론 이런 경향이 일률적으로 나타나는 것은 아니어서 위에서 살펴본 것처럼 『무정』에서는 객체적 관찰이 아닌 수행적 응시가 이루어지는 등 복합적인 양상 속에서도 시각적 비유가 우세했다.[209] 그런데 이러한 시각 중심성에도 불구하고 형식의 일인 칭적 자아 탐구가 정점에 이르는 위의 장면에서는 내면의 소리에 귀 기울이는 효과가 십분 발휘되고 있다.

"좋게 말하면 가장 잘 조화한 것이요 좋지 않게 말하면 가장 혼돈한 상태"로 소개되는 형식의 내면은, 귀 기울여보았더니 그 안에 지구가 돌아가고 별들이 마주치는 소리부터 분자가 흐르고 세포들이 소곤거리는 소리에 이르기까지, 거시적 차원에서 미시적 차원을 아우르는 무궁한 소리들로 가득하다. "모든 정신 작용이 온통 한데 모이고 한데 녹고 한데 뭉치어 무엇이 무엇인지 구별할 수가 없"는 듯한 미지의 내적 심연을, 우주의 천체에서 몸의 세포에 이르는 광대무변한 소리들의 교향악으로 묘사하는 이 장면은 한 개인의 내면의 깊이를 표현함에 있어 한국문학사상 유례없는 장관을 보여준다. 이토록 무한한 내면이 존재한다는 것은 곧 '나'의 안에 그만큼 무한한 가능성이 잠재한다는 것을 뜻한다. 이렇게 내면에 귀 기울임으로써 무한한 내적 원천을 발견하는 수행적 행위의 끝에서 우리가 만나는 것이 자기 창조라는 사실에는 의심의 여지가 없다. 사전에 정해진 모델로부터 자유로운, 자신의 원천으로부터 자기를 길어내는 것 말이다. 바로 뒤이은 장면에서 형식이 천지 창조의 순간을 상상하는 것 역시 바로 이런 의미로 이해할 수 있다.

그의 정신은 지금 천지가 창조되던 혼돈한 상태에 있고 또 천지가 노쇠하여서 없어지는 혼돈한 상태에 있다. 그는 하나님이 장차 빛을 만들고 별을 만들고 하늘과 땅을 만들려고 고개를 기울이고 이럴까 저럴까 생각하는 양을 본다. (……) 옳다, 자기는 목숨 없는 흙덩이였었다. 자기는 숨도 쉬지 못하고 움직이지도 못하고 노래도 못하던 흙덩어리였었다. 자기는 자기의 주위에 있는 만물을 보지도 못하였었고 거기서 나는 소리를 듣지도 못하였었다. 설혹 만물의 빛이 자기의 눈에 들어오고 소리가 자기의 귀에 들어온다 하더라도 그는 오직 '에테르'의 물결에 지나지 못하였었다. 자기는 그 빛과 그 소리에서 아무 기쁨이나 슬픔이나 아무 뜻도 찾아낼 줄을 몰랐었다. (……) 내게는 내 지가 있고 내 의지가 있다. 내 지와 내 의지에 비추어보아 '옳다'든가 '좋다'든가 '기쁘고 슬프다'든가 하는 것이 아니면 내게 대하여 무슨 상관이 있으랴. 나는 내가 옳다 하던 것도 예로부터 그르다 하므로 또는 남들이 옳지 않다 하므로 더 생각하지도 아니하여보고 그것을 내버렸다. 이것이 잘못이로다, 나는 나를 죽이고 나를 버린 것이로다.

자기는 이제야 자기의 생명을 깨달았다. 자기가 있는 줄을 깨달았다. 마치 북극성이 있고 또 북극성은 결코 백랑성도 아니요 노인성도 아니요 오직 북극성인 듯이, 따라서 북극성은 크기로나 빛으로나 위치로나 성분으로나 역사로나 우주에 대한 사명으로나 결코 백랑성이나 노인성과 같지 아니하고 북극성 자신의 특징이 있음과 같이, 자기도 있고 또 자기는 다른 아무러한 사람과도 꼭 같지 아니한 지와 의지와 위치와 사명과 색채가 있음을 깨달았다. 그리고 형식은 더할 수 없는 기쁨을 깨달았다.[210]

    신비롭고 몽롱한 카오스 상태에 도취되었던 형식은 이제 빛과 별과 하늘과 땅이 만들어지는 천지 창조의 순간을 떠올리고, 곧이어 카오스에서의 천지 창조를 징검다리 삼아 내적 심연에서의 자기 창조로 도약한다. "하나님이 흙을 파고 물을 길어다가 두 발로 잘 반죽하여 사람의 모양을 만들어놓고 마지막에 그 사람의 코에다 김을 불어넣으매 (……) 그것이 숨을 쉬고 소리를 하고 또 그 몸에 피가 돌게 되는 것을 보니 그것이 곧 자기인 듯하다"라는 묘사에서 언뜻 형식이 자기 스스로를 신의 피조물로 여기고 있는 것처럼 보이지만, 속뜻은 그렇지 않다. 이 장면에 대해 황종연은 형식의 환각 속에서 기독교적 세계관이 암묵적으로 반박된다는 점을, 이철호는 형식이 스스로를 신의 피조물로 인정하던 과거의 자아와 극적으로 단절한다는 점을 지적한 바 있다.[211] 이처럼 신에 의한 창조는 그 자체로 긍정되지 않는다. 그보다는 오히려 형식의 자기 창조를 위한 이미지로 전유된다.

위에서 익히 보아왔듯, 자기 창조는 '눈을 뜨라. 귀를 열라. 모든 감각을 맞이하라'는 슬로건에서 출발한다. 보지도 듣지도 못하던 "흙덩어리" 너머에서 눈을 뜨고 귀를 열며, 또 눈을 뜨고 귀를 열어 보고 듣더라도 "자기는 그 빛과 그 소리에서 아무 기쁨이나 슬픔이나 아무 뜻도 찾아낼 줄을 몰랐"던 상태 너머에서 표현주의적으로, 수행적으로 보고 들음으로써 자기를 발견하는 과정이 또한 창조의 과정이라는 사실을 형식은 물론 우리도 잘 알고 있다. 그 과정이 창조로 명명될 때 자기를 발견하고 만들어내는 작업의 가치가 소급적으로 명확해지며, 이런 점에서 이 명명 역시 수행문이다. 이처럼 자기 창조에 대한 자각이 본격화될수록, 자기 발견의 국면에서는 아직 가치 평가 전이던 '나'라는 존재의 의미와 가치가 독창성(originality)의 관점에서 점차 격상되고 있다는 점이 주목을 끈다. 위의 인용에서 형식은 대담하게도 자신의 존재를 별의 존재에 비유해 마치 북극성이 있듯 자기도 있다고 선언하는데, 이는 별이 유일무이한 존재로서 독창성을 상징한다는 맥락을 전제한 것이다. 그리하여 "결코 백랑성도 아니요 노인성도 아니요 오직 북극성인 듯" 형식 자신도 그렇게 존재하며, "결코 백랑성이나 노인성과 같지 아니하고 북극성 자신의 특징이 있"듯 형식 자신도 "다른 아무러한 사람과도 꼭 같지 아니한 지와 의지와 위치와 사명과 색채"라는 독창성을 소유하게 된다.

이미 언급한 바와 같이 형식이 자아의 독창성을 선언하는 이 장면에서 『무정』의 일인칭적 자아 탐구는 정점을 찍는다. 여태껏 알지 못하다가 새롭게 발견된 '나'는 타인은 물론 기존의 자기 자신과도 다른 새로운 존재였다. 이제 독창성을 함의하게 된 '나'는 단순히 다름을 넘어 본래의 다시없는 척도(original and unrepeatable measure)를 지녔을 뿐 아니라 그에 따라 고유한 삶을 살 것을 요청받는 존재가 된다.[212] 이에 발맞춰 지금까지는 자기 발견에 대해 낯설고 이상하다고 논평하는 수준에서 임시 봉합되던 형식의 자아 탐구 역시 "예로부터 옳다 한 것이 자기에게 무슨 힘이 있으며 남들이 좋다 하는 것이 자기에게 무슨 상관이 있으랴"라는 도발적인 주장 속에서 전통이나 세간(世間)의 기준이 아니라 오로지 자기의 기준에 따라 살아야 한다는 최종 결론에 이른다.

그런데 형식의 자아 탐구에 대한 분석을 일단락 짓는 마당에 자기 고유의 척도에 따라 자기 고유의 삶을 살아야 한다는 형식의 결론은 지나치게 상식적이라 어쩌면 다소 실망스럽게 보일지도 모른다. 하지만 그렇게 보인다면 오히려 예상했던 대로다. 독창성 개념은 비교적 최근이랄 수 있는 18세기 후반에 등장했음에도 불구하고 이전 시대에는 받아들일 수 없는 개념이었다는 사실이 잘 이해되지 않을 만큼 지극히 자연스러운 것으로 자리 잡아 근대 문화의 초석으로 광범위한 영향력을 행사해왔다고 한다.[213] 과연 그러해서, 자아에 대한 질문 끝에 우리가 구할 수 있는 답으로 "자기 자신의 삶을 살라(Live your own life)"거나 "자기 자신이 돼라(Be thyself)"처럼 독창성에 호소하는 익숙한 경구 외에 다른 것은 있을 수도 없거니와 있을 필요도 없다. 그것이 유일하게 가능한 답이라는 사실은 『무정』에서 이루어진 형식의 자아 탐구라고 해서 예외일 리 없다. 애초에 『무정』을 분석의 사례로 꼽은 이유도 일인칭 표현주의적 자아 탐구의 모델을 합당하게 개시했다는 데 있다는 점을 염두에 둔다면, 그 결론으로 익숙한 대답을 제시했다는 것은 그리 문제되지 않는다.

그런데 이것으로 끝이 아니다. 정작 중요한 문제는 따로 있어, 자아 탐구에 관해 모범으로 인정받을 만한 훌륭한 답을 얻었음에도 불구하고 형식은 여전히 '나'에 관한 질문 앞에서 갈팡질팡 헤매고 있다. 방금 전에 우리는 형식의 자아 탐구가 정점을 찍었다고 말했지만, 그것이 곧바로 문제의 해결이나 종식을 의미하는 것은 아니다. 그렇기는커녕 우리의 인생이란 정점을 찍으면 대체로 내리막이 기다릴 때가 많은데, 이어지는 사건들을 보면 사실 형식의 사정도 그리 다르지 않음을 알수 있다.

형식은 그렇게 이 무덤을 보고 슬퍼하지는 아니하였다. 형식은 무슨 일을 보고 슬퍼하기에는 너무 마음이 즐거웠다. 형식은 죽은 자를 생각하고 슬퍼하기보다 산 자를 보고 즐거워함이 옳다 하였다. 형식은 그 무덤 밑에 있는 불쌍한 은인의 썩다가 남은 뼈를 생각하고 슬퍼하기보다 그 썩어지는 살을 먹고 자란 무덤 위의 꽃을 보고 즐거워하리라 하였다. 그는 영채를 생각하였다. 영채의 시체가 대동강으로 둥둥 떠나가는 모양을 생각하였다. 그러나 형식은 슬픈 생각이 없었고, 곁에 섰는 계향을 보매 한량없는 기쁨을 깨달을 뿐이다.[214]

아아, 내가 잘못함이 아닌가. 내가 너무 무정함이 아닌가. 내가 좀 더 오래 영채의 거처를 찾아야 옳을 것이 아닌가. 설사 영채가 죽었다 하더라도 그 시체라도 찾아보아야 할 것이 아니던가. 그리고 대동강가에 서서 뜨거운 눈물이라도 오래 흘려야 할 것이 아니던가. 영채는 나를 생각하고 몸을 죽였다. 그런데 나는 영채를 위하여 눈물도 흘리지 아녀. 아아, 내가 무정하구나, 내가 사람이 아니로구나 하였다. 남대문을 향하고 달아나는 차를 거꾸로 세워 도로 평양으로 내려가고 싶다 하였다. 그러나 형식은 마음은 평양으로 끌리면서 몸은 남대문에 와 내렸다.[215]

마치 북극성이 그러하듯 '나' 또한 남들과 다른 '나'만의 독창적 존재이며, '나'의 기준에 따르면 그뿐 전통이나 세간의 평가가 무슨 상관이 있느냐고 선언할 때, 형식은 자기 자신이 되고 또 자기 자신의 삶을 살려는 의욕에 충만했다. 시간을 잠깐 앞으로 돌리면, 새벽 일찍 평양에 도착해 영채를 찾아 칠성문 밖 공동묘지로 향했던 형식은 이미 자기만의 척도에 의한 자신의 삶을 실천에 옮긴 바 있다. 이런 점에서 늦은 밤 서울로 돌아오는 기차 안에서 전개되는 형식의 공상과 사색은 기차에 오르기 전 평양에서 보인 그의 행동에 대한 사후적 정당화 담론의 성격을 띤다고 볼 수도 있다. 영채의 행적을 쫓아 그녀의 부친이자 자신의 은인인 박진사의 무덤을 찾은 형식은 예전에 억울하게 죽은 자와 이제 막 죽어가는 자를 애도하고 통곡함이 마땅하다고 생각하지만, 이러한 당위에도 불구하고 "슬퍼하기에는 너무 마음이 즐거웠다"고 털어놓는다. 무덤 속의 망자를 보고 슬퍼하기보다 무덤 위의 꽃을 보고 즐거워하는 자기 자신을 발견한 형식은 한 걸음 나아가 이런 '나'를 전통이나 사회보다 앞자리에 놓기로 결심한다. 그리하여 "예로부터 옳다 하니 자기도 옳다 하였고 남들이 좋다 하니 자기도 좋다" 했을 뿐인 삶(이런 삶이 종국에는 "나를 죽이고 나를 버린 것"으로 귀결됨을 염두에 둔다면, 실은 죽음에 가까운)을 청산하고, 이제부터 "내 지와 내 의지에 비추어보아 '옳다'든가 '좋다'든가 '기쁘고 슬프다'든가"를 정하는 새로운 삶("이제야 자기의 생명을 깨달았다"는 점에서 살아 있음이라는 말에 값하는)을 살기로 하고, 기어이 "죽은 자를 생각하고 슬퍼하기보다 산 자를 보고 즐거워함이 옳다"는 선언 속에서 이를 실천에 옮긴다.

이처럼 자신의 삶과 생명을 찾아 마침내 자기 자신이 된 형식은 기쁨에 차 득의의 웃음을 웃는데, 소설 속에서 명기된 것만 해도 아주 여러 번이어서 박진사의 무덤가에서 빙그레 웃고, 기차에 올라 "꿈이 깬 듯하다"면서 웃고, 긴 사색과 공상 끝에 이제야 자기의 생명과 자기가 있는 줄을 깨달았다고 하면서 웃는다. 형식의 득의만만한 웃음은 그가 "자기 자신의 삶을 살라" 혹은 "자기 자신이 되라"는 진리를 깨쳤을 뿐 아니라 이를 과감히 실행에 옮겼음을 증명한다. 그런데 안타깝게도 그 득의의 표정이 울상으로 바뀌는 데에는 긴 시간이 필요치 않아, 형식이 기차에서 내릴 무렵에는 이미 영채를 위해 눈물 한 방울 흘리지 않은 자신의 행동을 후회하고 원망하는 기색이 역력하다. 오직 '나'에 비추어 '옳다' '그르다' '슬프다' '기쁘다' 한 것이 아니라면 '나'와는 전혀 무관하며, 따라서 남들이 옳다 하듯 죽음을 슬퍼하기보다 '나'를 통해 생명을 즐거워함이 옳다고 했던 판단이 예상만큼 견고하지 않았던 것이다.

사실 소설 안에서 이럴까 저럴까 주저하는 장면의 노출이 적지 않은 것을 감안하면, 형식이 원래 우유부단하고 결단력이 부족한 성격의 소유자인 것은 맞다. 하지만 장엄하기조차 한 공상과 사색 끝에 도출된 자아에 관한 결론이 불과 몇 시간 만에 뒤집히게 된 데에는 단지 주인공 개인의 성격뿐 아니라 다른 이유도 있다. "자기 자신의 삶을 살라" 혹은 "자기 자신이 되라"는 독창성 담론이 "나는 누구인가"라는 근대적 질문 끝에 도달할 수 있는 유일한 답이라는 사실에는 의심의 여지가 없으나, 이 또한 통상적인 의미의 진리 곧 진위문이 아니라 수행문에 속한다. 따라서 알고 있다고 해서 자기 정체성의 문제가 풀리지는 않는다. 답을 잘 알고 있음에도 불구하고 풀리지 않는 난제가 형식 앞에 기다리고 있다.

『무정』
이후,
여기서 뛰어라

—

주지하다시피『무정』은 형식과 선형이 약혼식을 올린 직후 전반부를 마무리한다. 영채 찾기를 중도반단하고 밤 기차로 평양에서 출발해 아침 일찍 서울에 도착한 형식은 부랴부랴 출근하지만, 기생 뒤꽁무니나 따라다닌다는 학생들의 조롱에 교실을 박차고 나와 학교를 그만둘 결심까지 하며 귀가한다. 그런데 공교롭게도 바로 그날 김장로 집에서 약혼 제안이 오고, 어쩌다 보니 일사천리로 약혼식까지 거행하기에 이른 것이다.

그 뒤로 이어지는『무정』의 후반부가 "이제는 영채의 말을 좀 하자"로 시작된다는 사실도 널리 알려져 있다. 이 말대로 후반부에서 주목을 끄는 것은 단연 영채의 삶이다. 유서를 남기고 평양행 기차에 오른 뒤 서사의 표면에서 사라졌던 그녀는 동경에서 유학 중인 여학생 병욱을 우연히 만나 제2의 인생을 살고 있다. 도중에 병욱의 본가가 있는 황주에서 내린 영채가 약 한 달에 걸쳐 경험한 생활은 평범하다면 평범하지만, 구체적인 내용 이전에 그곳은 "이전에는 남의 뜻대로 살아왔거니와 이제부터는 제 뜻대로 살아간단" 병욱의 자상한 설명처럼, '남의 뜻'이 아닌 '자기 뜻'의 삶을 위한 신생(新生)의 공간이라고 이름 붙일 수 있다.

이처럼 영채의 삶이 신생이나 부활 같은 키워드로 특별하게 의미화된 데 비해 같은 시기 형식의 삶은 별로 주목받지 못한 것이 사실이다. 그런데 천지 창조까지 등장하는 대규모의 공상과 사색 끝에 자아의 독창성을 선언한 것을 감안하면 우리들의 기대에 미치지 못하는 면이 없진 않지만, 형식 역시 새로운 삶을 살고 있다. 그는 자기 입을 통해 다음과 같이 털어놓는다. "자기가 경성학교에서 교사 노릇 하던 것과 그 학생들을 사랑하던 것과 자기의 생활과 사업에 의미가 있는 듯이 생각하던 것이 우스워 보이고 지나간 자기는 아주 가치 없는 못생긴 사람같이 보인다. 지나간 생활은 임시의 생활이요, 이제부터가 참말 자기의 생활인 것 같다."[216] 그는 민족 계몽에 헌신하는 교사라는 기존의 정체성을 조소하고 폄하함으로써 "지나간 생활"과 단절하고, 이제 새로이 "참말 자기의 생활"을 살게 되었노라 자부한다. "천하 사람이 다 자기를 미워하고 조롱하더라도 선형 한 사람이 자기를 사랑하고 칭찬하면 그만"이라는 단언에서 명시되듯, 형식의 새로운 정체성의 중핵은 한마디로 말하면 사랑이다.

약혼까지 한 마당에 형식이 선형을 사랑하는 것은 지극히 당연하지 않느냐고 생각할 수도 있지만, 그렇게 간단한 문제만은 아니다. 단도직입적으로 질문해보자. 형식은 선형을 사랑하는가? 미숙한 연애 감정이라고 평하긴 했어도 『무정』의 시작과 함께 상상 속에서 그녀의 입김과 머릿결과 무릎이 닿기를 바라마지 않았고, 첫 대면에서 "가슴속에 이상한 불길"을 거부할 수 없었던 형식이 선형에게 특별한 감정을 가졌다는 것은 분명하다. 하지만 그 이후 선형에 대한 형식의 감정이 진전되는 장면을 찾아보기는 쉽지 않다. 앞에서 특별히 한 장을 할애했을 만큼 사랑이라는 감정에서 상상의 역할이 중요하다는 점은 다시 말할 필요가 없는데, 약혼 전에 형식이 선형에 대한 사랑을 충분히 상상하고 표현했다고 보기는 어렵다. 만난 지 닷새 만에 약혼식을 치렀던 만큼 현실적으로 시간 부족이 가장 큰 이유였을 것이다. 아무튼 형식은 의리 때문에라도 영채와의 결혼은 상상하면서도 선형에 대해서는 그런 적이 없다. 영채의 기구한 인생이나 불행한 운명을 부각시키기 위한 비교 상대로서 몇 차례 소환될 뿐, 선형과의 관계에 대한 상상은 더 이상 이루어지지 않는다.

형식과 선형의 약혼이 속전속결로 진행되는 장면을 다시 살펴보자. 김장로의 부탁을 받은 목사가 형식의 숙소를 방문해 혼인 의사를 타진할 때 그 자리에 같이 있던 우선과 주인 노파도 눈치챘건만 정작 형식 본인은 목사의 말뜻을 제일 늦게 알아차린다. 만난 지 5일 만에, 얼굴 두세 번 본 것이 전부인데 약혼이라니 형식이 바로 이해하지 못하는 것도 무리는 아니라고 짐작할 수도 있다. 혹은 반대로, 『무정』의 첫 장면에서 여자를 개인 교수하게 되었다는 형식에게 바로 약혼 축하를 전하는 우선의 반응에서 엿볼 수 있듯, 남녀 관계에 대한 당시의 관례를 감안한다면 형식을 가정 교사로 초빙할 때 이미 약혼 가능성을 염두에 두었으리라는 것쯤은 충분히 예상 가능하다고 볼 수도 있다. 세상사에 둔감하고 눈치가 없어서든, 남녀 관계나 결혼 등에 대해 남들과 다른 철학을 갖고 있어서든, 이도 저도 아니면 선형에 대한 욕망을 억압하고 있어서든 목사의 말뜻을 선뜻 이해하지 못(하는 척)했던 형식은 "머릿속이 착란하여 어찌할 줄을 모"르고, 이 때문에 핀잔을 듣기까지 한 끝에 우선의 조언에 힘입어 겨우 혼인 승낙의 마음을 굳힌다. 이처럼 형식은 선형과의 결혼을 스스로 결심할 수 없었다. 가장 큰 이유는 물론 선형을 사랑하는지 아닌지 분명히 알 수 없었기 때문이다. 며칠 만에 약혼하는 촉박한 일정 속에서 사랑을 확인한다는 것은 어떻게 생각해도 무리가 아닐 수 없다.[217]

형식은 김장로 집 대문을 나섰다. 수증기 많은 여름밤 공기가 땀 난 형식의 몸에 물같이 지나간다. 그것이 형식에게 지극히 시원하고 유쾌하였다. (……) 사랑스러운 선형과 한차를 타고 한배를 타고 같이 미국에 가서 한집에 있어서 한학교에서 공부할 수가 있다. 아아, 얼마나 즐거울는지. 그리고 공부를 마치고 나서는 선형과 팔을 걸고 한배로 한차로 본국에 돌아와서 만인의 부러워함과 치하함을 받을 수가 있다. 아아, 얼마나 즐거울는지. 그리고 경치도 좋고 깨끗한 집에 피아노 놓고 바이올린 걸고 선형과 같이 살 것이다. 늘 사랑하면서 늘 즐겁게…… 아아, 얼마나 기쁠는지. 형식은 마치 어린아이 모양으로 기뻐하였다. 장래도 장래려니와 지금 이러한 생각을 하는 것이 더할 수 없이 기쁘다. 그래서 이 생각하는 동안을 더 늘일 양으로 일부러 광화문 앞으로 돌아서 종로를 지나서 탑골공원을 거쳐서…… 그래도 집에 돌아오는 것이 아까운 듯이 집에 돌아왔다. 마음속으로는 눈앞에는 고개를 수그리고 앉았는 선형의 모양이 새겨져 있다. 그리고 그 모양으로 보면 볼수록 더욱 사랑스러워지고 더욱 어여뻐진다.[218]

　만찬에 초대받아 혼인 승낙 의사를 표한 형식은 "그러면 혼약이 성립되었소"라는 김장로의 다짐과 함께 약혼식을 마치고 지금 막 대문 밖을 나서고 있다. 『무정』에서 형식이 김장로 집을 나서는 장면에 대한 묘사는 이번이 두번째다. 사흘 전 개인 교수를 마치고 김장로 집을 나서던 장면에 대한 첫번째 묘사에서 형식이 전에 알지 못하던 뭔가를 본 듯하고, 매번 다니던 귀갓길에 새로운 빛과 뜻을 감지한 것 같다고 털어놓았던 것을 기억할 것이다. 객체적, 재현적이 아니라 수행적, 표현주의적이라는 점에서 이러한 발견들이 곧 형식의 자기 발견으로 이어진다는 것 역시 이미 언급한 바와 같다.

이제 김장로 집을 나서면서 두번째로 묘사되는 귀갓길 역시 형식의 자아 탐구에서 매우 의미심장하다. 지금까지 선형과의 관계를 구체적으로 생각해본 적 없던 형식은 약혼식을 마치자마자 집으로 돌아가는 길 위에서 앞으로의 결혼생활에 대한 상상을 시작한다. 앞에서 우리는 감정이란 소유되는 것이 아니라 수행되는 것이라고 규정한 바 있다. 이 규정처럼 사랑이라고 통칭할 수 있을 선형에 대한 감정을 한시라도 빨리 수행하기 위해 형식은 숙소에 도착할 때까지 기다리지 않고 집으로 가는 중에 벌써 상상하고 표현하기 시작한다. 그런데 수행되면 될수록 그 감정이 강화된다는 점에서 감정을 더 많이 경험하려 할수록 귀갓길 역시 점점 길어질 것이다. 집에 가는 시간조차 아까워 당장 길 위에서 상상하기 시작했는데, 또 상상이 길면 길수록 감정을 수행하고 즐기기에 좋으므로 집에 가는 길은 점점 더 길어지는 아이러니가 발생하는 것이다. 이때

위에 인용된 "장래도 장래려니와 지금 이러한 생각을 하는 것이 더할 수 없이 기쁘다. 그래서 이 생각하는 동안을 더 늘일 양으로 일부러 광화문 앞으로 돌아서 종로를 지나서 탑골공원을 거쳐서…… 그래도 집에 돌아오는 것이 아까운 듯이 집에 돌아왔다"라는 심리 묘사는 매우 적확하다. 장래에 예정되어 있는 결혼생활도 기쁘지만 그 생활을 상상하는 것 역시 기쁘다. 상상을 통해 사랑의 기쁨이 확인되고 강화된다고 말해도 좋을 것이다. 상상의 시간이 길면 길수록 기쁨도 더 커지기 때문에 형식은 곧장 질러오면 얼마 안 걸릴 안동에서 교동까지의 길지 않은 귀갓길을 일부러 ㄷ자로 멀리 우회해 광화문, 종로, 탑골공원을 거쳐 돌아오기까지 한다.

이렇게 보면 이 장면의 상상은 기쁨을 참지 못해 귀가 도중 미리 잠깐 경험해보는 것 이상의 의미를 지닌다. 선형과 함께 유학을 떠나고, 공부하고, 귀국하고, 신혼살림을 차리는 구체적 상황을 그릴 때마다 "아아, 얼마나 즐거울(기쁠)는지"라는 감탄을 몇 번이나 반복하는 상상의 과정 속에서 선형에 대한 형식의 사랑이 처음으로 확인되고 점차 강화되고 있기 때문이다. 어딘가에 이미 존재하고 있었다고 볼 증거가 없으므로 선형에 대한 사랑은 바로 이 상상에 의해 비로소 표현되고 만들어지고 알려졌다고 해도 좋다. 이처럼 약혼식이 끝나고 귀가하는 도중 형식의 상상은 있어도 그만, 없어도 그만인 부차적인 것이 아니라 최초이자 창조적인, 따라서 없으면 안 될 긴요한 성격의 것이다. 사전에 정해져 있는 자기를 드러내는 것이 아니라 공상과 사색 속에서 최초로 표현함으로써 자기 자신을 사랑하는 자로 만들고 있다는 점에서 이 장면은 표현주의적이고 창조적인 자아 탐구의 좋은 사례가 된다.

수많은 연애 서사가 입증해왔듯, 누군가를 사랑하는지 긴가 민가한 상태에서 그 감정이 표현될 때 비로소 사랑이 명확하게 산출된다는 점에는 이견이 있기 어렵다. 모든 다른 감정처럼, 아니 모든 다른 감정을 대표해, 사랑은 표현할수록 더욱더 열정적으로 발전한다. 누군가를 생각할 시간을 벌기 위해 가까운 길을 마다하고 먼 길을 둘러가면서 몇 번이고 기쁘고 행복하다고 감탄해 마지않는 사람을 일러 우리는 주저하지 않고 사랑에 빠진 사람이라고 할 것이다. 이런 점에서 형식 역시 사랑에 빠진 사람이라고 부르기에 족하다. 굳이 광화문 앞을 돌아 종로를 지나 탑골공원을 거쳐 우회하면서 기쁨에 찬 영탄을 토로함으로써 비로소 형식은 선형과의 결혼을 진심으로 기뻐하고 나아가 선형을 진심으로 사랑하는 사람이 될 수 있다.

그런데 형식으로서는 늦은 중에 그나마 가장 빨리, 그리하여 약혼식을 치른 것과 거의 동시에 사랑하는 사람으로서의 정체성을 수행하기 시작했음에도 불구하고, 시간적 선후 관계를 바꾸기는 불가능하다는 점에서 선형과의 관계에서 사랑이 먼저냐 결혼(약혼)이 먼저냐는 문제는 여전히 잠복해 있다.[219] 만약 사랑이 먼저가 아니라면, 그래서 사랑하기 때문에 결혼하는 것이 아니라면 "돈에 팔려서 장가를 든다고 남들이 비방을 하더"라는 뼈아픈 지적에서 자유로울 수 없다. 형식이 말하는 "참말 자기의 생활" 곧 진정한 '나'의 삶이란 단지 선형의 약혼자로서 그녀와 더불어 즐거움을 누리는 단계를 넘어 사랑에서 자신의 정체성의 구하는 삶을 의미한다. 그가 "칼로 끊지 못하고 불로도 끊지 못할 사랑" "전인격적 사랑" "참된 사랑" "참사랑" 등, 앞에서 언급했던 '감정 자체'에 빗대면 '사랑 자체'라고 부를 만한 목표를 좇는 것도 이런 연유에서이다. 하지만 그런 것이 선재하지 않는다는 사실을 우리는 이제 잘 알고 있다. 우리는 사랑을 표현이나 행동으로 간접적으로 짐작할 수 있을 뿐이다. 다급하고 초조해진 형식이 선형을 붙들고 "사내답게" "선형 씨는 나를 사랑합니까" 하고 질문한 데에는 선형의 사랑을 시험하려는 뜻은 물론 자기 자신의 사랑을 시험하려는 뜻도 포함되어 있다.

내가 선형과 혼인한 것이 앙혼(仰婚)이 아닐까. 그는 돈이 있고 지위가 있고 용모가 있는데 나는 무엇이 있나. 이렇게 생각하면 부끄러워진다. 게다가 '처갓집 돈으로 미국 유학을 하여' 하면 더 부끄러운 생각이 나고 세상이 다 자기의 못생긴 것을 비웃는 것 같다. (……) 형식은 그래도 안심이 되지 아니하여 선형의 사랑을 시험하여보리라 하는 생각이 난다. 우선 악수를 청하여보고 다음에 키스를 청하여보리라, 그래서 저편이 응하면 사랑 있는 표요, 응치 아니하면 사랑이 없는 표로 알리라 한다. 우선이가 일찍 '사내답게, 기운 있게' 하던 말을 생각하여 오늘은 기어이 실행하여보리라 하면서도 이내 실행치 못하였다.[220]

미국 유학의 꿈을 실현해줄 앙혼이라는 조건이 사랑을 압도할 현실적 힘을 지녔다는 점에서 형식과 선형의 관계가 진정한 사랑으로 맺어진 것임을 증명하는 것은 더더욱 쉽지 않다. 그런데 형식의 생각처럼 과연 악수나 키스 따위로 사랑을 증명할 수 있을까? 악수나 키스 혹은 "제야 선형 씨를 사랑하지요. 생명보다 더 사랑하지요"라는 고백 등, 이 어느 것으로도 사랑을 참 거짓의 차원에서 진위적으로 증명하는 것은 불가능하다. 다만 악수나 키스나 고백을 통해 표현되고 수행됨으로써 사랑이 가까스로 확인될 수는 있을 것이다. 그리하여 자기가 선형을 사랑하는지 아닌지 도무지 알 수 없어 "머릿속이 착란하여 어찌할 줄을 모"르던 형식이 그나마 "제야 선형 씨를 사랑하지요"라고 고백할 수 있게 된 것도 우선의 조언에 따라 "사내답게" 행동에 옮긴 덕분이요, 선형이 형식에 대한 사랑을 분명히 자각하게 된 것도 "선형 씨는 나를 사랑합니까"라는 거의 윽박지르는 듯한 그의 질문에 정신없이 "예!"라고 대답한 덕분이다. 아무튼 사랑이란 어딘가에 깊이 숨겨져 있는 보물 같은 것으로 존재하는 것이 아니라 수행적 행위의 산물로서 나타나는 것이다. 손을 잡거나 키스를 하자, 사랑한다고 고백을 하거나 대답을 하자, 정말로 사랑하는 것 같다.

그런데 다시 한 번 말하지만, 이러한 수행성으로 사랑의 참거짓이 증명되는 것은 아니다. 형식과 선형은 서로 사랑한다고 믿었지만, 영채의 등장으로 그 믿음은 금세 와해되고 만다. 유학길의 기차 안에서 영채와 조우한 선형은 사랑에 관한 형식의 감정 수행을 거짓 연기로 판단하고 "엑, 나를 속였구나"라고 비난하는데, 그나마 선형의 형편은 간단하다면 간단하다. 형식의 사정은 좀 더 심각해, 영채를 만나 선형에 대한 사랑이 흔들리자 그는 "마치 자기가 일생 경력을 다 들여서 하여 오던 사업이 일조에 헛된 것인 줄을 깨달은 듯한 실망"을 금치 못한다. 이러한 실망은 "자기가 경성학교에서 교사 노릇 하던 것과 그 학생들을 사랑하던 것과 자기의 생활과 사업에 의미가 있는 듯이 생각하던 것이 우스워 보이고 지나간 자기는 아주 가치 없는 못생긴 사람같이 보인다. 지나간 생활은 임시의 생활이요, 이제부터가 참말 자기의 생활인 것 같다"라는 한 달 전의 발언을 참고할 때 보다 명확하게 이해할 수 있다. 형식에게 사랑은 전체 삶의, 정체성의 핵심 사업이었던 것이다. 정체성의 회복은 시급한 과제이다.

　형식이 일생의 사업으로 믿었던 사랑이 하루아침에 헛된 것인 줄 깨닫고 실망한 것이 115회에서였으니, 소설의 종결까지는 불과 10여 회가 남았을 뿐이다.『무정』의 사건 전개에 관한 시간표는 매우 조밀하고 또 구체적이므로,[221] 서사가 종결되고 몇 년 뒤의 후일담을 다루는 최종 126회를 제외하고 나면, 우리는 형식에게 주어진 시간이 1916년 8월 초의 어느 날 새벽 5시에서 9~10시까지의 불과 몇 시간으로 특정할 수 있다. 삼랑진역에 정차해 갑자기 불어난 물에 끊어진 선로의 복구를 기다리던 네댓 시간 동안 인생 전체에 관한 형식의 실망이 희망으로 바뀌기 위해서는 결정적 한 방이 필요하리라는 것은 자명하다. 과연 몇 시간 안에 수해를 당한 동포를 위한 일에 모두가 한 몸, 한마음이 되는 연금술적 사건이 일어나고, 이와 더불어 형식 역시 민족 계몽의 교사라는 정체성을 회복하기에 이른다.

　이 책이 거의 끝나는 즈음에도 정체성의 '회복'이라는 말을 쓴다는 것은 그만큼 관습의 힘이 크다는 뜻이기도 하다. 관례적으로 회복이라고 말하고 있지만, 어딘가로 돌아가서 찾아야 할 만큼 원래부터 정해져 있는 정체성 같은 것은 없다는 것이 우리의 핵심 주장 중 하나였다. 형식의 경우 역시 그렇다. 단순하게 생각하면 그는 조선 사람을 문명한 민족으로 지도하겠다는 경성학교 교사 시절의 정체성으로 돌아간 것처럼 보인다. 하지만 수행적 정체성이라는 면에서 형식은 이전으로 돌아간 것이 아니라 다시 태어났다 해도 과언이 아니다.

　　그러나 다른 교사들은 형식을 그처럼 지식과 사상이 높은 자라고 인정하지 아니하였고 어떤 사람은 형식을 자기네와 평등이라고도 생각하지 아니하였다. 과연 형식의 하는 말에나 일에는 별로 뛰어난 것이 없었다. 형식이가 큰 진리인 듯이 열심으로 하는 말도 듣는 사람에게는 별로 감동을 주는 바가 없었다. 다만 형식의 특색은 영어를 많이 섞고 서양 유명한 사람의 이름과 말을 많이 인용하여 무슨 뜻인지 잘 알지도 못할 말을 길게 함이었다. 형식의 연설이나 글은 서양 글을 직역한 것 같았다. (……) 그는 이것을 자기가 부족함이라고 생각하지 아니하고 세상 사람이 아직 자기의 높은 사상을 깨닫지 못함이라 하여 스스로 선각자의 설움이라 일컫고 혼자 안심하였다. 그러나 남들이 형식의 의견을 채용치 아니함은 자기네가 그것을 깨닫지 못함이라고는 하지 아니하였다. 그네의 보기에 형식의 의견은 도저히 실행할 수 없는 것이요, 또 설사 실행한다 하더라도 효력이 없을 듯한 것이었다.[222]

　지난 시절 형식은 스스로 진리라고 믿는 바를 열심으로 전달하려는 정성은 있었으되, 책으로 배운 바를 마치 "직역"하듯 그대로 반복할 뿐이었다. 배운 지식을 단순히 복제하는 데 그친다면 책의 내용을 그대로 전달하는 것은 가능하지만 그 이상의 역할을 기대하기란 난망이다. 비유컨대, 원본대로의 전달이 진위문의 영역이라면 그 이상의 역할은 수행문의 영역이다. 만약 형식의 입에서 나오는 말이 진위문의 영역에 머문다면, 그는 스스로를 교사로 여기고 심지어 "선각자"로까지 자부함에도 불구하고 실제로는 책상물림에 지나지 않는다. 책에서 읽은 내용을 인용하거나 암기하는 데 머물 때 형식은 좋게 봐야 "유망은 하지마는 아직 때를 못 벗"은 "세상을 모르는 도련님"에 불과하며, 좀 신랄하게는 선각자는커녕 동료 교사들에게 자기들보다 못한 인간이라는 평판을 듣기도 하고, 교사는커녕 애제자에게마저 경멸과 연민을 사기도 한다. 형식이 진리를 말할 때 동료나 제자들이 따르지 않고 그뿐 아니라 무시하거나 경멸하는 이유는, 형식의 예상과 달리 그들이 그 진리를 몰라서가 아니다. 그들은 잘 알고 있지만 따르지 않는다. 이런 사람들을 실행으로 이끄는 자야말로 교사나 선각자라는 이름에 값할 터인데 이는 곧 진위문이 아닌 수행문의 영역인 것이다.

이처럼 『무정』의 묘사에 따르면 실패한 교사였고 오스틴의 설명에 따르면 부적절한 화자였던 형식은 삼랑진 수해 현장에서 새롭게 태어난다. 눈물과 감격으로 시작해 감격의 눈물로 끝난 자선 음악회 직후, 기차에 동승했던 일행이 모두 모여 형식의 주도 아래 "장차 무엇으로 조선 사람을 구제할까"를 주제로 문답이 진행되는데, 이 문답의 요체는 '불쌍한 조선 사람들에게 힘을 주고 문명을 주자, 그러기 위해 교육으로 실행으로 가르치고 인도하자'라는 결론을 얻었다는 데 있는 것이 아니라 모두가 감동의 눈물을 흘렸다는 데 있다.[223] 이런 점에서 "영채도 선형의 손을 마주 쥐며 더욱 눈물이 쏟아진다. 형식도 울었다. 병욱도 울었다. 마침내 모두 울었다"로 끝나는 『무정』의 결말은 더할 나위 없이 적확하다.[224] 문명 교육이라는 발화의 내용은 교사 시절이나 지금이나 동일한데, 지금은 맞고 그때는 틀린 이유는 무엇일까? 이 질문의 답은 간단치 않지만, 성공의 핵심에 감동과 눈물이 있다는 점은 분명하다. 그것은 교사 시절의 형식이 "큰 진리인 듯이 열심으로 하는 말도 듣는 사람에게는 별로 감동을 주는 바가 없었다"는 지적과 비교하면 더욱 자명하다.

감정을 산출하고 강화하는 수행적 발화로 분석 가능한 『무정』의 마지막 장면은 진정하고 심각한 사업은 정(情)에서 솟구칠 때 비로소 자동자진, 자유자재로 실천될 수 있다는 정육론의 주장을 구현한 모델로 손꼽을 만하다. 이 수행적 결말은, 『무정』의 서사 안에서는 이제까지 형식을 지나치게 감정적이라고 타박하고 중요한 순간마다 '남자다운' 조언을 주었던 우

선마저도 눈물을 흘릴 정도로 감동하도록 했으며, 『무정』이
연재될 당시에는 독자 김기전으로 하여금 독후감을 통해 감동
의 눈물을 흘렸음을 고백하도록 했으며, 나아가 김동인의 「춘
원 연구」를 필두로 한 무수히 많은 비평에서는 문학사적 감탄
을 자아내도록 했다. 『무정』의 마지막 장면은 이렇게나 큰일
을 수행했던 것이다.[225]

  이러한 성공은 물론 획기적이었다. 그런데 이 성공이 획기
적인 또 다른 이유는 그것이 이광수의 이후 소설들에서 다시
는 반복되지 않았다는 점 때문이기도 하다. 앞에서 언급한 바
와 같이 정육론을 대표하는 주창자라는 점에서 이광수는 우리
나라의 루소이자 스코틀랜드 계몽주의자라 칭할 수 있지만,
다른 한편으로 감정을 "도덕적 악성병"으로 진단하고 "열등
감정의 억압"을 위해 도덕적 수양에 매진할 것을 요구했다는
점에서는 세기말의 노르다우를 방불케 하는 두 얼굴의 소유
자이다.[226] 그리하여 『무정』 이후 이광수는 무원칙적이고 변덕
스러우며 따라서 신뢰할 수 없다는 이유로 눈물을 비롯한 감
정 전체를 '열정적으로' 단죄한다. 감정적 존재인 인간이 자동
자진, 자유자재하는 원천으로 긍정되던 감정이 근거 없는 상
상이나 환상을 동반한 통제 불가능한 요소로 부정되는 급반전
속에서 우리는 감정의 보수화나 젠더화 등의 변화를 읽을 수
있다.[227] 감정에 대한 도덕적 단죄와 함께 또 하나 발견되는 변

화는 아마도 감정에 대한 도구적 관점의 확대에서 찾을 수 있을 것이다. 앞서 우리가 자기 계발 담론에서 보았던 "열광적으로 행동하라. 그러면 열광적이 될 것이다"라는 슬로건은 인격 개조, 나아가 민족성 개조를 외쳤던 이광수에게도 전략적으로 채택되었던 것이다.[228] 이렇게 보면 이광수에게 감정은 위험시되었을지언정 무시되었던 적은 없다. 그에 의하면 감정이 행사하는 힘은 논리적 추론 같은 이성의 작용과는 비교도 안 될 만큼 강력해서 차라리 "감염력"이라고 불러 마땅하거니와,[229] 지나치게 강력하므로 아예 봉인되거나 통제 가능한 수준에서만 전략적 도구로 활용되어야 한다는 것이 이광수의 결론이었다.

감정에 관한 이광수의 두 가지 혹은 세 가지 관점은 지금도 여전히 유효하다. 그런데 이광수가 감정에 관한 처음의 긍정적 관점을 서둘러 청산했던 이유는 아직도 다소 의문이다. 이에 대해 긍정적 가치를 지녔던 감정이 어느 때 이후로 변질되었다고 보는 관점이 있을 수 있다. '죽은 감정' 혹은 가짜 감정을 의미하는 '포스트감정'이라는 용어가 이러한 관점을 대표하며,[230] 좀 멀게는 '나쁜' 감상주의 때부터 진짜가 아닌 과시적 소비 대상으로서의 감정에 대한 경고가 계속되어왔던 것도 사실이다. 편리하긴 하나, 좋은 감정과 나쁜 감정이 따로 있다고 볼 수 없다는 것은 『무정』의 형식이라는 사례만 봐도 금세 알 수 있다. 감정적 존재로서 흥분하거나 혼란스러워지기 일

쑤였으며 중요한 선택의 순간에 수시로 우선의 조언을 구해야 했던, 그래서 동료 교사들이나 학생들에게 무시당하기도 했던 형식이 모두를 감동시키는 자리의 주인공이 될 줄 누가 알았겠는가? 말하자면, 그의 '나쁜' 감정은 '좋은' 감정을 위해 예비되어야 했다. 앞에서 언급했던 항해나 모험의 비유를 다시 가져오면, 감정의 행로는 사전에 정해진 길이 없어 방황을 수반할 수밖에 없는 근대인의 삶을 상징한다. 답이 정해져 있다면 정답 외에는 모두 오류일 터이나, 그런 삶은 없다. 정해진 답이 없으며 따라서 자기의 수행을 통해 자기를 만들고 자기가 되는 과정이 곧 삶이라는 사실을 우리는 잘 알고 있다.[231] 『무정』은 감정의 가능성의 정점을 보여준 첫 소설이지만, 후속작이 없다는 점에서 마지막 소설이기도 하다. 그리하여 우리가 감정에 대해 이야기하려면 『무정』에서 시작해야 한다. 자, 여기서 뛰어라.

주

1 윌리엄 M. 레디, 『감정의 항해』, 김학이 옮김, 문학과지성사, 2016, 19쪽. 최초 인용할 때는 전체 서지 사항을, 다시 인용할 때는 저자와 표제를 표시하기로 한다.

2 데버러 럽턴, 『감정적 자아』, 박형신 옮김, 한울, 2016, 14~15쪽.

3 스캇 R. 해리스, 『감정사회학으로의 초대』, 박형신 옮김, 한울, 2017, 32쪽.

4 박한선, 「왜 대부분의 감정은 부정적일까」, 『동아사이언스』(2019. 3. 24), http://dongascience.donga.com/news/view/27554.

5 김여수, 「진리와 실재론」, 『철학연구』 18, 1983, 119쪽.

6 앨리 R. 혹실드, 『감정노동』, 이가람 옮김, 이매진, 2009, 265쪽.

7 이안 버킷, 『감정과 사회관계』, 박형신 옮김, 한울, 2017, 10쪽; 앨리 R. 혹실드, 『감정노동』, 268쪽.

8 데버러 럽턴, 『감정적 자아』, 26~27쪽.

9 「공포와 공격성 나타내는 신경회로 찾았다」, 『동아사이언스』(2018. 6. 14), http://dongascience.donga.com/news.php?idx=22604.

10 이희상, 「약 없이 행복해지기」, 『정신 의학신문』(2018. 8. 28), http://www.psychiatricnews.net/news/articleView.html?idxno=1556.

11 에밀 졸라, 『실험소설』, 유기환 옮김, 책세상, 2007, 31쪽; 이수형, 「근대문학 성립기의 마음과 신경」, 『한국근대문학연구』 24, 2011.

12 조반니 프라체토, 『감정의 재발견』, 이현주 옮김, 프런티어, 2016, 183~184쪽.

13 에드워드 쇼터, 『정신 의학의 역사』, 최보문 옮김, 바다출판사, 2009, 528쪽.

14 올더스 헉슬리, 『멋진 신세계』, 이덕형 옮김, 문예출판사, 2004, 122쪽.

15 조반니 프라체토, 『감정의 재발견』, 173쪽.

16 조반니 프라체토, 『감정의 재발견』, 190쪽.

17 올더스 헉슬리, 『멋진 신세계』, 279쪽.

18 올더스 헉슬리, 『멋진 신세계』, 76쪽.

19 올더스 헉슬리, 『멋진 신세계』, 112~113쪽.

20 장 스타로뱅스키, 『장 자크 루소 투명성과 장애물』, 이충훈 옮김, 아카넷, 2012, 355쪽.

21 찰스 귀논, 『진정성에 대하여』, 강혜원 옮김, 동문선, 2005, 93쪽.

22 올더스 헉슬리, 『멋진 신세계』, 87쪽.

23 찰스 귀논, 『진정성에 대하여』, 32~33쪽.

24 미셸 푸코, 『자기의 테크놀로지』, 이희원 옮김, 동문선, 1997, 39쪽.

25 찰스 테일러, 『헤겔』, 정대성 옮김, 그린비, 2014, 19쪽.

26 찰스 테일러, 『헤겔』, 26쪽.

27 찰스 테일러, 『헤겔』, 27~28쪽.

28 카를 마르크스·프리드리히 엥겔스, 『공산당 선언』, 이진우 옮김, 책세상, 2002, 19쪽.

29 Charles Taylor, *The Ethics of Authenticity*, Harvard University Press, 1991, p.5.

30 찰스 디킨즈, 『어려운 시절』, 장남수 옮김, 창비, 2009, 43쪽.

31 카를 마르크스·프리드리히 엥겔스, 『공산당 선언』, 21쪽.

32 미셸 푸코, 『생명관리정치의 탄생』, 심세광·전혜리·조성은 옮김, 난장, 2012, 319~320쪽.

33 찰스 테일러, 『자아의 원천들』, 권기돈·하주영 옮김, 새물결, 2015, 367~368쪽. "비개인적"을 "비인칭적"으로 번역 수정.

34 이매뉴얼 월러스틴, 『월러스틴의 세계체제 분석』, 이광근 옮김, 당대,

2005, 55쪽.

35 윌리엄 셰익스피어, 『로미오와 줄리엣 외(外)』, 김재남 옮김, 을유문화사, 1991, 307쪽.

36 Lionel Trilling, *Sincerity and Authenticity*, Harvard University Press, 1972, pp.13~14.

37 마사 누스바움, 『시적 정의』, 박용준 옮김, 궁리, 2013, 50쪽.

38 찰스 디킨즈, 『어려운 시절』, 12쪽.

39 찰스 디킨즈, 『어려운 시절』, 162, 165쪽.

40 이언 해킹, 『우연을 길들이다』, 정혜경 옮김, 바다출판사, 2012, 21쪽.

41 찰스 디킨즈, 『어려운 시절』, 351, 353~354쪽.

42 찰스 디킨즈, 『어려운 시절』, 461~462쪽.

43 찰스 디킨즈, 『크리스마스 캐럴』, 김세미 옮김, 문예출판사, 2006, 31쪽.

44 게리 베커, 「게리 베커와 자본주의 정신」, 강동호 옮김, 『문학과사회』, 2014. 가을.

45 찰스 디킨즈, 『어려운 시절』, 464쪽.

46 미셀 푸코, 『감시와 처벌』, 오생근 옮김, 나남, 2003, 216~217쪽.

47 미셀 푸코, 『성의 역사 1』, 이규현 옮김, 나남, 2004, 151~152쪽.

48 데버러 럽턴, 『감정적 자아』, 94쪽.

49 콜린 캠벨, 『낭만주의 윤리와 근대 소비주의 정신』, 박형신·정헌주 옮김, 나남, 2010, 255쪽; 유명숙, 『역사로서의 영문학』, 창비, 2009, 147쪽.

50 앨버트 허쉬먼, 『열정과 이해관계』, 김승현 옮김, 나남, 1994, 22쪽. 당시에는 감정(emotion) 외에 혹은 대신에 정념(passion), 감성(sentiment), 감수성(sensibility) 등 다양한 용어가 사용되었는데, 이 책에서는 엄밀히 구별하지 않았다.

51 양선이, 「자연주의와 도덕적 가치 그리고 규범성에 관하여」, 『철학』 139, 2019.

52 최희봉, 「감성과 취미에 관한 흄의 견해」, 『동서철학연구』 42, 2006.

53 이광수, 『이광수 전집 1』, 삼중당, 1971, 526쪽.

54 데버러 럽턴, 『감정적 자아』, 154~160쪽.

55 데버러 럽턴, 『감정적 자아』, 163쪽.

56 미셸 푸코, 『성의 역사 1』, 46쪽.

57 마벨 베레진, 「감정과 정치적 정체성」, 『열정적 정치』, 박형신·이진희 옮김, 한울, 2012, 130쪽.

58 앨버트 허쉬먼, 『열정과 이해관계』, 68쪽.

59 조지 오웰, 『1984』, 김기혁 옮김, 문학동네, 2009, 9쪽.

60 조지 오웰, 『1984』, 21, 23쪽.

61 미셸 푸코, 『성의 역사 1』, 30쪽.

62 장 스타로뱅스키, 『장 자크 루소 투명성과 장애물』, 13쪽.

63 앨리 R. 혹실드, 『감정노동』, 40쪽.

64 찰스 테일러, 『자아의 원천들』, 724~725쪽.

65 장 스타로뱅스키, 『장 자크 루소 투명성과 장애물』, 103쪽.

66 이우창, 「디킨즈와 공리주의」, 서울대학교 석사학위논문, 2012, 57~58쪽.

67 찰스 디킨즈, 『어려운 시절』, 153쪽.

68 이우창, 「디킨즈와 공리주의」, 65쪽.

69 카를 마르크스·프리드리히 엥겔스, 『공산당 선언』, 22쪽.

70 데이비드 하비, 『세계를 보는 눈』, 최병두 옮김, 창비, 2017, 72쪽.

71 지그문트 프로이트, 『정신분석 강의』, 임홍빈·홍혜경 옮김, 열린책들, 2004, 476~477쪽.

72 에바 일루즈, 『감정 자본주의』, 김정아 옮김, 돌베개, 2010, 141쪽.

73 이언 와트, 『소설의 발생』, 강유나·고경하 옮김, 강, 2005, 259쪽.

74 유명숙, 『역사로서의 영문학』, 153쪽.

75 찰스 디킨즈, 『어려운 시절』, 480쪽.

76 찰스 테일러, 『자아의 원천들』, 602~603쪽.

77 콜린 캠벨, 『낭만주의 윤리와 근대 소비주의 정신』, 56쪽.

78 콜린 캠벨, 『낭만주의 윤리와 근대 소비주의 정신』, 119쪽.

79 콜린 캠벨, 『낭만주의 윤리와 근대 소비주의 정신』, 58쪽.

80 박순강, 「『리틀 도릿』의 공감을 통한 사회적 감성 구현」, 『영미연구』 35, 2015, 3~4쪽.

81 Chris Baldick, *The Oxford Dictionary of Literary Terms*, Oxford University Press, 2015, p.330.

82 로버트 단턴, 『고양이 대학살』, 조한욱 옮김, 문학과지성사, 1996, 342쪽.

83 백낙청, 『민족문학과 세계문학 Ⅰ』, 창작과비평사, 1978, 108쪽.

84 김우창, 『김우창 전집 2』, 민음사, 1981, 306쪽.

85 김우창, 『김우창 전집 2』, 314쪽.

86 백낙청, 「내가 생각하는 민족문학」, 『창작과 비평』, 1978. 가을, 25쪽.

87 백낙청, 『민족문학과 세계문학 Ⅰ』, 103쪽.

88 윌리엄 M. 레디, 『감정의 항해』, 240쪽.

89 윌리엄 M. 레디, 『감정의 항해』, 222쪽.

90 알랭 바디우, 『세기』, 박정태 옮김, 이학사, 2014, 310쪽.

91 백낙청, 『민족문학과 세계문학 Ⅰ』, 90, 95쪽.

92 김현, 『김현 문학 전집 3』, 문학과지성사, 1995, 126쪽.

93 이수형, 「백낙청 비평에 나타난 지정학적 인식과 인간 본성의 가능성」, 『외국문학연구』 57, 2015, 362쪽.

94 프레드릭 제임슨, 『문화적 맑스주의와 제임슨』, 신현욱 옮김, 창비, 2014, 154쪽.

95 레이먼드 윌리엄스, 『키워드』, 김성기·유리 옮김, 민음사, 2010, 328쪽.

96 필립 스미스, 『문화 이론』, 한국문화사회학회 옮김, 이학사, 2008, 20쪽.

97 윌리엄 M. 레디, 『감정의 항해』, 66쪽.

98 윌리엄 M. 레디, 『감정의 항해』, 68쪽.

99 성은애, 「『두 도시 이야기』의 감상성」, 『근대영미소설』 19(1), 2012, 66쪽; 제인 P. 톰킨스, 「감상주의의 힘: 『톰 아저씨의 오두막』과 문학사의 정치학」, 『페미니스트 비평과 여성 문학』, 신경숙·홍한별·변용란 옮김, 이화여대 출판부, 2004, 112~113쪽.

100 윌리엄 M. 레디, 『감정의 항해』, 65쪽.

101 찰스 테일러, 『자아의 원천』, 596~597쪽.

102 권보드래, 『연애의 시대』, 현실문화연구, 2003, 194쪽; 권보드래, 『한국 근대소설의 기원』, 소명, 2000, 34쪽.

103 최승구, 「정감적 생활의 요구」, 『학지광』 3, 1914, 17~18쪽.

104 장 자크 루소, 『에밀』, 김중현 옮김, 한길사, 2003.

105 Mark S. Micale, *Hysterical Men: The Hidden History of Male Nervous Illness*, Harvard University Press, 2008, pp.22-24.

106 최남선, 「아관(我觀)」, 『청춘』 13, 1918, 4~5쪽.

107 이광수, 『무정』, 문학과지성사, 2005, 232~233쪽.

108 찰스 테일러, 『자아의 원천들』, 448쪽.

109 이광수, 『무정』, 234쪽.

110 리디아 H. 리우, 『언어횡단적 실천』, 민정기 옮김, 소명, 2005, 109~110쪽.

111 Mark S. Micale, *Hysterical Men*, p.56.

112 레이먼드 윌리엄스, 『키워드』, 428~429쪽.

113 Janet Todd, *Sensibility*, Methuen, 1986, p.6.

114 유명숙, 『역사로서의 영문학』, 147쪽.

115 이사야 벌린, 『자유론』, 박동천 옮김, 아카넷, 2006.

116 채만식, 『탁류』, 문학과지성사, 2014, 217~218쪽.

117 콜린 캠벨, 『낭만주의 윤리와 근대 소비주의 정신』, 129쪽.

118 콜린 캠벨, 『낭만주의 윤리와 근대 소비주의 정신』, 146쪽.

119 콜린 캠벨, 『낭만주의 윤리와 근대 소비주의 정신』, 149~164쪽.

120 지그문트 프로이트, 『꿈의 해석』, 김인순 옮김, 열린책들, 2003, 195쪽.

121 콜린 캠벨, 『낭만주의 윤리와 근대 소비주의 정신』, 249쪽.

122 콜린 캠벨, 『낭만주의 윤리와 근대 소비주의 정신』, 226쪽.

123 채만식, 『탁류』, 522, 532쪽.

124 이광수, 『무정』, 11~12쪽.

125 권보드래, 『연애의 시대』, 96쪽.

126 윌리엄 M. 레디, 『감정의 항해』, 216쪽.

127 김동인, 『김동인 전집 16』, 조선일보사, 1988, 58쪽

128 이광수, 『무정』, 70~71쪽.

129 권보드래, 『연애의 시대』, 222쪽.

130 김동인, 『김동인 전집 1』, 조선일보사, 1988, 82쪽.

131 서영채, 「한국 근대소설에 나타난 사랑의 양상과 의미에 관한 연구」, 서
     울대학교 박사학위논문, 2002, 116~118쪽; 손유경, 「한국 근대소설에
     나타난 '동정'의 윤리와 미학에 관한 연구」, 서울대학교 박사학위논문,
     2006, 190~191쪽.

132 염상섭, 『삼대』, 문학과지성사, 2004, 224쪽.

133 염상섭, 『삼대』, 586쪽.

134 콜린 캠벨, 『낭만주의 윤리와 근대 소비주의 정신』, 135쪽.

135 에리히 아우얼바하, 『미메시스: 고대, 중세 편』, 김우창·유종호 옮김, 민
     음사, 1987, 33~35쪽.

136 이광수, 『이광수 전집 1』, 526쪽.

137 윌리엄 M. 레디, 『감정의 항해』, 223, 248, 274쪽.

138 윌리엄 M. 레디, 『감정의 항해』, 272쪽.

139 피터 브룩스, 『육체와 예술』, 이봉지 옮김, 문학과지성사, 2000, 131쪽.

140 윌리엄 M. 레디, 『감정의 항해』, 280쪽.

141 안 뱅상-뷔포, 『눈물의 역사』, 이자경 옮김, 동문선, 2000, 118쪽.

142 윌리엄 M. 레디, 『감정의 항해』, 315~317쪽.

143 윌리엄 M. 레디, 『감정의 항해』, 298~299쪽.

144 스캇 R. 해리스, 『감정사회학으로의 초대』, 37쪽.

145 스캇 R. 해리스, 『감정사회학으로의 초대』, 48쪽.

146 스캇 R. 해리스, 『감정사회학으로의 초대』, 43~44쪽.

147 안 뱅상-뷔포, 『눈물의 역사』, 111쪽.

148 안 뱅상-뷔포, 『눈물의 역사』, 82, 99쪽.

149 질 들뢰즈, 『차이와 반복』, 김상환 옮김, 민음사, 2004, 144쪽.

150 콜린 캠벨, 『낭만주의 윤리와 근대 소비주의 정신』, 139쪽.

151 찰스 테일러, 『자아의 원천들』, 229쪽.

152 찰스 테일러, 『자아의 원천들』, 230쪽.

153 황종연, 「신 없는 자연」, 『상허학보』 36, 2012, 156~156쪽.

154 찰스 테일러, 『자아의 원천들』, 721~725쪽.

155 김연수, 「작가의 말」, 『내가 아직 아이였을 때』, 문학동네, 2002, 285쪽.

156 프리드리히 키틀러, 『축음기, 영화, 타자기』, 유현주·김남시 옮김, 문학과지성사, 2019, 138쪽.

157 이수형, 「기계로 씌어진 낯선 기억과 진실」, 『동악어문학』 77, 2019.

158 찰스 테일러, 『헤겔』, 33~35쪽; 찰스 테일러, 『자아의 원천들』, 793쪽.

159 찰스 테일러, 『자아의 원천들』, 757쪽.

160 H. 포터 애벗, 『서사학 강의』, 우찬제 외(外) 옮김, 문학과지성사, 2010, 50~51쪽.

161 찰스 테일러, 『자아의 원천들』, 765쪽.

162 찰스 테일러, 『자아의 원천들』, 229쪽.

163 가라타니 고진, 『일본근대문학의 기원』, 박유하 옮김, 민음사, 1997, 104쪽.

164 Charles Taylor, *The Ethics of Authenticity*, 1991, p.61.

165 황종연, 『비루한 것의 카니발』, 문학동네, 2001, 260~261쪽.

166 앤드류 포터, 『진정성이라는 거짓말』, 노시내 옮김, 마티, 2016, 88~89쪽.

167 Marshall Berman, *The Politics of Authenticity: Radical Individualism and the Emergence of Modern Society*, Verso, 2009, p.86.

168 L. 프랭크 바움, 『위대한 마법사 오즈』, 최인자 옮김, 문학세계사, 2000, 237쪽.

169 Lionel Trilling, *Sincerity and Authenticity*, pp.15~16.

170 어빙 고프만, 『자아 연출의 사회학』, 진수미 옮김, 현암사, 2016, 34쪽.

171 장 스타로뱅스키, 『장 자크 루소 투명성과 장애물』, 242쪽; 한병철, 『투명사회』, 김태환 옮김, 문학과지성사, 2014, 88쪽.

172 앨리 L. 혹실드, 『감정노동』, 55~57쪽.

173 에리카 피셔-리히테, 『수행성의 미학』, 김정숙 옮김, 문학과지성사, 2017, 50~51쪽. "비참조적"을 "비지시적'으로 번역 수정함.

174 에리카 피셔-리히테, 『수행성의 미학』, 44~45쪽.

175 윌리엄 M. 레디, 『감정의 항해』, 160~161쪽.

176 윌리엄 M. 레디, 『감정의 항해』, 161쪽.

177 윌리엄 M. 레디, 『감정의 항해』, 163~164쪽.

178 데버러 럽턴, 『감정적 자아』, 35쪽.

179 윌리엄 M. 레디, 『감정의 항해』, 170쪽.

180 앨리 L. 혹실드, 『감정노동』, 34, 37쪽.

181 앨리 L. 혹실드, 『감정노동』, 52쪽.

182 앨리 L. 혹실드, 『감정노동』, 21쪽.

183 앨리 L. 혹실드, 『감정노동』, 65쪽.

184 스캇 R. 해리스, 『감정사회학으로의 초대』, 79쪽.

185 앨리 L. 혹실드, 『감정노동』, 53쪽.

186 전상진, 「자기계발의 사회학」, 『문화와 사회』 5, 2008, 123쪽.

187 https://en.wikipedia.org/wiki/Fake_it_till_you_make_it.

188 위르겐 하버마스, 『의사소통행위이론 1』, 장춘익 옮김, 나남출판, 2006, 424~436쪽.

189 질 들뢰즈·펠릭스 가타리, 『천 개의 고원』, 김재인 옮김, 새물결, 2001, 147쪽: 피에르 부르디외, 『상징폭력과 문화재생산』, 정일준 옮김, 새물결, 1997, 151쪽.

190 윌리엄 M. 레디, 『감정의 항해』, 188~189쪽.

191 게오르그 짐멜, 『짐멜의 모더니티 읽기』, 김덕영 옮김, 새물결, 2005, 211~215쪽.

192 에바 일루즈, 『감정 자본주의』, 107~108쪽.

193 김동인, 『김동인 전집 16』, 55쪽.

194 이광수, 『무정』, 11쪽.

195 이광수, 『무정』, 260쪽.

196 이광수, 『무정』, 270쪽.

197 황종연, 『탕아를 위한 비평』, 문학동네, 2012, 474~475쪽; 이철호, 『영혼의 계보』, 창비, 2013, 152쪽.

198 이광수, 『무정』, 270쪽.

199 김동인, 『김동인 전집 16』, 58쪽.

200 이철호, 『영혼의 계보』, 161쪽.

201 이광수, 『무정』, 111쪽.

202 데카르트, 『성찰』, 양진호 옮김, 책세상, 2011, 35쪽.

203 찰스 테일러, 『자아의 원천들』, 328쪽.

204 이광수, 『무정』, 111~112쪽.

205 데카르트, 『성찰』, 61쪽.

206 김영찬, 「식민지 근대의 내면과 표상」, 『상허학보』 16, 2006, 26쪽.

207 이광수, 『무정』, 249~251쪽.

208 이철호, 『영혼의 계보』, 157쪽.

209 황종연, 「신 없는 자연」, 156~158쪽.

210 이광수, 『무정』, 251~253쪽.

211 황종연, 「신 없는 자연」, 164쪽; 이철호, 『영혼의 계보』, 160쪽.

212 찰스 테일러, 『자아의 원천들』, 760쪽.

213 찰스 테일러, 『자아의 원천들』, 761쪽.

214 이광수, 『무정』, 247~248쪽.

215 이광수, 『무정』, 256쪽.

216 이광수, 『무정』, 358쪽.

217 서희원, 「이광수의 문학, 종교, 정치의 연관에 대한 연구」, 동국대학교 박사학위논문, 2011, 46쪽.

218 이광수, 『무정』, 319~320쪽

219 권보드래, 『연애의 시대』, 221~222쪽.

220 이광수, 『무정』, 364~365쪽.

221 이수형, 「『무정』과 근대적 시간 체계」, 『상허학보』 55, 2019.

222 이광수, 『무정』, 269~270쪽.

223 이수형, 「세속화 프로젝트: '무정'한 세계는 어디에서 와서 어디로 가는가」, 『문학과사회』 27(1), 2014, 476쪽.

224 이광수, 『무정』, 469쪽.

225 이수형, 「1910년대 이광수 문학과 감정의 현상학」, 『상허학보』 36, 2012, 208쪽.

226 이광수, 『이광수 전집 10』, 삼중당, 1971, 361쪽.

227 이수형, 『1910년대 이광수 문학과 감정의 현상학』, 211쪽.

228 이수형, 「이광수 문학에 나타난 감정과 마음의 관계」, 『한국문학이론과 비평』 54, 2012, 327쪽.

229 이광수, 『이광수 전집 10』, 180쪽.

230 스테판 G. 메스트로비치, 『탈감정사회』, 박형신 옮김, 한울, 2014, 134쪽.

231 Alessandro Ferrara, *Reflective Authenticity: Rethinking the Project of Modernity*,
Routledge, 1998, pp. 6~7.

참고 문헌

단행본

권보드래, 『연애의 시대』, 현실문화연구, 2003.

_____, 『한국 근대소설의 기원』, 소명, 2000.

김우창, 『김우창 전집 2』, 민음사, 1981.

김 현, 『김현 문학 전집 3』, 문학과지성사, 1995.

백낙청, 『민족문학과 세계문학 Ⅰ』, 창작과비평사, 1978.

유명숙, 『역사로서의 영문학』, 창비, 2009.

이철호, 『영혼의 계보』, 창비, 2013.

한병철, 『투명사회』, 김태환 옮김, 문학과지성사, 2014.

황종연, 『비루한 것의 카니발』, 문학동네, 2001.

_____, 『탕아를 위한 비평』, 문학동네, 2012.

가라타니 고진, 『일본근대문학의 기원』, 박유하 옮김, 민음사, 1997.

Abbott, H. Porter, 『서사학 강의』, 우찬제 외(外) 옮김, 문학과지성사, 2010.

Auerbach, Erich, 『미메시스: 고대, 중세 편』, 김우창·유종호 옮김, 민음사, 1987.

Badiou, Alain, 『세기』, 박정태 옮김, 이학사, 2014.

Baldick, Chris, *The Oxford Dictionary of Literary Terms*, Oxford University Press, 2015.

Berlin, Isaiah, 『자유론』, 박동천 옮김, 아카넷, 2006.

Berman, Marshall, *The Politics of Authenticity: Radical Individualism and the*

Emergence of Modern Society, Verso, 2009.

Bourdieu, Pierre,『상징폭력과 문화재생산』, 정일준 옮김, 새물결, 1997.

Brooks, Peter,『육체와 예술』, 이봉지 옮김, 문학과지성사, 2000.

Burkitt, Ian,『감정과 사회관계』, 박형신 옮김, 한울, 2017.

Campbell, Colin,『낭만주의 윤리와 근대 소비주의 정신』, 박형신·정헌주 옮김, 나남, 2010.

Darnton, Robert,『고양이 대학살』, 조한욱 옮김, 문학과지성사, 1996.

Deleuze, Gilles,『차이와 반복』, 김상환 옮김, 민음사, 2004.

Deleuze, Gilles and Guattari, Félix,『천 개의 고원』, 김재인 옮김, 새물결, 2001.

Descartes,『성찰』, 양진호 옮김, 책세상, 2011.

Ferrara, Alessandro, *Reflective Authenticity: Rethinking the Project of Modernity*, Routledge, 1998.

Fischer-Lichte, Erika,『수행성의 미학』, 김정숙 옮김, 문학과지성사, 2017.

Foucault, Michel,『감시와 처벌』, 오생근 옮김, 나남, 2003.

_____,『생명관리정치의 탄생』, 심세광·전혜리·조성은 옮김, 난장, 2012.

_____,『성의 역사 1』, 이규현 옮김, 나남, 2004.

_____,『자기의 테크놀로지』, 이희원 옮김, 동문선, 1997.

Frazzetto, Giovanni,『감정의 재발견』, 이현주 옮김, 프런티어, 2016.

Freud, Sigmund,『꿈의 해석』, 김인순 옮김, 열린책들, 2003.

_____,『정신분석 강의』, 임홍빈·홍혜경 옮김, 열린책들, 2004.

Goffman, Erving,『자아 연출의 사회학』, 진수미 옮김, 현암사, 2016.

Goodwin, Jeff, Jasper, James M. and Polletta, Francesca(eds.),『열정적 정치』, 박형신·이진희 옮김, 한울, 2012.

Guignon, Charles,『진정성에 대하여』, 강혜원 옮김, 동문선, 2005.

Habermas, Jurgen,『의사소통행위이론 1』, 장춘익 옮김, 나남출판, 2006.

Hacking, Ian,『우연을 길들이다』, 정혜경 옮김, 바다출판사, 2012.

Harris, Scott R., 『감정사회학으로의 초대』, 박형신 옮김, 한울, 2017.

Harvey, David, 『세계를 보는 눈』, 최병두 옮김, 창비, 2017.

Hirschman, Albert, 『열정과 이해관계』, 김승현 옮김, 나남, 1994.

Hochschild, Arlie R., 『감정노동』, 이가람 옮김, 이매진, 2009.

Illouz, Eva, 『감정 자본주의』, 김정아 옮김, 돌베개, 2010.

Jameson, Fredric, 『문화적 맑스주의와 제임슨』, 신현욱 옮김, 창비, 2014.

Kittler, Friedrich, 『축음기, 영화, 타자기』, 유현주·김남시 옮김, 문학과지성사, 2019.

Liu, Lydia H., 『언어횡단적 실천』, 민정기 옮김, 소명, 2005.

Lupton, Deborah, 『감정적 자아』, 박형신 옮김, 한울, 2016.

Marx, Karl and Engels, Friedrich, 『공산당 선언』, 이진우 옮김, 책세상, 2002.

Metrovic, Stjepan G., 『탈감정사회』, 박형신 옮김, 한울, 2014.

Micale, Mark S., *Hysterical Men: The Hidden History of Male Nervous Illness*, Harvard University Press, 2008.

Nussbaum, Martha, 『시적 정의』, 박용준 옮김, 궁리, 2013.

Potter, Andrew, 『진정성이라는 거짓말』, 노시내 옮김, 마티, 2016.

Reddy, William M., 『감정의 항해』, 김학이 옮김, 문학과지성사, 2016.

Rousseau, Jean Jacques, 『에밀』, 김중현 옮김, 한길사, 2003.

Shorter, Edward, 『정신의학의 역사』, 최보문 옮김, 바다출판사, 2009.

Showalter, Elaine(ed.), 『페미니스트 비평과 여성 문학』, 신경숙·홍한별·변용란 옮김, 이화여대 출판부, 2004.

Simmel, Georg, 『짐멜의 모더니티 읽기』, 김덕영 옮김, 새물결, 2005.

Smith, Philip, 『문화 이론』, 한국문화사회학회 옮김, 이학사, 2008.

Starobinski, Jean, 『장 자크 루소 투명성과 장애물』, 이충훈 옮김, 아카넷, 2012.

Taylor, Charles, *The Ethics of Authenticity*, Harvard University Press, 1991.

_____, 『자아의 원천들』, 권기돈·하주영 옮김, 새물결, 2015.

_____, 『헤겔』, 정대성 옮김, 그린비, 2014.

Todd, Janet, *Sensibility*, Methuen, 1986.

Trilling, Lionel, *Sincerity and Authenticity*, Harvard University Press, 1972.

Vincent-Buffault, Anne, 『눈물의 역사』, 이자경 옮김, 동문선, 2000.

Wallerstein, Immanuel, 『월러스틴의 세계체제 분석』, 이광근 옮김, 당대, 2005.

Watt, Ian, 『소설의 발생』, 강유나·고경하 옮김, 강, 2005.

Williams, Raymond, 『키워드』, 김성기·유리 옮김, 민음사, 2010.

Zola, Emile, 『실험소설』, 유기환 옮김, 책세상, 2007.

논문

김여수, 「진리와 실재론」, 『철학연구』 18, 1983.

김영찬, 「식민지 근대의 내면과 표상」, 『상허학보』 16, 2006.

박순강, 「『리틀 도릿』의 공감을 통한 사회적 감성 구현」, 『영미연구』 35, 2015.

서영채, 「한국 근대소설에 나타난 사랑의 양상과 의미에 관한 연구」, 서울대학교 박사학위논문, 2002.

서희원, 「이광수의 문학, 종교, 정치의 연관에 대한 연구」, 동국대학교 박사학위논문, 2011.

성은애, 「『두 도시 이야기』의 감상성」, 『근대영미소설』 19(1), 2012.

손유경, 「한국 근대소설에 나타난 '동정'의 윤리와 미학에 관한 연구」, 서울대학교 박사학위논문, 2006.

양선이, 「자연주의와 도덕적 가치 그리고 규범성에 관하여」, 『철학』 139, 2019.

이수형, 「1910년대 이광수 문학과 감정의 현상학」, 『상허학보』 36, 2012.

_____, 「근대문학 성립기의 마음과 신경」, 『한국근대문학연구』 24, 2011.

_____, 「기계로 씌어진 낯선 기억과 진실」, 『동악어문학』 77, 2019.

_____, 「백낙청 비평에 나타난 지정학적 인식과 인간 본성의 가능성」, 『외국

문학연구』 57, 2015.

_____, 「세속화 프로젝트: '무정'한 세계는 어디에서 와서 어디로 가는가」,
『문학과사회』 27(1), 2014.

_____, 「이광수 문학에 나타난 감정과 마음의 관계」, 『한국문학이론과 비평』
54, 2012.

_____, 「『무정』과 근대적 시간 체계」, 『상허학보』 55, 2019.

이우창, 「디킨즈와 공리주의」, 서울대학교 석사학위논문, 2012.

전상진, 「자기계발의 사회학」, 『문화와 사회』 5, 2008.

최희봉, 「감성과 취미에 관한 흄의 견해」, 『동서철학연구』 42, 2006.

황종연, 「신 없는 자연」, 『상허학보』 36, 2012.

감정을 수행하다—근대의 감정생활
Doing an Emotion: Modern Emotional Life
© 이수형

1판 1쇄 발행 │ 2021년 4월 26일

지은이 │ 이수형
펴낸이 │ 정홍수
편집 │ 김현숙 임고운
펴낸곳 │ (주)도서출판 강
출판등록 │ 2000년 8월 9일(제2000-185호)

주소 │ 서울시 마포구 동교로 17안길 21(우 04002)
전화 │ 02-325-9566
팩시밀리 │ 02-325-8486
전자우편 │ gangpub@hanmail.net

값 20,000원
ISBN 978-89-8218-276-1   03800

* 이 저서는 2016년 정부(교육부)의 재원으로 한국연구재단의 지원을 받아 수행된 연구임.
 (NRF-2016S1A6A4A01020415)